明
室
Lucida

照 亮 阅 读 的 人

MINUS ZERO
by HIROSE TADASHI

负零

［日］广濑正 著　丁丁虫 译

北京联合出版公司
Beijing United Publishing Co.,Ltd.

谨以此书献给少年时代的我自己

译者序

爱好广泛的时间机器乘客

    广濑正是日本战后第一世代的科幻作家。单以年龄论，他比星新一还大两岁，比小松左京大七岁。不过广濑正在科幻上的出道并不算早，直到一九六一年才在江户川乱步任主编的《宝石》杂志上发表了第一篇小说，比星新一整整晚了四年。至于为什么出道晚，则是因为他的爱好实在太多……广濑正自己都曾在小说里吐槽过这一点："这位广濑正同学，业余爱好如此之多，日理万机，看样子他的教科书肯定都长毛了，前途堪忧。"［出自《爱神》（エロス），译文来自 StarKnight 的豆瓣日记］

    在广濑正的诸多爱好中，排在第一位的无疑是音乐。广濑正早在小学就参加过口琴合奏团，在大学里也加入了学校的吹奏乐队，毕业后更是先后加入多支爵士乐队，以萨克斯演奏者的身份活动。再到后来，他干脆自己组建了爵士乐团，在担任萨克斯手的同时，也兼任乐团的编曲。一九五七年，也就是星新一发表科幻处女作的那一年，广濑正当选日本音乐家联合会理事，他的乐队也受到了主流音乐杂志的关注。

    如果广濑正的音乐事业始终一帆风顺的话，也许我们今天就看不到这本《负零》了。

可惜的是（但作为科幻迷而言值得庆幸的是），广濑正的乐团后来因为资金问题被迫解散。关于解散的来龙去脉，今天已不可考。不过身兼音乐人和科幻迷双重身份的难波弘之曾在追悼广濑正的文章中揣度过原因："可以想象他在失意中动笔写作科幻小说的情景。"

当时日本发表科幻小说的主要平台是由柴野拓美创办的同人刊物《宇宙尘》。自一九六一年起的短短几年间，广濑正在《宇宙尘》上发表了二十多篇小说。一九六三年开始动笔撰写长篇小说《负零》。一九六五年，《负零》在《宇宙尘》上分期连载，并在当年的读者票选中获得第一名。

但在《负零》之后的数年间，广濑正都没有再创作长篇作品，只有零星的短篇问世。之所以如此，是因为他的精力都投入了另一项爱好：模型车制作。

广濑正对模型车的爱好有多狂热呢？他曾经耗时半年打造一架 1:12 的仿真车模型，连每个螺丝都是手工制作的。他的作品远销欧洲，价格与一台真车相仿。他还担任过瑞士公司的技术顾问，可以说他在模型车制作界的名气远远超出他作为科幻作家的名气。

此后一直到一九七〇年，广濑正才重新回归到科幻创作中来。一九七〇年《负零》出版单行本，随后的两年中，广濑正连续出版了《C♯》《爱神》《镜之国的爱丽丝》三部长篇。但正当读者期待广濑正再出新作时，一九七二年三月九日，广濑正在赶赴文艺春秋出版社的路上突发心脏病倒地，溘然离世，年仅四十七岁。

据筒井康隆回忆，广濑正葬礼的当日细雨连绵，当时的科幻作家几乎尽数出席。他的棺椁上刻有"时间机器乘客"的名号，这可以说是对他在科幻领域所获成就的最高赞誉。

广濑正的作品中有一半都是与时间有关的科幻小说，他还写过有关时间悖论的论文，因而又被戏称为"被时间附身的作家"。不过个人以为，与其说他喜欢写时间题材的小说，不如说他喜欢借用时空穿越的设定，来满足他搭建微缩模型的爱好。也就是说，广濑正实际上是把小说作为一种文字上的微缩模型来看待的。

当年的高级模型界和今天不同，需要自己打造无数细小零件，拼合时不能有丝毫的偏差。因而对整体的全局观、细节的掌控力、实现的执行力等等，都有非常高的要求。这些难能可贵的品质同样可以在广濑正的小说中看到。

以《负零》而论。在整体上，广濑正设计了十分精巧的故事结构，通过时间机器这种充满科幻色彩的工具，将时间线编织出宛如波斯地毯般绚丽的图案。在细节上，书中对于各个时代的社会描写都极尽细致，尤其是对明治时期的银座，更是详细到不厌其烦的程度。事实上，《负零》问世后曾经一度有过拍摄电影的计划，但正因为还原昔日的银座景观需要的预算太高而半路夭折。

广濑正的作品还有一个明显的特点，就是对技术抱有极大热情。在《负零》中，广濑正用了不少笔墨描写收音机、电视机和汽车等新技术的细节。而在其他作品中，他也同样不惜笔墨解释各种技术原理，甚至给人一种"不在乎读者观感，只顾自己写得开心"的感觉。从这个意义上说，他的小说不像是取悦读者的娱乐作品，而更像是自娱自乐的技艺之作。

可能也是由于这个原因，广濑正对作品的取名也很不上心。

就说本书的名字"负零",相信没有看过故事的人大概都会一头雾水，甚至早年的译本将之误译成"负数与零"。至于他的第二部长篇作品《C♯》，直接用了音乐中升 C 的符号做书名，更让人不知所云。就连星新一都曾经吐槽说："（广濑正的）所有小说都有同样的问题，他实在不会给故事起名字，应该用一些更亲和读者、更容易理解的标题。"

至于《负零》这部小说本身的故事内容，为防泄底就不多说了，不过有一点需要说明的是，《负零》毕竟是五六十年前的作品，那时候的日本社会对女性并不友好，这点在本书中也有各种有意无意的表现。不过个人认为，这并不是因为作者本人对女性有什么偏见，只是无意识地反映了时代的风气。事实上作者本人对于过分露骨的描写应该还是有所顾忌的。本书在《宇宙尘》上连载时，曾有主人公与少女启子发生关系的描写，但在出版单行本时删去了相关内容，因而可能对理解故事情节有所影响，在此预先做个说明。

目 录

+0

大本营公告（昭和二十年[1]五月二十六日十六时三十分）

南方基地约二百五十架B29敌机于昨日五月二十五日二十二时三十分左右主要针对帝都城区使用燃烧弹进行了无差别轰炸。

宫城内表宫殿及大宫御所起火。

都内各处虽均遭受相当损失，但火灾已于拂晓前被大致扑灭。

我制空部队于迎击战中判明击落敌机四十七架，另击伤相当数量。

二十五日夜间空袭受损状况如下：

秩父宫邸、三笠宫御殿、闲院宫御殿、山阶宫御殿、伏见宫御殿、梨本宫御殿、李键公邸全毁。

受损区域中，麴町、涩谷、小石川、中野、牛込、芝、赤坂各区受损严重，麻布、目黑、四谷、板桥、京桥、世田谷、

1　一九四五年。——本书所有脚注均为译注

荒川均有部分受损，其他区全区范围内亦有轻微损失。

主要受损机构：外务省、运输省、大东亚省、读卖新闻社、东京新闻社、文理科大学、庆应大学、增上寺、济生会医院、东京医院、满洲国大使馆、中华民国大使馆、泰国大使馆、苏联大使馆、原美国大使馆、德国大使馆、阿富汗公使馆、蒙古自治政府事务所、瑞典公使馆。

（摘自昭和二十年五月二十七日，朝日、东京、日本产业经济、每日、读卖报知五家报社共同发行的《共同新闻》）

1

周围漆黑一片，滨田俊夫焦躁不安地坐在檐廊边上。

不管是谁，刚入睡就被吵醒都会不高兴。而且他现在上初二，正是能吃能睡的时候，但最近一直没吃饱过，肠胃完全没有负担，反而睡得更熟，所以被吵醒的怨气尤其大。

两三天前，厂长在给他们这批被动员来的学生做讲话时，先叮嘱说"以下是军事机密，不要告诉任何人"，然后才说出真相："其实你们制造的是飞机的重要零件。"当然，这种说法大概只是为了激励俊夫他们，但要是换成"明天开始增加食物配给"，效果可能会更好吧。一天两千多大卡的主食配给量，据说是专家研究的结果，只要有这么多热量就能活下去，所以定了这个标准。但自从去年空袭开始以来，这接近极限的配给都变得断断续续，一周份的主食也被替换成少得可怜的干玉米粉，能活下来都算是奇迹。幸亏妈妈想尽办法从黑市搞来了一些吃的，俊夫才不至于因为营养不良而晕倒。

既然吃不饱饭，初二学生剩下的乐趣就只有睡觉了。俊夫觉得，在暖和的被窝里睡上十个小时，至少不用为配给发愁。然而这种想法太天真了。

昨天夜里的空袭持续了两个多小时，本以为今晚不会再有空袭，可以放心睡觉，结果刚刚睡着就被警报声吵醒了。今天有个同学瞪着眼睛跟大家强调："每天晚上都搞空袭，这是美国的心理战术，千万别上当。你们看我，有空袭警报也照睡不误。"但是俊夫没那么大胆。因为他被炸过一次。

那是一月二十七日的事，俊夫可以说是最早的空袭受害者之一。那时候俊夫和妈妈住在京桥，大白天出现了B29编队，投下了二百五十千克的炸弹和大量的燃烧弹。四户邻居的房子都被炸成了平地，俊夫家也被烧了个精光。俊夫经常和朋友描述炸弹落下时的凄惨景象，但其实那是他后来听邻居说的。当时他和妈妈一直躲在防空洞里，只听到一声巨响，耳朵都差点被震聋了，然后才听到邻组[1]的人在入口大喊。出来一看，房子已经烧起来了。要是再晚一点出去，就要被烟呛死了。

当天晚上俊夫他们就搬到了小学礼堂，和五十多人一起生活。到了第五天，妈妈的朋友来找他们。那位老人在茅场町经营一家很大的丝绸店，住在小田急线的梅丘。老人说："住在这里很辛苦吧？"俊夫回答说："没关系，这儿是我的母校。"然后老人说："其实是这么一回事，东京的情况越来越危险，过几天我想回信州老家避一避，不知道你们方不方便过来帮我看着房子。"

从那之后，过了整整四个月。

---

1 邻组，日本在第二次世界大战期间设立的基层组织，有动员居民、统筹物资、组织防空等功能。

刚才警报响的时候，同时响起了警戒警报令，警防团的人也跟着大喊，但随即周围便陷入了沉寂。和下町的京桥不同，这一带的房子都很大，都有院子，听不到邻居的说话声。不过也可能是这一带的人还没挨过炸弹，大概还安心地躺在被窝里。

但是最近的警戒警报相当于去年的空袭警报。现在的空袭警报也不是吓唬人的，是真有敌机来空袭。如果等到空袭警报响起再起床，那很可能来不及。如果躺在床上被炸死，那才真是非国民。俊夫不想做非国民，所以无论如何也要努力爬起来。

"小俊，先穿鞋。"

在待客间里摸索着收拾行李的妈妈喊道。

俊夫板着脸，装作没听见。不过他又改了主意，拿起脚边的鞋子开始穿。妈妈不知道穿鞋对他有多痛苦。一个星期前，俊夫在工厂抽奖抽到了一双真皮鞋子，但是尺寸小了一号，非要使出全身的力气用双手扯开，才能把脚穿进去。而且一穿进去，小脚趾上的水泡就痛得钻心。这两三天俊夫都是跛着脚走路的。但是之前穿的帆布鞋，妈妈已经拿去农家换了红薯，所以也没办法了。

今天晚上俊夫之所以不高兴，其实还有一个原因。被警报吵醒的时候，他正在做一个美梦，但是现在怎么也想不起来是什么梦了。越是努力想，脑子越混乱。

天上没有月亮。好在眼睛习惯了黑暗，院子里的菜畦和防空洞的入口都是蓝黑色的，像是拍摄深海底部景色的照片。

二坪[1]大小的菜畦里，南瓜快要熟了。看起来是外行种的，只有三四个小南瓜。就算煮到粥里，最多也就能吃两天。旁边

---

1 坪，日本面积单位，一坪约为三点三平方米。

是这里的房主挖的防空洞，入口倒是很气派，里面就不怎么样了。天花板是用门板做的，上面盖了土，大概撑不住二十贯[1]的人。后面那棵柿子树也不中用。就算到了秋天能结点果子，大概也涩得吃不了。还有柿子树对面的圆顶研究室，那种难以形容的诡异迷彩……

突然，俊夫的脑子一下子清晰起来。他想起了梦中的情景。

一想起来，俊夫就觉得脸上火辣辣的。不过在黑暗里也不怕妈妈看到自己脸红，一直红着脸也没关系。

启子现在在做什么呢？俊夫透过黑暗，注视着邻家的圆顶。

那个圆顶房很结实，启子说不定正穿着裙子待在里面呢。别的女人总是穿着劳动服和长裤，只有启子时常穿裙子。

邻居家的姑娘启子的腿很漂亮，脸更是和电影明星小田切美子一模一样。这可不是俊夫一个人的主观看法，连经常到这一带来卖白米的黑市老板也说："长得太像了，吓了我一跳。"黑市老板说这话的时候，妈妈没什么反应，不过她本来也不怎么看电影。而且这也证明，妈妈没有发现俊夫一直夹在《航空少年》杂志里的小田切美子的照片。

俊夫对启子只有一点不满意。每次去邻居家，启子总是会端出薯粉蛋糕之类的点心说："肚子饿吧？多吃点。"简直像是招待小孩子。自己都上初二了，她也不过才上女校五年级，明明只差了三年。

俊夫拜访邻居家，其实是为了向启子的父亲请教学习上的问题。启子的父亲是大学老师，英语、物理、数学，全都能教。在讲俊夫最头痛的数学题时，如果启子也在旁边，俊夫就会在心里

1　贯，日本旧式计量单位，明治时期规定一贯为三点七五千克。

暗暗埋怨妈妈。如果妈妈早三年生下自己，这种时候自己就能教启子了。女校的题目应该比中学的简单多了。

而且妈妈最近经常说："你最好少去邻居家。"不过这并不是因为启子，而是因为老师。老师戴着天皇那样的无框眼镜，蓄着胡子，是个温和的人。但有时候辅导完功课，他也会激动地说："这场战争日本注定要输，我们必须尽快结束这场愚蠢的战争。"据说他在大学上课的时候也讲过同样的话，特高 [1] 和宪兵都来调查过。从那以后，周围人都说老师是"赤化分子"，不再和他来往。虽然妈妈不过是照搬了周围人的话，但以俊夫现有的知识也理解不了反战分子和赤化分子的区别，所以只能唯唯诺诺地点头。他那一天没去邻居家。

不过，妈妈的性子并不像这里的有钱人那么冷酷。她很同情父女俩相依为命的启子一家，总会把仅有的食物分一些给他们……

忽然响起的警笛声打断了俊夫的思考。短而急促的尖锐声音，像是警报员发了疯拼命反复按开关似的。可能真的疯了。

同时间，放在檐廊上的收音机也响了。受到警笛声的干扰，播音员的声音断断续续的，不过能听出是在说"关东地区空袭警报"。

俊夫站在院子里，回头一看，只见妈妈也已经来到院子了。她身穿劳动服的样子看起来就像个小姑娘。去年这个时候，俊夫和妈妈刚好一样高，但是现在俊夫已经比妈妈高了三厘米。

妈妈用一只手紧紧按住肩膀上斜挂的帆布包。包很鼓，因为里面除了配给簿和印章外，还有六年前战死在华中战场的父亲的

---

1 特高，特别高等警察的简称，是日本为维护社会治安，打击无政府主义、共产主义等思想而设立的秘密警察组织。

照片和牌位。

警笛响了很久。似乎超过了规定的鸣笛时间。

警笛声停止之后，还余下低低的轰鸣声。那是重型轰炸机特有的声音。显然那不是我方的飞机。东京附近的我方飞机都是迎击用的战斗机。

轰炸机的声音越来越大。为了防止被冲击波震碎而贴在玻璃上的纸都哗哗地震动起来。

"妈妈，快进防空洞！"

俊夫大喊。他的声音和轰鸣声交织在一起，完全变了调。

妈妈看了一眼檐廊。那边放了两件随时可以拿走的行李。那是滨田家的全部财产。

"快！"

俊夫大叫了一声。

妈妈跑到防空洞的入口，转过头来问：

"小俊，你呢？"

"我在外面看着。危险的时候会进去。"

俊夫说着跑过去，手按住妈妈的肩膀把她推进入口。

妈妈消失在防空洞里。某处传来惊慌失措的叫喊声。这一带的人还没有经历过空袭啊，俊夫想。

轰鸣声到达顶点，完全辨不出方向了。敌机编队来到了正上方。

一听到飞机急速下降的嗡嗡声，俊夫立刻趴到地上。遇到轰炸的时候，这是最好的办法。

但是周围响起哒哒哒的声音，像是竹刀相撞似的。俊夫立刻猜到那是燃烧弹，赶紧闭上眼睛，身体紧贴地面。

他保持着那个姿势，竖起耳朵细听。爆炸声渐渐远去了。他悄悄起身，看到左边有什么在发光。仔细看去，院子边缘处的灌木丛里蹿出烟花般的火星。火势带着"嗖嗖"的声响,越来越大。

俊夫慌忙爬起身,四下张望。别处没有火花。防空洞也没事。

"妈妈,是燃烧弹,快来帮忙……"

他朝防空洞的入口喊了一声,然后向檐廊尽头的消防蓄水桶跑去。水泥做的大水桶前面放了三个装满水的水桶,它们正严阵以待。俊夫选了最大的那个,提起来冲向灌木丛。

学校的防空必备手册上说"将水泼到火源上",但直冲夜空的壮烈火势是训练时用的发烟筒无法比拟的。最后俊夫只能站在三米开外往那个方向泼水,火势虽然稍有减弱,但又马上卷土重来。

俊夫提着空桶往蓄水桶那边跑的时候,撞到了提着水桶的妈妈。在燃烧弹的火光照耀下,妈妈的脸显得充满活力,和在京桥开店的时候一样。俊夫把空桶换给妈妈,折回燃烧弹前。这次他前进到两米远的地方泼出水。

妈妈把三个水桶轮流灌上水送过来。她很沉着。这里毕竟不是自己的房子。实在不行,只要提上装了全部家当的两件行李,跑到房子前面的农田里就没事了。至于明天的住处,自有区政府安排。

但俊夫很努力。他提了几十桶水,里面的水很多都洒在了地上,自己的腿上也洒了不少,不过也有近一半的水确实泼到了燃烧弹上。最后,妈妈终于不用去拿行李了。

"行了,没事了。"

俊夫说着,从妈妈手里接过最后的水桶。为了保险,他把水慢慢泼在冒着热气的燃烧弹残骸上。他打算明天把那个烧尽的六角圆筒拿到工厂里给朋友们看。

"太好了,你没受伤吧?"

妈妈气喘吁吁地说，掏出绣着"八纮一宇"的毛巾擦拭俊夫身体上打湿的地方。

但俊夫提着空桶，茫然望向邻居家。那个研究室的圆顶旁边依稀可见红色的火焰。

"啊，"妈妈也发现了，拿着毛巾的手停了下来，"启子没事吧？"她脱口而出。

俊夫想了想说："去看看才知道。"

2

站在门口，虽然不能直接看到火焰，却看到玄关上空飞舞的火星。俊夫沿着榆树下面的小路绕到院子里。那是他平时回家的必经之路。距离主屋大约四米远的库房已经着火了。但看不到老师他们。

"老师！"

俊夫大喊。要赶紧浇水，不然主屋房顶就要烧起来了。火星已经飞上去了。

不过，俊夫只喊了一声就朝最里面的研究室跑去。这里的人家为了省事，拿水泥做的圆顶房做防空洞。两个人肯定和俊夫他们在京桥的时候一样，躲在里面什么都还不知道呢。

湿透了的绑腿和鞋子很沉，俊夫好几次差点摔倒。在院子中间，他终于摔了个跟头。不过俊夫感觉脚下好像被什么绊住了，他一边起身一边回头看。"啊，老师！"他失声叫了起来。

俊夫爬过去。老师仰面直挺挺地躺着，没戴铁头盔，也没戴防空头巾，还是穿着平时的黑色西服。

"老……老师……"

俊夫把手插到老师的肋下，想把他扶起来，但扶不起来，只能放弃。老师软软地躺在地上。

俊夫犹豫了。该不该把老师留在这里，任由火星飘扬，自己去叫启子呢？他对启子很生气。都这样了，她还悠闲地躲在圆顶房里。

忽然，老师"唔"了一声。俊夫赶忙凑到老师旁边，盯着他。老师微微睁开眼睛。俊夫这才发现，老师的眼镜不知道去哪儿了。

"老师！"

俊夫叫道。

老师似乎明白。他的脸颊和嘴唇微微抽动了几下，终于发出嘶哑的声音："小俊……"

"老师！"俊夫有了干劲，"我现在去喊启子。"

"小俊……"

老师的声音大了一些。俊夫刚要站起来，又蹲了下去。

老师用含糊的声音继续说。

"别走，帮我个忙。"

"哎？"

俊夫不禁朝房子看去。老师平时教他数学的那间房子，屋檐已经烧起来了。现在好像不能再冲进去拿东西了。

此时传来爆炸声。敌机又来了。不过俊夫顾不上了，他扯下防空头巾，右耳贴在老师嘴边，手指塞住左耳。他看见燃烧的房子快要塌了。屋檐上火星四射，正在坍塌……

邻组的人们赶来的时候，老师倒在地上，俊夫茫然站在旁边。

"啊，怎么了？"

"这不是这家的老师吗？"

人们纷纷跑过来。

"巡回救护队的人应该就在附近，快去叫他们来。"

最前面的组长朝后面的人喊。他整理着铁头盔的带子，来到老师身边，蹲下来。

"他的头受伤了。"

俊夫说完，捡起防空头巾，朝研究室跑去。

后面传来水桶碰撞的声音。但老师的家已经完全被火焰吞没了。

研究室的圆顶在浓烟中若隐若现。探照灯的光线交织在上面。

俊夫的手刚摸到门把，左边天空突然闪起光点，随后有什么掉了下去。像是我方的飞机。

+18

1

六三年盛夏时装展　今夏的最新款式即将闪亮登场。光泽优雅、柔软顺滑的印花丝绸，精美雅致的利巴蕾丝，凉爽舒适的全蕾丝印花布，以及各种高级布料制作而成的最新时装，典雅知性，气质非凡……

文字旁边配了一张彩色的身穿靓丽夏装的美女照片。服装固然不错，不过模特的肤色和肤质都更吸睛。最近的印刷技术进步很惊人，连生有柔软汗毛的肌肤质感都能生动地再现出来。所以这样的广告中禁止出现裸体也是理所当然的。

这种车厢里的广告肯定是私营铁路相当可观的收入来源。除了看报纸的、打瞌睡的，乘客们在短则几分钟、长则几十分钟的时间里无事可做，只要车厢里没有美女，总会看看广告。

最近一段时间，滨田俊夫没坐过私营铁路。他目前住的公寓在东京的青山，偶尔去郊区办事，也会开自己的车，或者搭公司的车去。今天晚上本来也想坐车去，出门的时候看了看时间，又改了主意，决定改坐电车试试。

高峰时间已过，车厢里有空座，不过他还是靠在门边站着，因为这里视野好。

他对面的座位上坐着一个领带松垮的男人，好像是下班以后出去鬼混了一趟。那人眼睛望着天花板，肯定在想回家搪塞老婆的借口。他旁边空了差不多两个人的座位，再旁边是一对正看着路演的节目亲热交谈的情侣。然后是一个男孩提着塑料水壶，用力拉着打瞌睡的父亲的手。一个抱着小提琴盒的年轻女子，身上穿着大红色的衬衫，那鲜艳的色彩简直要在视网膜上留下永恒的残影。

连同广告在内，车厢里挤满了各种各样的色彩。和十八年前只有脏兮兮的卡其色相比，可以说是天壤之别。

不过那时的俊夫并不常坐电车。那时候的满员电车和现在的情况又不同，不会把乘客强行往车厢里塞，而是直接开着门行驶，挤不进去的乘客挂在车外，非常粗暴。俊夫就经常和朋友一起坐在车厢连接器上。至于五月二十六号早上，连电车也没了，他只能沿着断裂的架空电线下烧焦的铁轨，步行到动员的工厂……

俊夫抱起胳膊，闭上眼睛。新型轻金属材料的车辆跑起来轻盈快速……

俊夫松开胳膊的时候，车厢广播正好响起。

"下一站是梅丘，梅丘到了……"

2

从前的田地全都成了住宅，模样完全变了。俊夫在这里只住过一年多，地理位置已经有点记不清了，而且他的方向感本来也不好，连在公司都常常摸不清东南西北，不过时间还充裕，倒也不用紧张。

以前每天从车站走到这里刚好四分钟，但是今天晚上花了二十多分钟才终于来到当时和妈妈住的房子前。门牌上的姓氏和当时疏散他乡的丝绸店老板的一样。现在这里的户主应该是当年出征的长子吧，战后他曾经来探望过妈妈两三次，不过最近一直没有往来，所以也没必要去打招呼。但看到那保持旧貌的玄关，俊夫不禁有种想要进去说一声"我回来了"的冲动。

路灯照在家门前的柏油马路上。这条路比以前宽了很多。同样的灯光下，左边邻居家的大门泛着白光。俊夫毫不犹豫地朝那里走去。

混凝土制的门柱，间隔大约四米。位于房子的左边。两扇木门朝里开着，四米宽的道路笔直地通向正面的车库。玄关在路中间的右手边。轻量钢筋结构的平房，设计很大胆。平平的房顶上有个白色的圆形物。

俊夫退了几步，来到马路对面的尽头。果然，站在这里可以看见不少圆顶的结构。当然，当年的迷彩已经掉色，圆顶在月光下泛着银辉。

俊夫左右走了几步，仔细看了看，然后穿过马路，走进了门。门牌上只写了"及川"。俊夫完全不知道及川是谁，不过他通过104查到号码，一个月前和今天早上分别打过一次电话，听过及川夫妻的声音。及川的声音很像是某个经常给外国电影配音的演员。不过听说那演员虽然总给老年人配音，实际年龄才三十多岁，所以很难用那个标准判断及川的年龄。俊夫第一次给及川打电话的时候就贸然地问："下个月二十五号晚上，您在府上吗？"及川肯定对这个奇怪的问题感到疑惑，不过还是回答说："嗯，我在。"把一个月后的安排应承了下来。随后俊夫又小心翼翼地问:"我有些事情想来拜访……"及川则是爽快地答应:"好的,那我届时恭候。"这反倒让俊夫吃了一惊。毕竟是一个陌生男人打来电话说要拜访,他本来还担心及川会不会因怀疑而挂断电话。后来俊夫想到及川可能是作家,那就说得通了。作家难免会有编辑来拜访约稿,及川可能习惯了这种预约电话吧。总之得到了许可,俊夫也就没去调查及川的身份。今天早上他又打了一个电话确认,这次是女性的声音。"是的,我知道。请过来吧。"从那种当家做主的语气上推测,应该是及川的夫人。

站在及川家的玄关处,俊夫透过门上的雕花玻璃看到里面亮着灯,终于放下心来。他看了看自己身上穿的定制花呢上衣,摘掉右边口袋上的线头,然后按下门边的按钮。

里面的铃声响起。俊夫松开按钮,退了一步。他正要把双手放在身前等待,门突然开了,一个人探出头来,吓了他一跳。这简直和自动售货机一样,距离手指摸到按钮还不过四秒钟吧。俊夫猜测这人肯定正好要开门出来。

那是个白发苍苍的老人,戴着琥珀色的宽边眼镜。

俊夫微微点头致意。

"这么晚来打扰,真不好意思。我是之前打电话的人,我叫……"

他正要递出准备好的名片,却被老人打断了。

"哎呀,请先进来,我们在里面谈……"

及川的声音比电话里更浑厚,他把门打开,邀请俊夫进来,连推带搡地把他带到了隔壁的房间。虽然是老人,及川和一米七三的俊夫身高差不多,俊夫只好由着他摆布自己。

按照老人的指示,俊夫在沙发上浅浅坐下,又一次递出名片。那是印有公司职务的名片。今天晚上的事情和公司无关,但他没有私人名片，也只能将就了。

不知道是不是老花镜的度数不对，及川接过名片看了半天，然后他把名片很仔细地收在灯芯绒便服的内侧口袋里。

"我是及川，不过你看，我退休了，没有名片。"

及川戴着厚厚的玳瑁眼镜，俊夫看不清他的表情，不过他肯定在想，电机公司的部长到底为了什么事情来找他呢？

俊夫双手放在膝头，盯着自己的手说：

"今晚我有个胆大包天的请求……其实，恕我冒昧，您府上的院子里……有一座圆顶建筑。今晚如果方便的话……不不，请务必允许我借用……"

及川只是"哦"了一声，似乎在等俊夫说下去。

"其实，有个人……嗯，有个人交代过我……让我一定要来这里……那个人，那时候，就是战争期间，住在这里。他让我今晚在这里……"

俊夫越来越语无伦次。思来想去，觉得自己的请求实在不合常理。他完全没了几天前在公司股东大会上发言时的自信和沉着。

不过谢天谢地，及川很及时地给他解了围。

"我知道了，我也听说过这种事。战场上约好十年后在神社见面什么的。"

"是啊。"

俊夫想，等自己老了，一定也要像及川这样通情达理。

"这样啊——不不，我没意见。既然这样，你就随便用吧。"

俊夫掏出手帕，擦了擦汗。

"实在太感谢了，我提出这么过分的请求……"

"哪里哪里。"

及川只说了这一句，什么也没有问。果然很绅士。大概是不想干涉他人的隐私吧。但是俊夫觉得，及川内心肯定还是很想知道事情的原委。而且今天晚上他为了获得使用研究室的许可，本来也打算把一切都告诉这位及川，所以预留了充足的时间。及川刚才也说他退休了，应该不忙，没理由浪费自己傍晚打好的腹稿。

"如果您不介意的话，"俊夫先说了一句毫无意义的社交辞令，"我想和您说说事情的来龙去脉……"

"哦，那个……啊，稍等一下……"

门外传来敲门声。及川迅速站起身，动作快得和年龄不相符。他把门开了一条缝，探出头去低声说了几句。外面似乎是位女性。

不一会儿，及川端着放了红茶和点心的盘子回来了。

"是我内人，说穿着睡衣不好意思进来。"

"太客气了，"俊夫赶忙起身接过盘子，"明明是我深夜打扰……"

"加牛奶还是柠檬？"

及川的右手停在距离盘子二十厘米处问。

"那，牛奶吧……啊，谢谢。"

及川往红茶里倒了牛奶，递给俊夫，自己也加了牛奶。

俊夫等及川往自己的茶杯里加进砂糖，搅拌完毕，然后才喝了一口红茶，把茶杯放回桌子上，开始说明事情的经过。

"其实，我刚才说的约定，刚好是在十八年前的今晚，也就是东京遭受空袭的晚上，住在这里的人被燃烧弹击中，临死前留下的最后遗言……"

3

那是十八年前的事，记忆已经有些模糊了。

但在俊夫至今珍藏的那本旧笔记本里，写了这样一行字。用的是战争期间的劣质墨水，已经褪成了淡褐色。

一九六三年五月二十五日午夜零点，记得去研究室。

"六三年"下面划了线，这是因为老师反复叮嘱了好几遍一九六三年。老师告诉俊夫，一定要在那个时间到自己的研究室来，然后又说了些什么，就过世了。为了避免忘记，第二天早上，俊夫用钢笔写在了笔记本上，然后保管了十八年。

老师的葬礼是在他去世后第二天举办的。因为还在战争期间，只有俊夫、妈妈和附近的一位老人参加。那位老人是个建筑工人，以前经常拜访老师，帮忙办了很多政府手续。据说那天夜里的空袭造成很多伤亡，手续稍微慢一点就领不到棺材了。在老人的协助下，葬礼总算有了点样子，但少了一个关键人物——老师的女儿启子失踪了。

俊夫穿过大火跑去研究室的时候，里面没有人，在别处也没有找到启子。被烧毁的建筑里没有发现尸体，这给他留下了一丝希望。直到多年以后，俊夫的妈妈还时常会说："启子可能还在哪里活着呢。"空袭期间，东京有很多人失踪，不过他们大多是被炸弹炸飞了，或者是在外面遭遇空袭，变成了身份不明的焦尸。只是对于亲人来说，宁愿抱着万一的希望，相信他们可能还活在某处。妈妈说这番话，大约也是因为把启子当作了比邻居更亲近的人吧。

不过当时，俊夫更在意的是老师的遗言。他时常担心自己是不是把一九六三年这个时间听错了。俊夫想过很多数字，但并没有发现哪个数字会被错听成"六三"。老师说的肯定是一九六三年。十八年后的同一天，在同样的午夜时分去同一个地方，这到底是为了什么？俊夫想不出来。但总而言之，那是很久之后的事。除了等待，别无选择。

俊夫没有把老师的遗言告诉妈妈。妈妈和老师几乎没什么往来，告诉她也没用。

战争结束后，俊夫和妈妈回到京桥，在废墟上建起棚户屋，重新开起理发店。俊夫本打算初中毕业后就到理发店帮忙，但快毕业的时候，有位匿名人士通过学校表示愿意帮他支付学费。

一个陌生人为什么要帮自己出学费呢？虽然多少有些不安，不过反正没有附加条件，又有班主任担保，俊夫还是接受了对方的好意。那时候正好是改用六三学制的时期，从旧制初中毕业的俊夫，被编入了新制高中的二年级。高中毕业后，他又进了日本大学的工学部。在那期间，他还是会不时想起老师的遗言，不过上大学不久，俊夫忽然想到去查一查老师的过往。但首先难办的是不知道老师的户籍。世田谷区政府的登记簿上找不到老师的名字。距离战争结束五年了，已经找不到死亡者名单。于是俊夫去老师工作过的文理科大学调查，但文理大也在同一天遭受了空袭，记录同样没有留下。最终，俊夫拜访了老师的几位学生，知道了老师是位很平凡的生物学家。仅此而已。

俊夫的专业是电气工程，在毕业的前一年，匿名的捐助人通过他的初中母校，表达了希望他去某个电机公司就职的意愿。当时那家公司只是一个很小的工厂，但因为是恩人的意思，所以俊夫毫不犹豫地同意了。虽然俊夫至今还不知道那个人是谁，不过猜测他可能和公司有关系。如果知道他是谁，自己无论如何也要报恩。在他进公司以后，公司在录音机和半导体收音机的生产制造上取得了巨大的成功。

公司规模越来越大，两年前，作为创业元老的俊夫被提升为技术部长。妈妈早就关掉了理发店，开始享受舒适的退休生活，不久便带着对俊夫事业成功的满足离开了人世。俊夫唯一的遗憾是没能让妈妈抱上孙子。她在因为风湿病卧床之前的几年里，一直张罗着帮俊夫找对象，但看到她拿来的照片，俊夫总是提不起兴趣。

去年春天，俊夫忽然想起了老师的遗言。一年之后就要再度拜访的那间研究室现在变成了什么样子？他不禁有些担心。战争结束以来，他还从没去过梅丘。

俊夫和妈妈的想法一样，都觉得启子可能还活着。也许她在空袭中受到刺激，失去了记忆，到了一个陌生的地方生活。不过在那样的情况下，如果她因为某种契机恢复了记忆，回到梅丘的话，应该也能从那位认识的老人口中知道老师被安葬在滨田家的菩提寺[1]，如果去了寺院就会知道俊夫的住所，然后主动来和俊夫联系。所以俊夫觉得，自己去梅丘也只会失望，反而会坐实她的死亡，便索性不再去了。

仔细想来，不管原先那间研究室所在的地方现在变成了什么样，应该都不至于影响自己履行老师的遗言。肯定是老师和某个人约定一九六三年在自己的研究室见面。之所以隔了这么多年，也许是和各自的研究有关。而且对方可能是国外的学者。指定半夜见面，也是因为对方来自遥远的国外吧。所以就算研究室不在了，自己也可以在附近等待那样的人——这是三十一岁的俊夫给出的解释。

---

1 出于日本的丧葬习俗，大多数日本人在死后会埋葬在寺院的墓园中，一家人如果代代都埋葬于某个寺院，那么这个寺院就是那家人的菩提寺。后文有提到，滨田家的菩提寺就是位于谷中的法念寺。

但是，看着旧笔记本上的字，俊夫总觉得可能会有某种更加神秘的、不曾预料的事情发生。为了否定那个想法，这三天来，俊夫每天都在银座喝酒喝到很晚，尽量不去看公寓写字台抽屉里的那本旧笔记本。

4

俊夫说完这些，心头的压力仿佛减轻了一些，情绪变得舒畅起来。

及川并不算是一位好的倾听者，他没有适当地插话，也没有表现出深有感触的样子。不过本来这事情也和他无关，这也无可厚非。及川只是把地方借给自己而已。

"事情就是这样，"俊夫说，"可能还会有人来打扰，实在抱歉，还请您多多包涵。"

"哎？"

及川露出诧异的表情。

"我觉得半夜打扰实在过分，所以提早过来了。不过另一位应该也不至于半夜悄悄进来，可能也快到了……"

"哦，原来是这样……"及川站起身，"那么我先失陪了，您请自便。在这里，或在研究室，都可以。我暂时还不会睡，您有什么事情就按这个铃。"

及川指了指墙上的按钮。

"另外，如果您要打发时间，看电视，听收音机都行……"

俊夫回头一看，后面的矮脚书架上放着小收音机和电视机，都是俊夫公司的产品。俊夫更喜欢这位及川先生了。

"这里还有香烟，您喜欢的话……"

太及时了，自己的烟刚好抽完了。最近抽烟有点多。

"那么，就拜托您……"

及川开门出去，俊夫朝他深深鞠躬，然后看看手表。快十一点了。

他没有落座，而是走向书架。在这种时候，最好听一些安静的音乐。

他正想打开收音机，旁边倒扣的小相框吸引了他的注意。他随手把相框拿起来。

"啊……"

俊夫吓了一跳，不过马上就意识到虽然很像，但并不是……

这是早年的电影明星小田切美子的相片，带有亲笔签名。及川大概也是她的影迷吧。

俊夫看了几秒，又放回原处，打开收音机。为了避免吵到及川太太，他把音量调小，然后坐到沙发上。

俊夫想欣赏收音机里播放的约翰·柯川的男高音，但不知不觉又开始想心事。

那人很快就要来了吧。这里是玄关旁边的房间，只要门铃一响，自己就马上去开门吗？还是等及川出来？他浮想联翩，揣测了各种人物和场景。

等到十一点五十五分，俊夫已经抽完了九根"和平"牌香烟，喝了三杯及川留下的红茶。

初夏的夜晚寒气逼人。虽然时间快到了，不过俊夫已经忍不住了。

他来到门前，门却自己开了，及川探出头来。

"刚才忘记说了，去洗手间只要顺着这条走廊往前走，到尽头左拐，就在靠里侧的右手边。"

真是个考虑周到的人，俊夫想，不过现在没空道谢。他匆匆沿着及川指的方向走过去。

回到客厅，里面空无一人。差两分钟十二点。那人是打算直接去研究室吗？俊夫拿起自己放在桌上的打火机，装进口袋，赶去玄关穿上鞋子。他想起收音机还开着，但已经没时间了。对方可能是外国人。自己是日本人，可不想迟到。

俊夫沿着草坪中央铺设的小道往研究室方向走。刚好能看见圆顶，角度和那个晚上一样。大概是经常清扫的缘故，圆顶在月光下闪耀着银辉。研究室前面没有人影。

俊夫看看手表。涂了夜光涂料的长针和短针马上就要重叠在一起了。

俊夫稍稍止住脚步，回头去看。只有主屋最前面的窗口亮着灯。没有任何来人的迹象。

俊夫快步走上研究室前面的四级台阶。他握住门把手。

就在这一刻，门把手自己转动起来。然后，门开了。

5

俊夫并不意外。

室内的灯光很刺眼。俊夫一开始只知道对方比自己矮。

然后，对方在逆光中的轮廓映入俊夫的眼帘。衣服很奇怪。带兜帽的上衣。灯笼似的长裤。这种滑雪服一样的装扮，俊夫感觉似曾相识。

对方朝研究室里退了两三步。室内的灯光照出了那人的脸庞。

兜帽下面，细长的眼睛瞪得老大。这也难怪。一开门就突然撞上外面的一张脸，换了谁都要吃惊。

俊夫尽可能平静地说："好久不见了。"

当然，在这样的场合下，他也不知道自己还能说什么。

但是，那人依旧瞪大眼睛，又开始后退。她动作灵巧地退向左手边的墙壁，就像背后长了眼睛似的。

"我是俊夫啊。好久不见了呀！"

俊夫一边追过去，一边匆匆忙忙报出自己的名字。前几天他把自己上大学时的照片拿给公司的部下看，部下说一点都不像他。更何况她从初中以来就没见过自己。仔细想想，认得出来才奇怪呢。

"俊夫……先生？"

她终于停了下来，惊惧地说。

"嗯，"俊夫微笑着说，"我变化这么大吗？"

然后他恢复了严肃的表情，免得被她认为自己是在说奉承话。

"不过你和那时候比一点都没……"

但是，他期待的笑容并没有出现。她皱着眉，说出令人不解的话。

"俊夫先生，您是，唔，特高的？……"

"哎？"

俊夫吓了一跳，声音不禁大了些。

"您要找我父亲吗？我马上去叫他，请您稍等……"

"那个……"

俊夫目瞪口呆，不知说什么才好。她微微鞠躬，迅速朝门口走去。

俊夫慌忙追上去，拦在她面前。

"你没认出我吗？是我啊。滨田俊夫。那时候我就住在你家隔壁……"

看她一脸惊恐的样子，俊夫一边说，一边下意识地伸手去拉她的肩膀，想要强调。

"哎哟！"

俊夫惨叫一声，蹲在地上。他的要害部位被狠狠踢了一脚。

尽管眼前直冒金星，俊夫还是强撑着站起来，捂着伤处，跟跟跄跄地追在她后面，出了研究室。

"启……启子！"

身穿劳动服的启子站在草坪上。草坪在月光的照耀下泛着柔和的光，像天鹅绒一样。

她双手隔着防空头巾，紧紧捂住自己的脸颊，嘴里喃喃自语。

"怎么回事，房子不见了，房子不见了。啊，那是什么？奇怪，太奇怪了……爸爸，爸爸……"

她正要大喊，俊夫终于赶了上来，从后面捂住了她的嘴。他吸取了刚才的教训，一边提防着她的动作，一边在她耳边低语。

"请安静点，会把这个家里的人吵醒的。我们到那边去慢慢说。"

"唔！"

她挣扎着想叫，俊夫下意识地从背后勒住她。因为她是女性，俊夫没怎么敢用力。但她还是一下子失去了反抗的力气，软软地倒下去。俊夫赶忙跪到地上扶住她。左手不小心碰到了她的胸部，但事发突然，也顾不了许多。她倒在俊夫的臂弯里，头向后仰，闭上眼睛，失去了意识。

俊夫看了看主屋。窗户还亮着。他双腿蹬地，把她抱了起来。失去知觉的人有多重，他在十八年前就知道了。尽管这次是个女人，而且自己也已经是成年人了，但能不能把这么重的人抱到三十米开外的主屋玄关去，他还是有点心虚。而且通情达理的及川还好说，但及川夫人估计还没睡，如果她看到半夜里有个陌生男人抱着昏迷不醒的少女，不知道会有什么反应。想到这里，俊夫觉得还是别去及川家了。他把少女的躯体在手臂里托了托，朝右边走去。

最后俊夫几乎是拖着双腿把她抱进了研究室。他发现角落里有张沙发，于是用上最后的力气挪到那里，把她放在沙发上，总算松了一口气。低头一看，她在沙发上躺成一个"大"字。幸亏穿的是劳动服，俊夫想。这么说来，她还穿着空袭时的全套防空服装。俊夫把她的双腿并拢，搭在沙发扶手上，又把压在侧肋的帆布包挪到前面，解下她的防空头巾，垫在头下面。

俊夫看看周围。他毕竟不是柔道高手，不知道怎么把人救醒。不过水是肯定需要的。

但他在旁边的架子上发现了另一样东西，在现在这种情况下好像比水更有用。当然不仅是现在这种情况，包括俊夫在内的一部分人，无论何时都会觉得它更有用。那是一瓶威士忌。旁边还有酒杯。

俊夫把酒倒进杯子里。由于刚刚的重体力劳动，拿酒杯的手都在颤抖。还没端到她的嘴边，酒都快洒光了。

"没办法了。"

俊夫嘟囔了一声，回头看看房门。当然没有人偷看。于是他自己含了一口威士忌，俯到她的身上。他在很近的地方望了她的脸庞半晌，然后盖住她的嘴唇。

她并不打算喝酒，也没打算接吻，所以嘴唇自然紧紧闭着，大部分威士忌都顺着脖子淌了下去。不过那好像也达到了泼水的效果。她打了个哆嗦，睁开眼睛。俊夫赶忙起身，装作什么都没发生的样子。

紧接着她猛然站了起来。看那架势，俊夫怕她又给自己一脚，慌忙护住下体。

"啊……"她轻轻叫了一声，紧紧捂住胸口，脸涨得通红，"我失礼了。您是俊夫的父亲……啊对了，俊夫的父亲战死了，对不起。您是俊夫的亲戚？"

"不，我是……"

怎么又说这个，俊夫很头痛。这种顽固的性格肯定遗传自她的父亲，俊夫很恼火。

"我们一直承蒙俊夫母亲的关照。在空袭中还麻烦您特意……"

"空袭？"

俊夫惊讶地反问。

"我父亲马上就来。不过，您这身西装……"

"启子，启子！"

俊夫大声打断她。她说的话莫名其妙。到底怎么了？

这次轮到俊夫想后退了。不过他还是站住脚，深深吸了一口气，盯着她的眼睛，慢慢地说：

"你听好了，清清楚楚回答我的问题，好吗？你叫什么名字？"

"伊泽启子。啊，您果然是警察？"

她做出立正的姿势。因为只穿着袜子，所以没有发出脚跟碰撞的"啪"声。

"……伊泽启子，十七岁，圣仁高女五年级学生，作为学生挺身队[1]的一员，在大森某工厂实习。工厂名需要保密……"

---

1 挺身队，日本在第二次世界大战期间建立的劳务组织之一。主要由未婚妇女组成，为缓解劳动力紧张，让包括女学生在内的妇女去工厂等地从事艰苦劳动。

"哎？你在说什么？十七岁……你后来一直在哪里，怎么生活的？"

"您说'后来'是什么意思？"

"空袭那天晚上之后啊。昭和二十年五月二十五日，从那天开始直到今天，你在哪里……"

"'直到今天'是什么意思？今天不就是五月二十五日吗？"

"嗯嗯，我说的是昭和二十年的。"

"但今年不就是昭和二十年吗？"

"哎？你为什么会这么想？"

俊夫不知所措。他糊涂了。

"就是昭和二十年啊。皇纪二六〇五年……"

皇纪二六〇五年——俊夫在头脑中重复了一遍。皇纪二六〇〇年纪念典礼的时候，他还在上小学，得到了红白鸡蛋糕。第二年就爆发了太平洋战争……她以为现在还在打仗。原来如此，俊夫明白了。

失忆症。她丧失了这十八年来的记忆。严重刺激导致的失忆。那个严重刺激……一定是十八年后的重逢。

一半的责任在自己身上。俊夫暗暗自责。

"启子，你啊，现在……"

他说到一半，忽然想到要不要抽她一个耳光。他在书里看到过一个说法，刺激导致的失忆，可以通过再度刺激而复原。不过俊夫已经领教了她的防身本领，决定还是走正道。

"听好了，你误会了。现在已经没有空袭了。现在是昭和三十八年。"

"三十……八年？"

她的嘴唇微微动了动。小巧精致的嘴唇，没涂口红却像苹果一样红润有光泽。

"是的。今年是昭和三十八年，西历一九六三年。"

俊夫想加上皇纪的年号，但是仓促间算不出来。

"您到底……"

她抬头看着俊夫。脸上显出些许笑容。

这是今天晚上她第一次露出微笑。俊夫认为，这是她的信心发生动摇的证据。

"不，是真的。你仔细看看我。我不是谁的亲戚，我就是滨田俊夫。那时候我还是初中生……"

启子的视线像是在审视打折特卖部的商品，让俊夫有点别扭。不过在这关键时刻，俊夫还是瞪大眼睛，任凭她打量。

她忽然又露出微笑，开始后退。

不好，俊夫想。她露出的是假笑。她没认为自己有问题。她以为是俊夫有问题。

俊夫赶忙从西服内侧口袋里掏出驾驶证。

"是真的。你看看这个，上面写着昭和三十八年对吧？瞧，这里还写了我的名字。我没骗你。"

俊夫用同样的速度追赶沿着圆顶房墙壁后退的她，一边像接力赛时递接力棒一样，翻开驾驶证递过去。

驾驶证上写着：

发证日期：昭和三十七年十一月二十二日。有效期至昭和四十年十一月二十一日。东京都公安委员会。

她对比着俊夫和驾驶证，慢慢停下脚步，仔细打量起驾驶证。

她把驾驶证上的字来回看了两三遍，然后看看俊夫，接着又焦虑地扫了一眼圆顶房的入口，随后凝视着墙上的一点，不动了。

俊夫的视线落在她的胸前。深蓝色衣服的下面，隆起的胸部剧烈起伏。左胸上缝了名牌：

圣仁高等女学校学生挺身队第五班六十五号伊泽启子

她一定是珍藏着这件劳动服，直到今晚，才为了怀旧而穿上的吧。俊夫想到自己居然随便穿了一件裁缝做的衣服就来了，不禁对自己的迟钝感到生气。不过，就算保留了当年的衣服，现在也肯定小得穿不下了——俊夫给自己找了个借口。

对了，不说现在，就说当时的事。

俊夫决定换个角度。先弄清她的记忆断在哪里，然后再顺藤摸瓜帮她回想吧。

"启子，你还记得多少过去的事？"

"记得多少？"

她转头望向俊夫。

"嗯,对。昭和二十年五月二十五日晚上的事,你还记得吗？"

"哎？"

"唔, 对了, 二十五日晚上十点半左右响起了警戒警报, 那个你记得吗？"

她盯着俊夫，点了点头。

"太好了。那你说说当时的情况吧。警笛响的时候，你做了什么？"

"警笛一响，我马上起床，换了防空服。看了枕边的夜光钟，时间是十点五十四分，我想父亲应该还没睡，于是就去了书房。"

"哦。"

超强的记忆力。俊夫很钦佩。

"父亲正在整理一些文件。看到我，就让我坐在旁边，一边整理，一边说起战况。冲绳……"

她突然停住了，似乎还是担心俊夫是特高或者宪兵。

老师大概是把他的反战思想灌输给她了吧。

"那个不说也没关系。总之老师和你说了战况对吧。然后过了不久，空袭警报就响了？"

"警笛响了，我听到有人喊敌机来袭，就劝父亲赶快去研究室。但是父亲只是嗯了几声，还在整理文件。我说明天再整理吧，赶快去研究室……"

"简单来说，你和老师两个人来了这里。"

女人讲话就是啰唆。俊夫忍不住打断了她。

"嗯。"

"来到这里，过了一会儿，老师又出去了，是吧？"

"对,父亲说他要拿什么东西，又出去了。不过您怎么知道……"

"然后你就一直在这里等着？"

"对，一直等着……但是父亲很久都没回来，我就想，是不是出了什么事，想出去看看，但那扇门怎么也打不开。"

"哎？"

俊夫顺着她手指的方向望去，这才注意到那边有个东西。

"那是什么？"

大约二米高的灰绿色箱子。感觉像是放大的文件柜。就在圆形研究室的中央。

没等她答复，俊夫就走了过去。他绕到箱子背后，那里有一扇门。俊夫用拳头在门边敲了敲，听到"咚咚"的闷响。

"难怪了，"俊夫回头看看跟在身后的启子，"金属很厚，被炸弹炸到也没关系吧。平时空袭的时候，你们都躲在这里呀。"

她摇了摇头。

"不是，今晚是第一次。"

启子说的今晚，肯定是十八年前的今晚。这个防空柜大概是那一天刚完成的吧。这么说来，这个特制的防空柜，只用过一次。

俊夫抬头看了看那个柜子，回到原来的话题。

"所以那天晚上你就进到这里面了？"

她盯着俊夫的脸看了片刻，然后似乎意识到他说的那天晚上就是自己说的今晚，点了点头。

"是的，我进去了。父亲说这里面更安全……两个人都进去了，后来父亲说要拿点东西，又出去了。我一个人在里面等……"

"等一下。空袭警报一响，你们就马上进去了？"

"嗯，马上……只相隔一两分钟。"

那么刚好是开始投掷燃烧弹的时候。然后老师为了拿某件忘记的东西，去了院子……

"然后怎么样了？"

"我在里面等了很久，父亲一直没回来，我就想开门，但是怎么也打不开。"

"……"

"我关在里面差点哭了，然后突然听到'咔嗒'一声，门自己开了。我马上走出来，想找父亲，然后打开房门……"

"然后呢，怎么了？"

"您站在门口。"

"你……"转折太突兀了，"你是说，站在门口的是现在的我，不是十四岁的我？"

俊夫急不可耐地问。

"是啊，就是现在站在我面前的您。"

"……"

"再然后的事，您一直和我在一起，应该都知道了吧。"

俊夫抱起胳膊，仰头望向防空柜。她在今晚来到这里，进了柜子里面。然后出来的时候，失去了十八年的记忆……

"这里面是什么样子的？"

俊夫看着她的脸。

她默默走到门前，打开门。俊夫朝里面看了看。

里面亮着灯，照出四四方方的乳白色墙壁。对面墙上有几个类似开关的东西。里面很小，感觉像是潜水艇的内部。没有装饰，冷冰冰的。

俊夫把头缩了回来，关上门。然后他开始上上下下仔细打量站在旁边的伊泽启子。

6

因为公司的应酬，俊夫也常去酒吧和夜总会，和小姐们聊天的时候，最让他头疼的问题就是"你看我多大了？"，俊夫无可奈何，只能根据她们声音的认真程度来应付，通常总是比头脑中猜的年龄少报二到五岁。然后她们就会嗔怪地说："你真以为我是个老阿姨啊。"语气又不像是真生气的样子，接着压低声音告诉他真正的年龄。基本上总和俊夫推测的年龄一致。不过这并非证明俊夫对女人的年龄看得准。因为小姐们说的"真实年龄"其实往往都是有水分的。

另外俊夫的公司也有很多年轻女性，而她们的正式年龄都记录在身份文件上。俊夫以前浏览那些文件的时候，眼前难免会浮现出本人的样子，不由得惊叹有些女性为了掩饰自己的年龄，不知在化妆上下了多大的功夫。

不过，俊夫想，凡事总有限度。即使近年来美容医学大有进步，女性们也尽知其中的奥妙，但能够掩饰的年龄范围最多只有十岁而已吧。如果是用乳液面霜涂了厚厚一层倒也罢了，基本素颜的情况下，很难掩饰过去。

在及川家宅院内的研究室里，俊夫时隔十八年与之重逢的伊泽启子，今年应该是三十五岁。放在过去，三十五岁应该算是一把年纪了，即使是现代，也已经是开始出现衰老征兆的年龄。眼角有了皱纹，皮肤也变得松弛起来。即使不像欧洲人那么明显，但也会全身发福，尤其是腰间长出脂肪。通常一眼就能看出年龄。

俊夫一开始在门口看到她的时候，就注意到她身上没有那些迹象。他本以为启子一直努力在做健美体操，但是重新仔细审视她的身体之后，俊夫意识到并不是那个原因。简单来说就是，她看起来比十八年前还年轻。

当时每天都会见面，对俊夫来说，启子是比自己大三岁的女性。在初中生的眼里，十七岁的她，和附近那些二十岁、三十岁的女性一样都是大人。而现在站在自己面前的她，却比自己小得多，完全是个少女。不管怎么看，都不像超过二十岁的样子。

俊夫很后悔，当时应该鼓起勇气向伊泽老师讨一张她的照片。那样的话，这十八年来自己应该会一直保存那张照片，然后也就可以和今夜的她做比较了。

如果真能做个比较——俊夫大胆地推测——那照片会不会和眼前的启子完全一致？说实话，今夜的她看起来像是十九或者二十岁，但像她这样容貌美丽的女性，通常在年轻的时候总会显得比实际年龄稍大一些。所以，她会不会还是当时十七岁的样子？

这当然不是因为美容术。俊夫已经给自己的推测找到了几个证据。

首先是刚才那个类似防空柜的东西。从内部的情况看，完全不像是防空柜。而且就常识来说，防空柜应该建在户外。不然，如果周围的建筑倒塌，那么防空柜再怎么结实，里面的人也没办法逃出来。而且老师说过研究室很结实，足够充当防空洞，既然如此，也就没必要在里面再建一个防空柜。建那个东西肯定是为了别的目的。

其次是今夜伊泽启子奇怪的言行。那个很难解释成失忆。她的记忆似乎是在昭和二十年五月二十五日半夜十二点中断的，人类的大脑有这种神奇的能力，指定一个如此精确的时刻，把那之后的记忆全部清除吗？

最后的根据是他在往防空柜里看的时候突然浮现在脑海里的东西。或许称之为联想更合适。那归功于他良好的记忆力。

战争期间，俊夫经常在伊泽老师家看外国杂志。初中二年级的他还读不了战前《生活》《时代》等杂志上的文章，不过光看照片也足够了。当时热门的癌症治疗话题，还有有生以来第一次看到的裸体照片，都让俊夫震惊不已，而其中一组按顺序拍摄美国某研究者实验过程的照片更是至今都留在他的脑海里。

当时俊夫不明白烧杯中放白球和金鱼的意思，便去请教老师。老师看了一眼杂志，当即解释说那是某位博士的实验。烧杯里像开水一样的东西是液态空气，温度非常低，零下一百多摄氏度。把橡胶球泡在里面，立刻就冻得硬邦邦的，锤子一敲就变得粉碎。然后博士又把金鱼泡进去，金鱼也很可怜地冻成硬邦邦的，不过博士这一次没有拿铁锤，而是观察了一会儿，把金鱼放回装有普通水的鱼缸里。于是金鱼便苏醒了，又开始自由自在地游动起来。

老师又说，那位博士正在尝试延长冷冻的时间，并尝试冷冻和复苏更加高等的动物。俊夫很感兴趣，正想继续问几个问题，启子刚好进来，说起红薯配给的事，俊夫只得放弃。不过接下来的几天里，那冷冻金鱼的哀怨眼神一直盘桓在俊夫的脑海中。

还有一点让俊夫感到奇怪的是，老师在解释的过程中，不知不觉便把"某某博士"叫成了"某某君"。直到十八年后的今天，他才仿佛明白了其中的缘故。

老师要么和那个美国学者交情匪浅，要么对那项研究出力甚多。恐怕两者都有，或者后者的可能性更大。

7

俊夫思索着如何把自己的想法解释给启子听。

当然，他对自己的结论具有无比的自信。这个推测能够解释今晚发生的所有事情。

问题在于措辞。不能用刺激性的语言，不然她还会昏过去。"冷冻"之类的词绝对不可以。那会让她想到结霜的冷冻食品。"冷藏""冻结"也一样。但是"低温"的意思又太含糊。

俊夫忽然想起在某本小说里看到的"人工冬眠"这个词。这个词很不错。如果用它的英文"cold sleep"就更好了。

还有一点，不能让她觉得自己是父亲的实验品。伊泽老师是人道主义者，不会做那种事。不要说金鱼，老师可能还用仓鼠做过实验，应该对成功很有信心吧。他是为了把心爱的女儿从空袭和红薯粥的生活中解救出来，才让她沉睡到未来的和平时代。经历了十八年的漫长时间，定时开关还能准确工作，这也显示出老师的自信。

话说回来，及川竟然把这台机器原封不动地保存了下来。如果途中撬开了门……俊夫想到这里，不由得有些后怕，又不太敢和她说了。

当俊夫抱着胳膊思考的时候，启子一直站在旁边沉思。她好像也意识到自己的不对劲，正在努力回忆什么的样子。

但毕竟她一直沉睡，当然什么都想不起来。她显得有些焦躁不安，手足无措地搓着双手，不时扭动身体，而且动作越来越频繁。

终于她开口说：

"那个，我，去一下洗手间。"

"哎？"

俊夫慌了。人冷的时候确实会想上厕所，但她是女性，总不能在外面草丛里方便。看来只能带她去及川家里。但是看到身穿劳动服的年轻女性，不知道及川会怎么想。

不过她并没有朝门口走，而是转过身，向研究室里面跑去。

十八年前的卫生间，及川有没有一直保留到现在呢？俊夫不禁又担心起来。

幸好她半天都没回来。俊夫终于下了决心。需要找个合适的地方，慢慢把事情和她说清楚。

他走向房间角落里的电话机。这个研究室，什么东西都摆在角落里。宽敞的房间正中只有那个机器。

拿起听筒，他拨通朋友开的小出租车公司的电话，里面传出社长本人困倦的声音。俊夫报了自己的名字。

"哎，滨田啊，这么晚了，什么情况？"

"哎呀抱歉，"俊夫望着天花板道歉，"有点急事，能不能给我派一辆车……"

"你自己的车呢？抛锚了？"

"不，有点事情，放在家里了……对了，最好是以前的那种老爷车。"

如果派一辆四车灯的六三年新款车，肯定又会把她吓晕过去。

"奇怪的要求。唔，对了，有辆三〇年的福特。前几天还有个美国人说要拿六三年的新车跟我换。"

"哎，那太好了，就要那辆车。还有最好让司机穿上国民服，戴上战斗帽……"

俊夫随口开了个玩笑。对方哈哈笑了。

"你在搞什么名堂。好，行了，交给我吧。"

俊夫领着启子走出圆顶房的时候，主屋的一扇窗户还亮着灯。肯定是及川在写作。

启子停住脚，瞪大眼睛，朝那个方向望去。俊夫用身体挡住她的视线。

"好了，快走吧。再晚就迟了。"

他说着废话，催她出了门。擅自闯进别人家里当然不行，不过出去应该没问题，俊夫想。而且他还打算明天再来拜访及川，打听机器的所有权。那时候再道歉也不迟。

出租车的车库就在代代木上原，所以他们没等多久，三〇年款汽车的英姿便摇摇晃晃地出现了。

"呀，原来尊夫人也是一身劳动服的打扮……这是要去哪儿啊？化装舞会吗？"

出租车公司的社长从驾驶座探出头来，头上戴着武士发髻式样的假发。

8

俊夫一醒就掀开被子跳了起来，朝旁边看去。平时他喜欢赖床，这回能这么干脆利索地爬起来，是因为梦里一直在担心一件事。

旁边的被褥里，启子睡得正香。俊夫长长地叹了一口气。这肯定不是梦。因为梦里每次她都不见了。

昨天夜里，俊夫在车里烦恼了很久，不知道该把她带去哪里。自己的公寓太现代了，她又有晕过去的危险。日式旅馆倒是不错，但是环境太复杂，令人担心。总之不能让她随便接触太多人，而且她一个人行动也很危险，不能让她离开自己的视线。正在他考虑该去哪个旧式旅馆的时候，出租车公司的社长意识到他们并不是要去化装舞会，很有默契地把车开到了某位朋友开在代代木的旅馆。启子从 A 型福特上下来的时候还在喃喃自语："这样的地方竟然有温泉……"俊夫这才意识到温泉旅馆是在战后才普及开来的，不过他还是决定姑且在这里安顿下来。

启子睡得很香。明明睡了十八年，看起来还是没睡够。这也难怪，那个机器里面很小，又没有柔软的垫子。她大概想要尽情享受舒适的睡眠吧，睡相不算好，两只胳膊都伸到被子外面，右肩也都露在外面。她已经脱掉了劳动服。

昨天夜里女招待刚把浴衣拿来，她就赶忙换上了，似乎从女招待直愣愣打量她的眼神中意识到劳动服的不合时宜。看来女人就是女人，不管自己遇到多大的变故，总会担心自己的衣着。

这么说来，对无袖睡衣一无所知的她，如果知道自己的睡相是这样的，肯定会比俊夫更震惊。俊夫把她的双臂放回被窝，把被子重新盖好。她毫无知觉，和身穿防空服装昏过去的时候一样，睡得很沉。

看看枕边的手表，刚过九点。今天是星期天，不用担心公司的事。不过必须在今天把她的事情处理完。俊夫拿起昨天夜里女招待送来的和平香烟，盘腿坐在被褥上。

他抽着烟环顾室内。

日式房间配上廉价但新颖的设计，也许正好适合她理解新的环境。

壁龛旁边的搁板下面放了一台十六寸的电视。启子昨天夜里看了一眼，不过似乎没认出那是电视机。现在电视机的款式和二十年前人们预想的完全不同。

另一侧的角落里，放着叠得整整齐齐的深蓝色劳动服，上面是帆布防空包。要翻看里面的东西，只有趁现在，俊夫想着，偷偷瞥了启子一眼。

可能是因为太热，她又把被子掀开了。不过幸好她翻了个身，背对自己。俊夫把和平香烟在烟灰缸里掐灭，悄悄站起来。

走到防空包前，正要蹲下去的时候，他看到了挂在上方衣架上自己的上衣。口袋里露出一个白色的东西，俊夫想起那是昨夜在研究室的机器里拿的笔记本。出门的时候随手放在口袋里就忘了。他掏出笔记本，回到被子上，背对着启子坐下。

笔记本是小尺寸的，也就是所谓的大学笔记本，已经破旧不堪。封面和背面都没写任何东西。

翻开封面，第一页用细细的笔迹密密麻麻写了一些类似符号的东西。那是俊夫没见过的符号。他翻开下一页，写的还是同样的符号。

俊夫把笔记本横过来、竖过来，看了半天，那些符号一样的东西似乎是将笔记本正放后横向写的。但那不是英语，也不是德语，反而有点像阿拉伯文字。可能是伊泽老师的生物学专业符号吧，俊夫想。总之这里面写的内容肯定和那个设备有关。

但是怎么看都看不明白。只能以后去图书馆调查了。俊夫把笔记本扔到枕边，放弃了。

笔记本刚好掉到榻榻米上，发出"啪嗒"一声脆响。这时候背后传来"沙沙"的声音。

俊夫在脑海里慢慢数到十，才转过头去。启子躺在重新盖好的被子里，睁着眼睛。

俊夫露出微笑。但她脸上还是昨夜来到这里之后一直保持着的僵硬表情，充满戒备。她的双手在被子里微微动作，想把双肩再往下藏一藏。

"我先去洗个脸。"

他站起身，走向洗手间。

方便和洗脸之后，俊夫穿过走廊，来到电话间。

拨通电话，他对接电话的人说："请转七号房间的山田小姐。"

等了很久，才传来一个女人充满睡意的声音。

"哪位啊……"

"啊，小枝小姐吗？我是滨田。"

"哎呀，阿滨啊，前天真是多谢你了。"

"你在睡觉吗？不好意思吵醒你了。"

"没事没事，是你就没关系。哎呀，才九点半……今天是星期天哎。阿滨，你是要打高尔夫吗？"

"不不，今天……其实今天有点事情想找你帮忙。"

"哎，真的吗？那找个地方见面吧。"

"不，抱歉我现在不方便，只能在电话里说。其实……想请你帮我买点年轻女士的用品。"

"哎呀，没想到呀阿滨，你可真过分，一直没告诉我你有女朋友的事……好吧，是礼物吗？买什么好？"

"唔，总之需要马上就能穿的套装，不要太华丽。还有鞋子、手提包……然后还要一些能装在包里的化妆品。还有丝袜和手帕……这些差不多了吧。"

"真行啊，不愧是阿滨，不会光拿一个手提包打发人家。你知道她的尺码吗？"

"对哦，还需要尺码，这可麻烦了。但我现在急着要。"

"那就估个大概吧。她有多高？"

"嗯，和你差不多。胖瘦大概是你的一半吧。"

"哎，你可真过分……总之就是标准尺寸，我知道了。直接送到你家？"

"不，不是家里，送到代代木的，唔……若叶庄。"

"哦，那你现在是和她在……"

"嗯。"

"哎哟哟，好大的八卦。"

"不不，其实是有点缘故……"

"好了好了，我知道我知道。你就放心交给我吧。"

俊夫告诉了她具体的位置，然后挂了电话，穿过走廊，来到柜台。

他付了一天的房费，顺便借了一份报纸。老板娘计算找零的时候，他蹲在柜台前，把报纸快速浏览了一遍。对她刺激太大的报道需要去掉。

他先从《朝日新闻》的晨刊中抽掉了电视预告的部分。就算能解释电视机的存在，但东京居然能收看六个频道，这事也太有冲击性了。

由于是星期天，报纸还有八页的周日特刊，但其中介绍的是核能中心，也被俊夫全去掉了。她连原子弹都不知道。

总共抽掉十二页，剩下另一半，还有十二页。不过空袭时期的报纸只有一页，而且大小也只有现在的一半，所以这些已经足够多了。

回到房间，启子已经把房间收拾得干干净净，穿着宽袍站在窗前，饶有兴致地盯着窗外。

她转过身，俊夫默默递出报纸。她顺从地接过去，坐下阅读。

她第一眼看的是上方的日期。那上面从左到右横向写着"昭和三十八年（一九六三年）五月二十六日 星期天"。启子仔细看了一会儿，大概是觉得报纸也可能印错，又把每一张都翻了一遍，检查其他页上的日期。

翻完以后，她的视线又落回到第一面。俊夫坐在她旁边，也看了看报纸。

那上面没什么重大新闻。头条是《宅地债券开放公募》，旁边是《劝告委提出，违反公共劳动法 ILO 条约》的报道。中间有一篇《困难重重的物价对策：砂糖价格暴涨》，但只写了关税额，没有列出具体的物价。她肯定以为一斤砂糖涨了两三分钱吧。

她浏览了一遍这一页，翻到社会版。

有篇题为《与女警扮情侣暗探百货店，小偷公司主犯东京落网》的新闻。她似乎很感兴趣，读了起来。俊夫走到烟灰缸旁边，点起和平香烟，站在那里看她。

她兴致勃勃地看了一会儿社会新闻，忽然拿着报纸站起身，走到俊夫身旁。

"请问，"她说，"这是什么？"

她指着社会版最下面。那里有一则广告："大扫除请用味之素的 DDT[1]。"

"啊，这个是二氯二苯……"不太擅长化学的俊夫答不上来了，"正式的名字我忘了，反正是一种强效杀虫剂。战后美军带来的药。多亏了它，东京现在几乎没有苍蝇和蚊子了。"

"你刚才说谁带来的？"

"美军。美国军队。"

"啊，美国军队……"

她露出诧异的表情，仿佛无法相信残暴的英美能提供这么好的药。

就在这时，女招待送来早餐。

就算按照启子的时间，把中间十八年都视为零，那之前也是粮食匮乏的时代，她应该很久没见过海苔和鸡蛋了。但是她却没怎么动筷子。捧着米饭不知如何是好，只喝了味噌汤。

"要不要喝点冷饮？"

俊夫说完，没等她的回答，便走向室内电话机，点了可乐。

启子高声问："哎呀，有可乐？"

"嗯？"俊夫吃了一惊，"你知道可乐？"

"我一直都想喝喝看。家里有本书上有可乐的广告，看起来很好喝。"

"是啊。"

战前，她家里的《生活》杂志的封底上，印有可乐的彩色广告。画面非常逼真，满是气泡，仿佛都能听到沙沙声。

---

1 双对氯苯基三氯乙烷，又叫滴滴涕，是有机氯类杀虫剂。

她自己没吃，倒是总给俊夫添饭。

"你可以把我的这份也吃了。"

启子说着，把第三碗饭递给俊夫。看到她的表情，俊夫吃了一惊。那和当年她给自己端上薯粉蛋糕时的表情一模一样。她已经完全相信眼前的就是滨田俊夫本人了。

俊夫想，自己无论如何也要把她剩下的饭全部吃完。那时候自己的胃口很大，不能破坏在她心里的那个形象。

但是，吃完第四碗，三十二岁的俊夫实在不行了。幸好送来的可乐拯救了他。

她兴致勃勃地倒了两杯可乐，然后马上端起一杯往自己嘴里送。但是只喝了一口就皱起眉头。

"一股赛璐珞[1]味儿。"

她说。

俊夫拿起自己的杯子，放到鼻子下面闻了闻。是很像。他很佩服启子的味觉。

不过她还是一点点试着喝完了可乐，然后打了一个嗝。

"哎呀，不好意思。"

她脸红了，用手捂住嘴。

到这时候，应该不需要再解释什么了吧。她自己也会不断吸收新知识。下午带她在东京逛逛应该也没问题。

但启子又沉默下来，转而思考起什么。

俊夫想，她可能是在想那台机器吧。她很聪明，肯定能判断出那是什么机器。

1　赛璐珞，商业上最早生产的合成塑料，一九三〇年代在日本被广泛用于文具、工艺品、生活用品、玩具、透明胶片等。会散发出一股偏酸的樟脑味，易燃。

就在这时，她盯着榻榻米，小声问：

"我父亲，去世了吧？"

俊夫手里的可乐杯子掉在地上。

太疏忽了。十八年后重新回到这个世界，在自家研究室里迎接她的不是亲生父亲，而是邻居家的儿子。不管怎么想，这只能意味着父亲遭遇了某种变故。俊夫后悔自己没能早点意识到这一点，应该小心翼翼地告诉她，避免她受打击的。

她盯着可乐浸透榻榻米，只剩下泡沫，又伤感地问：

"什么时候？"

事到如今，与其遮遮掩掩，不如和盘托出。俊夫重新坐直身体。

"就在那天晚上。昭和二十年五月二十五日，午夜十二点前。他被燃烧弹直接击中。我不知道你们家所属的寺庙是哪个，所以把他葬在了我家的寺庙里。"

她惊讶地抬起头。

"昨天刚好是老师的忌日，我去研究室前，先到谷中的寺庙烧了香。我妈妈前年去世，也葬在那里。和我的爸爸妈妈在一起，我想老师也不会寂寞的。"

她目不转睛地盯着俊夫。那细长的大眼睛里泛起了泪光。

"之后我们一起去寺庙吧。"

她轻轻点点头，"哇"的一声扑到俊夫的膝上。

俊夫紧紧抱住她。

9

正午时分，小枝来了。

"有客人拜访。"听到女招待的声音，俊夫应了一声"好"，正要出去，入口的门开了。女招待捧着两个纸箱站在前面，小枝抱着小山一样的纸袋跟在后面。

"动作快吧。我在银座跑了一大圈。"

"这么多！"

俊夫看了看那些东西。他本来估计全部费用差不多会有两万日元，现在看来可能还要高一倍。

突如其来的到访者让启子吓得躲到了房间的角落里，就像昨天夜里在研究室入口第一次见到俊夫时的样子。唯一的不同是她刚刚哭过的眼睛。

小枝对启子笑了笑。

"我果然没猜错，"她朝俊夫低声说，"从你平时的喜好看，我就猜应该是这种感觉。这套衣服绝对合适。"

小枝在最大的纸箱前面坐下，开始拆箱子。她的手没有嘴巴那么灵巧，封得严严实实的箱子半天没打开。

启子不知什么时候也走了过来，看着小枝手上的动作。还有那个把箱子搬进来的女招待，也在等着看箱子里的东西。

小枝意识到眼前女招待的粗腿，立即停下动作，站起身来。

"啊，抱歉，辛苦你了。"

小枝递过去两张百元的纸币，女招待一脸遗憾地走出去，边走还边回头。

小枝又说：

"阿滨，你也出去。"

"哎？"

"我会把她打扮成时装模特。在此期间男士回避。"

小枝看着启子哭肿的脸，似乎认为她是个连洋装都不会穿的乡下姑娘。于是俊夫只能孤零零地陪着和平香烟在阳台关了一个小时。

终于听到里面传来"行了，可以了"的声音，俊夫走进去，小枝让启子前后转身给他看。然后她说："好了，我也该走了。"

俊夫把小枝送到玄关。

"总共多少钱？我现在手上现金不多。"

"啊，不用。"

"不用是什么意思……"

"全都签了账单，谁叫我在银座吃得开呢。等账单送来，我再转给你。怎么样，她那一身不错吧？"

"啊……我都认不出来了。"

"她本身就是个美人胚子，再加上我的精心打扮，当然非同凡响。你要请我吃饭。"

"一点心意，"俊夫把准备好的两张千元纸币递给小枝，"回去的路费。"

"哎呀，那就不好意思啦。你加油哦，拜拜。"

看着小枝走向公交车站，俊夫回到房间里。

启子跷着腿坐在阳台的藤椅上。桌上放着精致的化妆盒。

"小枝让我代她道别。"

俊夫说完，在启子对面的椅子上坐下。

"她人真好。"

启子微笑着说。她穿着无缝长筒丝袜，跷在上面的那条腿，脚尖勾着拖鞋轻轻摇晃。

"嗯，就是有点口无遮拦……启子，口红是不是有点浓了？"

俊夫终于忍不住开口说。启子的眼影和眼线都画得很浓，简直像是郊区夜总会的小姐。

启子放下二郎腿，迅速伸手去拿化妆盒。

"我也这么觉得，但是那位……"

从耳垂可以判断出掩藏在浓妆下面的脸已经通红了。她站起身，飞奔到梳妆台前。

大约十分钟后，启子回到俊夫面前的时候，小枝花了一个小时的辛苦成果已经被洗得干干净净。

"这样好多了。"

俊夫察觉到自己又变得彬彬有礼起来。

"这是你的？"启子把大学笔记本放到桌上。就是那本写着奇怪文字的笔记本。"……放在梳妆台旁边，怕你忘了。"

"啊，对了，"俊夫说，"启子，你认识里面的字吗？"

启子拿起笔记本，按照战前的习惯从右往左翻了几页，然后一脸不解地来回打量翻开的笔记本和俊夫的脸。

俊夫瞥了一眼笔记本，"啊"的一声叫了起来。那上面写着日语。

"给我看看……"

俊夫从启子手上抢过笔记本。

　　　　此事一目了然。

这样一行字映入眼帘。俊夫翻到下一页，同样是日语。后面也都是日语。他似有所觉，翻到最前面，第一页仍是那种仿佛阿拉伯文的文字，他迅速翻了几页，发现几乎半本笔记都是同样的文字，往后就变成了把笔记本横过来写的竖排日语。

俊夫开始读起日语的开头部分。

　　　　四月三日（星期六）　我觉定[1]从今天开始用日语写日

记。已经学了很多日本文字……

俊夫"啪"地合上笔记本。

10

笔记本里可能写了某些令人难以置信的内容。俊夫想，自己需要单独读一遍。

在这期间，必须把启子的注意力转移到别的地方去。

"你看电视吗？"

俊夫试着问。

战前恐怕谁也想不到在昭和三十年代电视会这么发达吧。现在的电视肯定会让启子非常惊讶。

"哦，电视机？就是那个吗？"

启子果然看向房间里，眼睛闪闪发光。聪明的她马上意识到壁龛旁边放的就是电视。

"十年前开始就能收看节目了。东京现在有五家电视台。"

俊夫一边说，一边走到电视前面。

跟在后面的启子仔细打量电视机。

"屏幕真小呀。"

她说。

俊夫有点泄气。启子不懂行。战前的一般人只知道电视是用无线电波发送的电影。

"房间不用调暗，"俊夫抢先说，打开电视机的开关，"唔……"

他看看手表。一点半。

"今天是星期天，现在不知道在放什么节目。"

他正要换频道，看了看启子，又停了手。她正一脸庄重地看着电视画面，就像在看阅兵式一样。

过了一会儿，她像看到了知己一样欢呼起来。"哎呀，花柳章太郎！"然后又对俊夫说，"花柳章太郎胖了好多啊。"

于是俊夫转到电视机后面，调整垂直振幅的旋钮，让花柳章太郎的圆脸变得正常些。很多家庭里的电视机，垂直振幅往往没调整好，有些人甚至认为，上电视的人腿都很粗。但眼前的启子没什么值得嘲笑的。

俊夫拍拍手上的灰，问启子：

"肚子饿了吗？"

他还好，不过启子几乎没怎么吃早饭。

启子目不转睛地盯着明治剧场的新剧转播，回答说"不饿"。

"不吃东西对身体不好。这里不供应午饭，不过可以让女招待做点饭团。饭团可以吧？"

俊夫正要拿起室内电话的时候，启子转过脸对他说：

"太浪费了，我有吃的。吃那个就行。"

"哎？"

启子站起身，把劳动服上的帆布包拿过来。

"应急食品，不过已经不需要了。"

启子笑着从包里取出一个纸袋，打开。

里面是军用压缩饼干。褐色的，橡皮擦大小，两面各有一个凹孔。

"尝尝看？"

俊夫从她递过来的袋子里拿了一块，放到鼻子下面闻了闻。没有什么奇怪的味道，但这是十八年前的东西，还能吃吗？

启子已经开始津津有味地啃起压缩饼干了。她的眼睛还盯着电视画面。

俊夫不放心地观察了一会儿，见她没有肚子痛的迹象，于是打电话叫了茶水，拿了两块压缩饼干，去了阳台。

点上烟，他翻开笔记本。

俊夫首先粗略看了一遍日语的部分。写的是日记体，但日期间隔很大，平均一个月左右写一次，每次篇幅不等，从两三行到两页都有。昭和十二年四月三日开始，到昭和二十年五月二十五日结束。后面还有几页空白。

俊夫翻到四月十三日的下一页，也就是最后一个日期的地方开始读起来。

　　五月廿五日（星期五）　我决定今晚执行计划。美国空军的空袭日益猛烈。联合国方面近日可能会对日本发出最后通牒，美军可能为此牵制日本。这一带也变得不再安全。而且当局对我查得很紧，或许明天我就会被捕。事态刻不容缓。

最后两句字迹潦草。恐怕当时空袭警报已经拉响，事态真的刻不容缓。

但是，这篇文章只提到了"计划"这个词，具体指的是什么却不清楚。于是俊夫又往前看了几个日期，但没找到相关的字句。

他最后决定从头开始按顺序往下读。

最早的日期是在一年的当中，没有写年号。他往后翻了翻，查找下一个出现的年号，判断这是昭和十二年。

　　四月三日（星期六）　我觉定从今天开始用日语写日记。已经学了很多日本文字，这样也是一种练习。今天启子在学校被选为年级长，非常让人欣慰。启子说六号去给神风号送行，但因为是半夜，我没让她去。启子已经能认出报纸上的不少字了。我也要加油。

因为是昭和十二年，这里的"神风"应该不是神风特攻队，而是朝日新闻社访问欧洲的专机。

但是让俊夫吃惊的却是另一件事。他从没想过那位伊泽老师是外国人。老师身高一米五左右，戴着无框眼镜，留着小胡子，皮肤比俊夫还要黑一点。俊夫一边想老师至少不会是白人，一边朝房间里老师的直系亲属看去。

启子依然目不转睛地盯着电视，一动不动。从侧面看，她确实很像电影明星小田切美子，也很适合日式发型。

俊夫决定往下读。

后面的内容几乎全都是关于启子的。启子在学校拿到了甲等、启子第一次做了好喝的味噌汤等等，都被一一记录下来。

引起俊夫注意的是里面时常出现的"机器"一词。"机器没有异常""保养了机器"这样的字句随处可见。其中有些日期只写了这样的句子。它是不是指研究室里的那个东西？俊夫不知道。如果是的话，就意味着那台机器早在昭和十二年就完成了。

还有一个地方，老师写到了自己的工作。日期是昭和十三年二月。到这时候，错别字没了，字也写得很好。

二月十五日（星期二） 我终于找到了工作。多亏朋友小山帮忙，做了文理科大学的讲师。今天去见了学部长。部长说他读了我的论文，热情夸奖了我。我负责古生物学的授课，月薪一百五十元。从四月开始，终于不用做"悠悠球"了。

"悠悠球"是昭和八年前后超级流行的玩具。俊夫记得自己还在蹒跚学步的时候，就在家里的悠悠球上留下了自己的牙印，那个球一直保留到空袭前。从昭和八年到那时候已经过去了五年，悠悠球大概已经不流行了，所以老师必须要找其他的工作，最后总算找到了大学讲师的职务吧。俊夫读到这里也松了一口气。长相如同天皇的老师去做悠悠球，实在不太像话。

不过对老师来说，古生物学可能和悠悠球一样，都是为了生活的权宜之计。在那之后，日记里再没有写过任何有关大学工作的事。

昭和十六年三月详细记录了启子考上圣仁高女的事。入学费是三元五十分。

但关于十二月的宣战通告，老师却什么都没写。大概和他毫无关系吧。相反，他对法国哲学家柏格森和波兰政治家帕岱莱夫斯基的逝世表示了深切的哀悼。

昭和二十年初，有这样的记载：

　　昭和廿年一月一日（星期一）　按照这个国家的计算方法，启子今天满十八岁，已经是成人了。一般说来，这是我对她坦白一切并离开这个国家的好机会，但我今天下了另一个决心。去年年底，美军开始空袭，东京也日益暴露在危险中。这样的情况下，我不但不能丢下启子，到了紧要关头，还必须为了启子使用机器。启子也许会受到很大的打击，但为了她的安全，不得不那么做。

俊夫反复读了好几遍。这好像是日记的关键。然后他又浏览了一遍剩下的内容，合上笔记本，放到桌上。

房间里传来熟悉的广告歌曲。转头一看，启子在专心地看着广告。

"《干练妈妈》已经放完了？"

俊夫问。经过长年的训练，他可以一边看笔记本，一边听清楚电视里在放什么。

"嗯。"

启子终于转过头来看俊夫。

"你也过来看看吧。我已经看过一遍了。"

"嗯，眼睛好酸。"

启子站起身，眨了眨眼睛，然后走到电视机前，小心翼翼地把手伸向电视机的开关，就像要触摸什么爆炸品似的。于是俊夫站起身走过去关掉开关，和她一起回到阳台。

面对面坐下，俊夫刚叼起烟，启子便给他点上火。

"啊，谢谢……电视好看吗？"

"嗯，很好看……上面说发明了一种神奇的药，我有点想试试。"

"每个周末三点开始都会放洗涤剂的……不对，放外国电影。"

"嗯，是啊，我好久没看外国电影。太平洋战争开始前一个月，我在日比谷电影院看过《史密斯先生到华盛顿》，已经四年了……啊，其实是二十二年。"

启子说着笑了起来，俊夫却没有笑。

"那个，"他说，"能给我讲点老师的事吗？其实我只知道老师的名字，其他一无所知……现在遇到了你，我想多少了解一些，做法事的时候也……"

"实在对不起。"

"不不……那，老师的家人，也就是你的母亲，是谁？"

启子盯着俊夫的脸看了一会儿，然后垂下眼睛，小声说：

"我是在孤儿院长大的。"

"哎？"

俊夫忍不住叫了起来。

"我是个弃儿，至今都不知道真正的父母是谁。我在国立孤儿院长大，七岁时被父亲收为养女。"

听到启子这么说，俊夫反而感觉轻松了一些。刚才知道启子的父亲是外国人时，他总觉得怪怪的。现在知道她是孤儿，和父亲没有血缘关系，刚才的怪异感顿时烟消云散。虽然觉得有点对不起老师，但也没办法。

"有一次去井之头公园郊游，回来的路上，在电车里有人给我让座，就是我的父亲。父亲说我很像他过世的女儿，怎么也忘不了我。他通过我胸口的徽章找到了我的孤儿院……我呢，第一眼看到他，也觉得很亲切……"

启子掏出小枝送来的手帕。

俊夫站起身，轻轻揽住她的肩膀，带她进了房间。

他在房间里站了一会儿，一个人出去了。

11

俊夫回屋后，看到启子又坐在电视机前，这才放下心。回来的时候，他一直担心启子会不会自己跑去葬着她父亲的寺庙。

在这一点上，他很想感谢包括自己在内的电视机技术员。启子似乎一直在看电视。

看到俊夫，启子自己关掉电视，站了起来。

"你回来啦。我想着你快回来了，就叫了饭。"

"那个……"

俊夫脱下上衣，启子接过去挂在衣架上。

"有种气体打火机，像火焰喷射器一样'嗖'地喷火……"

"啊，我也有，你看。"

多亏了电视广告，俊夫才敢把这东西拿出来。他在启子面前一直都在用火柴。

启子给俊夫拿了一支烟。两个人坐在烟灰缸前。

"我刚才在看相扑。"

"对哦，今天是千秋乐[1]。大鹏胜了？全胜？"

"嗯，就是叫大鹏的相扑选手。有点像狄安娜·德宾。"

"嗯。"

"他从双叶山手里接过奖杯。双叶山穿了带家纹的衣服。这个怎么用？"

"不，按这里，看。"

"哎呀，给我……啊，点着了，快，快点香烟……"

"啊，谢谢。"

"然后是个很像玉锦的选手，叫若什么的，撒了很多盐……"

"若秩父？"

"嗯，对。太浪费了吧。"

"唔……食盐已经解除管制了。"

说到这里，饭菜端了上来，俊夫不用再被她的问题折磨了。

餐盘上还有两瓶啤酒。那不是强行推销，而是启子点的。女招待一走，她就马上打开盖子，给俊夫的杯子倒上了。

"谢谢……"

1　千秋乐，特指相扑赛事的最后一天。

俊夫坐在餐盘前，拿过啤酒瓶。

"启子也来一杯吧……"

"嗯，少一点。"

俊夫按照启子说的，只倒了少许，决定看看她的情况。鉴于接下来要说的话，可能还是让启子稍微有点醉意才好。不过如果她是那种一喝酒就爱哭的人，可能会有反效果。

半杯啤酒，启子分了好几次喝完，脸颊变得通红。她用双手捂住发烫的脸颊。

俊夫从挂在衣架上的衣服口袋里取出笔记本。

"这个笔记本，其实是昨天夜里从机器中找到的。"

"啊……那，这是父亲的笔记本呀，给我。"

启子从俊夫手里抢过笔记本，读了起来。她皱着眉头，飞快读着，几分钟就看完了日语的部分。读完后，启子说：

"这个'计划'是什么？"

她果然也认为那是关键。

"我认为那可能就是笔记本前面的内容。"

启子翻到笔记本前面写着奇怪文字的地方，浏览起来。

"启子，你知道老师是哪国人吗？"

启子抬起头摇了摇。

"哦。不过你知道老师不是日本人？"

如果启子看过笔记本才知道老师的国籍问题，肯定会更加震惊。

"嗯，因为我们生活在一起啊。一开始他连字都不认识……不过我没有刻意问过父亲。合适的时候他会告诉我的，而且不告诉我也无所谓。他对我很好，是个好父亲。"

"……"

"所以呢？"

"哦哦，刚才我去找了一位研究语言学的朋友，我们查了半天，发现这不是阿拉伯文，也不是世界上任何国家的文字。"

"哦。"

"朋友推测这是某种暗号，但我怀疑世界上可能还有某个未知的小国家……"

"……"

"不过不管怎么样，启子，我认为只要花时间总能解读。其实我已经辨认出了几个字。"

"啊，真的？"

"嗯，"俊夫喝了一口啤酒，从启子手里拿过笔记本，"这是日记，所以有日期，每一年的开始会写年号。用奇怪文字的部分也不例外。你看，日语部分往前四页，因为后一个年号是用日语写的昭和十三年，所以这六个字……"

俊夫指着笔记本，

"不管是不是表示 12 这个数字，但肯定表示昭和十二年。"

"啊，"启子两眼放光，"我坐过去。"

她把自己的餐盘挪到俊夫的右边。

俊夫等启子坐下来，继续说：

"这样的六位数字一共有五种，分别表示昭和八年、九年、十年、十一年、十二年。但是对比这五种数字……"

"哎呀，俊夫。"

启子打断了他的话。

"哎？"

"这样的话，何必这么做呢？每一篇日记开头不是都有日期吗？而且基本上都是一个月写一次，一般都是先写月份吧，所以只要比较一下，1 到 12 的数字不就全知道了吗？"

"好办法，"俊夫微笑着说，"只是没这么简单。你看，这个好像是日期，但是这里只有一个数字。这里有两个。还有这里是三个，三位数。老师的国家好像没有'月'这个单位。好像是从一月一号开始按天数计算整个三百六十五天。"

"哦。"

"那么再说回来……唔，刚才说到有五种数字，是吧。比较这五种数字，可以看到第六位，也就是最后一位都不一样。不只是这个，五种中的最后一种，倒数第二位也和其他数字不同。你知道这意味着什么吗？"

"这……"

"这里开始，数字出现了进位，对吧？"

"对，是的。"

"昭和十一年到十二年，数字进了一位。也就是说，这个年号不是昭和，也不是皇纪和公历。因为这三个都不会在昭和十二年发生进位。所以它肯定是某个未知国家的年号。"

"六位数字，是个很古老的国家呀。"

"不见得，说不定开始的几位不是数字，而是某种纪元的符号。毕竟数字太多了。不过总之，我们知道了不少数字。这个昭和十二年的最后一个符号是进了一位，说明它是 0。前面昭和十一年的最后一个符号就是 9，那么昭和十年是 8，前面按顺序分别是 7、6，这样我们就有了五个数字。"

"厉害！来，喝点啤酒。"

"啊，谢谢……另外还有。昭和九年最后两位是相同的，对吧。"

"哎呀，真的。"

"所以应该是 77。那么最后两位数字，从昭和八年开始按顺序就是 76、77、78、79、80。你看，昭和十二年的倒数第二位和昭和十年的最后一位一样吧？完全没错。"

"再解出剩下的五个数字就好了。"

"对。再往下分析，肯定可以全部弄清。另外，除了数字，我还发现一件更重要的事。"

"什么重要的事？"

"启子你刚才说，你到老师家的时候是七岁对吧？那是昭和十年？"

"是啊。"

"这本笔记本里写的昭和十年……在这里。看到了吗，从这里开始，同样的文字频繁出现，几乎每次日记里都有。但是之前从没出现过同样的文字组合。这组字是什么意思呢……"

启子睁大了眼睛。

"啊，我的名字！"

俊夫用力点点头。

"在哪儿？长什么样子？"

启子的目光随着俊夫的右手，看向笔记本。

"这里。你看，四个字的组合。这里也有。第一个和第三个字相同，所以这是辅音 K，第二个字表示的是复合元音 EI 吧。"[1]

"这是我父亲写的呀。"

启子用筷子尖蘸上酱油，开始在餐盘上模仿着写起来。她把碗碟推开，并排写了好几个。

---

1 "启子"的罗马音是"K-EI（启）K-O（子）"，共五个字母。书中之所以说四字组合，是因为笔记中用了一个字来表示"EI"这个复合元音。

"不过启子，接下来就完全没头绪了。后面需要用IBM去分析。"

"那是什么？"

"电子计算机。"

"啊，计算机。我可以用算盘做。我有二级证书。"

"嗯，谢谢。"

俊夫合上笔记本，放到身后的榻榻米上，专心享用起啤酒和饭菜。

"给我看看。"

启子拿过笔记本。

她夹起三文鱼刺身送进口中，从第一页开始，恋恋不舍地一页页翻看父亲写的字。

她忽然大声叫了起来。

"哎呀，这里写着英文字母。"

"哎？哪里哪里？"

俊夫慌忙把啤酒换到左手，越过启子的肩膀探头去看笔记本。

启子把筷子倒过来，指着某一页的正中间。

因为和其他文字的写法一样，所以之前没注意。现在仔细一看，确实是印刷体的英文字母。全部是大写，一共七个字母。第一个是H，然后是G，接下去是WELLS。

H. G. WELLS……H. G. 威尔斯……俊夫意识到那是《世界史纲》的作者。学生时代买的岩波新书版本，现在还保存着。

但这里为什么会出现这位英国文艺评论家的名字？俊夫望着天花板想。

启子又叫了起来。

"还有一个，在这里。"

"哎？"

"唔……T……I……"

它们就连在刚才的英文字母后面，但因为字母之间的间隔太小，更加难以分辨。

不过，他们总算辨认出那是 TIME MACHINE。

12

两三年前上映过电影《时间机器》。原著作者是 H. G. 威尔斯。他不仅写评论，也写科幻小说。

俊夫没有读过原著，不过看过电影。

有位青年发明了时间机器。时间机器是能在时间中旅行的机器，用它可以自由前往过去和未来。青年乘上时间机器，去了几百万年后的未来世界。那时候现代文明已经消亡，生活在那个世界的是原始人。青年卷入了他们之间的种族斗争，最后与原始人的美女终成眷属。

俊夫把那个故事讲给启子听。

"有趣的故事。不过那是电影呀。人真的能在时间中旅行吗？"

"谁知道呢……不过，在十八世纪前，人们都认为人类不可能在天空中飞翔，但是蒙哥尔费兄弟成功制造了热气球，莱特兄弟发明了飞机，打破了那种看法。还有，昭和初期，有学者发表理论认为，即使在未来，飞机的速度也绝不可能突破声速。但是结果呢？现在好多飞机的速度都超过声速的两倍了。"

"呀，真的吗？"

"用螺旋桨推进的方式，确实如同学者的理论所言，越接近声速，效率越低，最多只能达到 800 公里每小时，约为声速的三分之二。但是，人类采用了喷气式推进的方法，打破了那个障碍。"

说着说着，俊夫意识到他同时也在说服自己。

"所以，现代科学认为绝对不可能实现的事，到了将来，也可能通过不同的路径实现。"

说到这里，他终于相信研究室里的那个物体就是时间机器。

"既然这样，"启子说，"也许几百上千年后，时间机器真的会被发明出来……"

她忽然叫了一声，飞快地说："时间机器是时间旅行机，所以它一旦被发明出来，就能从未来世界来到这个世界。"

"是啊！"

俊夫挤出这句话。

启子的聪明让他非常惊讶。自己只想到那个东西是时间机器，却没想到这一点。伊泽老师不是发明了时间机器，而是乘坐了时间机器。他不是从外国来的，而是从未来来的。

启子说："你说 H. G. 威尔斯是刚才那个电影的原著作者？"

"嗯。"

"那小说里也写了吧。"

"我没读过，不过好像是十九世纪末写的。"

"果然。父亲肯定以为这个世界上的人不知道时间机器。但是看到小说里居然写了时间机器，感觉很神奇，所以写到日记里了。"

说得没错，俊夫想。老师英语很好，肯定读了原文。

俊夫在头脑中整理了一遍。伊泽老师在遥远的未来世界乘坐时间机器来到二十世纪的日本，目的大概是为了考察什么。在日本停留的两年间，他收养了孤儿启子作养女，所以没办法很快回去。带她一起回到未来世界也不是不行，但考虑到风俗习惯不同，启子恐怕难以适应吧，所以就像日记里写的那样，他打算等启子长大成人之后再把一切告诉她，返回未来。但是空袭愈演愈烈，所以他制定了新的计划。再有就是，那个东西不是人工冬眠机，而是时间机器。除了这一点，其余一切都和俊夫昨夜想的一样。

幸亏自己没对启子说什么人工冬眠的昏话。俊夫偷偷红了脸。

启子也红着脸，不过这是啤酒的作用。

"再来点啤酒吗？"

她问。好像，是自己想喝。

作为回答俊夫拿起电话，又叫了啤酒。

"啊，父亲所在的未来是多久以后呀？几百年，还是几千年……"

"哎呀，可能更遥远哦。几万年、几十万年后的未来。"

"啊，对了。"

"哎？"

"如果父亲的国家是在未来，那么刚才的年号数字，说不定就是公元前多少年之类的东西。和一般的年号相反，越是古老，数字越大……"

俊夫跳了起来，从挂在衣架的上衣里掏出自己的笔记本和钢笔。

他一边看老师的笔记本，一边往自己的笔记本上写数字。

"嗯。刚才以为是 76、77、78、79、80 的数字，也可以解释成 23、22、21、20、19。对的，真的可以。罗马数字、阿拉伯数字，还有中文数字，1 都是最简单的，从 2 到 3 越来越复杂，这里也适用。看，这个仅仅翘了一点的是 1，这是 2，这是 3……这个最复杂的是 9。没错，这是 BC，表示公元前的年份。"

"那，既然是六位数，个、十、百、千、万、十万……哪怕第一个是公元前的符号，也到万位了。"

"嗯，老师生活在几万年后的未来。这样的话，那可能不是从现在的二十世纪文明发展成的未来，而是更加遥远的、完全不同的时代。"

如果将这个问题进一步深入分析下去，也许可以避免之后那起严重事件的发生吧。然而这时候啤酒送来了，打断了两个人的谈话。

他们互相倒酒，举杯相碰。

"祝你早日适应这个世界。"

"我会努力的。"

毕竟对于两个人来说，眼前的问题是启子十八年间的空白。几万年后的事情无关紧要。

俊夫站起身，走到窗边。窗外灯火璀璨。周围旅馆与餐厅的霓虹灯招牌、高速公路上的车灯，与对面大概是赤坂银座方向的霓虹灯交相辉映，染红了夜空。

启子走过来，站在他身边。

"和平了呀。"

她说。

"嗯。"

13

第二天早上九点左右，两个人离开了旅馆。

俊夫小心翼翼地抱着一个大纸包，里面有启子的劳动服、头巾、防空包。对两个人来说，这些肯定都是纪念物。

启子有生以来第一次穿高跟鞋，不太能走路。俊夫揽住她的手臂，打算扶着她走。

"哎呀……"

启子涨红了脸，挣脱了手臂，朝四周望去。对面走来的不是帝国陆军的宪兵，而是年轻的情侣。他们紧紧搂在一起，脸贴脸地走着。

启子瞪大了眼睛。她很快理解了，自己主动挽起俊夫的手臂，走了出去。

俊夫苦笑不已。要是被公司的人看到这样的场景就糟糕了。一大早就和一个女人走在温泉旅馆的附近……他想起还没和公司联系，于是去找电话亭。

他找了一个部下，告诉他自己因为私人原因需要请两天假，让他代管正在开发的彩色显像管事宜。一起走进电话亭的启子竖起耳朵听着，一言不发，以免被电话那头听到。

今天有很多地方要去。梅丘的及川家、谷中的法念寺……还有世田谷区政府，要去那里调查启子的户口。

昨夜之后，启子已经再也不想离开俊夫身边了。这样的话，就需要考虑她的户籍问题。

空袭的第二天，应该就报告过伊泽老师的死亡和启子的失踪，所以她的名字应该早就从户籍上删掉了。如果要重新登记，那么除了十八年间的空白，还可能会牵涉到她的亲生父母。要解决这个问题，可能会费很多工夫。俊夫做好了心理准备。

俊夫的爱车斯巴鲁360停在附近的停车场。昨天外出的时候，他顺便去了一趟公寓，把车开来了。

"哎呀，这是俊夫的汽车？很像KdF啊。"

"KdF？"

"希特勒总统下令让费迪南德·保时捷博士设计的汽车。德国的国民车。"

"哦哦，大众啊。"

在这个世界，启子熟悉的东西也多得出人意料。如果她知道大众至今还没改款，肯定会很高兴吧。

"德国人的技术很优秀，但还是比不上美国人的产量。前几天父亲和我说过。"

"来吧，上车。"

最好先避免谈到"父亲"的话题。俊夫把她推进车里。

车开了。幸好比起父亲，启子更在意窗外的风景。

"俊夫，战争中东京毁了不少吧？"

"有段时间，放眼望去，到处都是废墟。"

"重建工程很辛苦啊。"

"嗯？哦哦，那不是重建工程，是在修建高速公路。明年要在东京举办奥运会。"

"奥运会？真的要举办了呀。"

"什么叫真的？"

"本来预定是在昭和十五年举办的吧？"

"是吗？"

"世博会呢？"

"哎？"

"不是预定皇纪二六○○年还要举办世博会的吗？因为战争延期了……已经举办过了？"

"不，还没有……"

"哦，太好了。"

"哎？"

"父亲买了预售票，说要一起去。就在那个防空包里。如果因为空袭被烧掉就太可惜了，所以我收到包里了。花了整整十元钱呢。一共十二张，我们一起去吧。"

"嗯……不过，就算下次举办世博会，我想那些票也用不了了。"

"为什么？花了十元钱买的预售票不能用，凭什么……"

"小启，先别说这个了，你看那边。"

"哎呀……日本果然打赢了太平洋战争啊。"

"不。因为不想让你联想到你父亲的事，我没告诉你，实际上日本无条件投降了。"

"哎……那为什么那边会有埃菲尔铁塔？"

"哈哈哈，那个呀，那不是运来的战利品，是日本人自己造的东京塔，用作电视台的天线。"

百年前建造的巴黎埃菲尔铁塔在建筑技术层面和东京塔有多大的不同，电子专业出身的俊夫是不知道的。

俊夫感觉自己这样的技术人员在战后的十八年间，并没有做什么有用的工作。

14

按下门铃，及川先生又和上次一样，像从自动售货机里蹦出来似的。

"哎呀，欢迎欢迎。"

刚按下门铃就碰到主人出门，这对俊夫来说已经是第二次了，所以一点也不慌张。

"前天晚上给您添了很多麻烦……当时怕您休息了，所以回去的时候没有和您打招呼……"

俊夫礼貌地低头致歉。

"哪里哪里……"

抬起头来，俊夫却发现及川的视线根本没看自己，而是落在了后面的启子身上。

"及川先生，这位是伊泽启子，原本在这里……"

俊夫正忙着介绍，及川大声打断了他。

"啊，请多关照！"

及川朝启子微微点头致意，但并没有邀请他们进屋。

有点奇怪，俊夫想。然后他突然反应了过来。那个研究室里的东西是时间机器，所以三天前还不在研究室里，直到前天晚上才出现。及川后来肯定去过研究室，看到了时间机器。

俊夫观察着及川的脸色，谨慎地说：

"那个，很抱歉总是提出过分的要求，能不能再让我去看看那间研究室？"

及川把手伸进裤子口袋，摸索出某个东西。

"没问题，去吧去吧，这是钥匙……"

及川把钥匙递过来。俊夫观察着他的神情，伸手接过，说了一声"谢谢"。

"我还有点事，"及川说，"失陪了，你们自便。"

"啊，这……在您百忙之中还来打扰，真是太抱歉了。"

俊夫和启子像是被赶出来似的出了玄关。

沿着院子走向研究室的时候，俊夫一直在揣测及川到底是因为看到了时间机器而生气，还是真的很忙。因为这关系到时间机器所有权的问题。

仔细想想，那台时间机器的所有权属于谁，确实是个很棘手的问题。现在时间机器在及川家里，但不是有人把它搬进去的，而是前天晚上突然冒出来的。从法律角度说，这种情况该怎么处理？这和从地下挖出一堆金币完全不同。

不过，至少到一九四五年的空袭之日为止，那台时间机器是启子的养父伊泽老师的所有物。而在一九四五年到一九六三年的十八年间，它不是任何人的所有物……那段时间它根本就不存在于这个世界。

"真美呀。"

启子说。

初夏的清澈蓝天下，研究室的白色圆顶格外清晰。白色建筑如此整洁漂亮，肯定是因为长久以来得到了精心保养。这样说来，及川肯定看到了时间机器。俊夫又开始担心起来。

"俊夫，钥匙呢？"

先走到研究室门口的启子回过头问。

"啊，在这儿……"

俊夫走过去递上钥匙，忽然想到及川为什么前天晚上没有把钥匙给自己。不过他马上又想，及川肯定以为他是在研究室门口等人。

时间机器和前天晚上一样，位于研究室的中央。启子打开灯，房间周围的荧光灯照在时间机器上，反射出带有灰绿色的柔光。荧光灯当然不是伊泽老师那个时代的东西，是及川后来装上的吧。

俊夫想，这就是真正的时间机器啊。和电影里的很不一样，非常普通。

高二点五米、宽二米的长箱子。四角都打磨过，没有任何多余的装饰。灰绿色的表面到处可见绿色的斑点。凑近了看，才发现是油漆剥落，长了铜锈。这是青铜制品，铸造工艺很差，到处都是砂眼。

俊夫打开门走进。门后就是类似上公交时的两级台阶，将地面抬高了大约五十厘米。走上去看，里面很狭小，身高一米七三的俊夫必须弯腰，不然就会碰到头。也许未来人的个子都不高。伊泽老师也是。

启子跟在后面进来，里面一下子就挤满了。俊夫和启子摆出跳贴面舞般的姿势，查看那扇门。金属门厚度大约二十厘米，周围的墙壁也是一样。就算炸弹在旁边爆炸也没问题吧，俊夫想，难怪自己一开始以为是防空柜。

启子按下门边的按钮，内部亮了起来。墙壁和地板都是乳白色的。正面墙上有几个按钮。灯具位于两侧墙壁天花板附近，那是直径三厘米、长十五厘米的线圈状物体在发光。俊夫小心地伸手摸了摸，没感觉到热度。

地上有两个宽二十厘米、长六十厘米左右的洞。俊夫刚才就发现了这两个洞，为了不掉下去要小心地绕开它们，内部也因此显得更加狭小。不过探头看看，洞里什么都没有。

就在这时，启子突然把两只脚放进其中一个洞里，坐了下来。

"要这样。父亲前天告诉我的。"

"哦，原来这是座位啊。"

俊夫也坐到了旁边的洞里。这就像是烘脚的暖炉一样。虽然没有靠垫，不过腰部位置略往里凹，坐着并不难受。

"俊夫，未来人是不是平时就在地上开洞当座位呢？"

"哎？不过那样的话，平时走路不是会掉到洞里，很危险吗？"

"但是我们也会把椅子放在地上啊，大家都能好好走路，没人撞上去。"

"对哦，说的有道理。"

"嘻嘻。"

启子的脸就在旁边，二十世纪化妆品的芳香弥散在时间机器里。俊夫轻轻将嘴唇贴在她的脸颊上。

启子没有躲，一只手指向对面的墙壁。

"当时那里开了灯。"

俊夫的唇还贴在启子的脸颊上，斜着眼朝她指的方向望去。墙壁中央有个像是云母片的东西连通上下，宽度大约十厘米。未来世界可能没有玻璃吧。

"通了电是什么样子？"

为了说话，俊夫终于挪开了嘴唇。

"从最下面往上，慢慢地……就像电子显示屏……"

"小启，怎么了？"

俊夫抱住启子的肩，观察她的神色。启子双手捂脸，垂下了头。

"突然有点头晕……"

她透过指缝说。

"那可不好，我们出去吧。"

俊夫把启子从洞里抱出来，走出时间机器。

俊夫把她放到前天躺过的沙发上，帮她脱下鞋子。启子脸色苍白，像是贫血。

俊夫把同样是前天找到的威士忌拿过来给启子喝。这回是她自己喝的。

"感觉怎么样？"

"嗯，好些了……想起那时候的事，有点害怕。"

原来如此。俊夫意识到，对启子来说，这台时间机器是和那个凄惨的空袭之夜联系在一起的。

启子想起身。

"不行不行，你要躺着，脸色还是不好，先躺半个小时。"

俊夫脱下上衣，盖在启子身上。她凝视着俊夫的眼睛。

俊夫从上衣口袋里取出香烟，点上火。但是烟雾飘到了启子那边，把她呛得咳嗽起来，俊夫马上掐掉了香烟。

"那我再躺一会儿，俊夫，你去看看时间机器？"

"嗯，好。"

俊夫重新给启子盖好上衣，就在这时，他突然又想吻启子。

如果有什么预兆的话，那就在此时此刻。

俊夫长长地吻了启子，然后在启子的微笑中走向时间机器。

在时间机器里，俊夫首先在两个座位中间发现了一个小小的上翻盖子。打开一看，只见地板下面有几根直径二厘米左右的管子。

肯定是发动机的一部分。穿越时间需要巨大的能量，能够装在这么小的地方，估计用的是核能。

但如果知道利用核能的方法，伊泽老师为什么不用它来帮助日本呢？虽然老师反对战争，但应该也不愿意看到启子的祖国灭亡。在昭和九年的时间点上，如果能够基于和平目的开发资源，日本也不至于走投无路吧。

不对，俊夫想起来，老师的专业不是核能。他是生物学家。即使是今天的日本，也有很多植物学家和考古学家，连电灯坏了都不会修。

俊夫合上盖子，坐到右边的洞里，望向对面的云母板，也就是导致启子头晕的元凶。

俊夫对云母板没有任何想法，却对它两边类似刻度表一样的东西产生了兴趣。那是很小的物体，俊夫本来还以为只是黑线。

俊夫起身走到左边的刻度表前蹲下。宽约一厘米的黑色横条方框里，排列着五个字符，左边三个和笔记本里看到的一样。昨天晚上发现那是公元前的意思后，他写了好几遍，所以记得。那个字的意思应该是 0。接下来的字符肯定是 1。最后是一个不认识的字。不过俊夫认为那个数字是 8。

　　这是时间旅行机，并不需要速度表和里程计。如果需要数字，那就是要确定去往多少年后的世界，或者多少年前的世界。肯定只有这时候才要用到数字。而这个仪表后来应该没人动过，所以还保留着伊泽老师把启子送往十八年后的样子。十八，也就是……00018。

　　黑框下面左右各有两个小按钮。俊夫感到心脏狂跳，他伸手去摸左上方的按钮。只听"咻"的一声，最右边的数字像老虎机一样卷动起来。俊夫慌忙挪开手指。

　　第五位数字回到了和刚才一样的 8。而第四位变成了昨天研究发现的表示 2 的数字。也就是说，十位的数字升了一个。

　　见没有发生爆炸，俊夫胆子大了一些，按下了左侧下方的按钮。按一下……第五位的数字变了一次。上面的按钮是快进，这个按钮是加 1。

　　所以这次的第五位数字应该变成了 9，但是和昨天写的 9 有点不一样。这肯定是印刷体和手写体的区别，俊夫想。就像阿拉伯数字里的 7，不同的人，写法也很不一样。同样道理，老师的那个 9 是比较潦草的写法。

　　四个按钮的下面，还有一个大概是用于切换的控制杆，正倒向右边。两边都写着什么。当然俊夫看不懂，不过显然左边的意思是"过去"，右边的意思是"未来"。

　　控制杆正下方还有一个按钮。大大的贝壳制按钮。俊夫盯着它看了半天，然后视线转向云母板的右侧。

　　这里的黑框是竖排的，里面看不到数字。黑框上部约五分之一是红色的，下面全都是灰色。这肯定是燃料表……燃料还剩五分之四。

就算老师送走启子之前刚刚补充过燃料——虽然不知道燃料是什么——那也说明跨越十八年只需要五分之一的燃料。剩下的燃料至少还可以跨越七十年左右的时间。

俊夫的视线又回到左边的仪表上。00029……二十九年。还有下面的控制杆。他把控制杆扳到左边。

二十九年前……一九四三年……昭和九年……伊泽老师来日本的第二年。

俊夫的视线落在眼前这个贝壳制的大按钮上。在灯光下，按钮闪耀着璀璨的光泽。

俊夫转过头，斜眼看了看机器的入口。他站起来，在台阶上弯着腰把门打开一条缝。

躺在沙发上的启子只露出了脑袋。她像是睡着了。和俊夫一样，她昨天晚上也几乎没怎么睡。

俊夫关上门，回到仪表前。启子大概还要睡二三十分钟吧，他想。而启子的经历显然说明，这个机器穿越时空完全不需要花费时间。

俊夫盯着贝壳按钮，呼吸渐渐急促起来。然后，他将右手慢慢伸向贝壳按钮。手在颤抖。但丝毫没有停顿。

按下贝壳按钮的刹那，云母板下方"唰"地亮了起来。十厘米宽的云母板下端出现了高约五毫米的光层，然后升到一厘米，一点五厘米。

每过约一秒，便会升高五毫米，同时响起二百赫兹左右的轻微"嘭嘭"声，光层也随之向上扩展。偶尔也会出现高八度的"哔"声，不过俊夫没有多余的精力计算它的间隔时间。

俊夫突然站起来，朝门口走去。轻轻一推，门开了。他盯着沙发看了几秒钟，然后又回头看了看云母板。光层升到了六十厘米高。

不久，光层高度又变成七十厘米、八十厘米。俊夫又朝沙发看了一眼，然后关上了门。

他在门前蹲了大约三十秒。光层升到了整个高度的四分之三左右。

突然尖锐的高音响起，云母板上出现一道红光，然后又是一道白光紧随其后。只剩上面的三十厘米了。

俊夫伸手推门。但是这次不管怎么推，都推不开了。

俊夫把双脚放进洞里，坐下去。

云母板的光即将到顶。

−31

0

对于穿越时空那一瞬间的冲击，俊夫当然也做好了心理准备。

伊泽启子对于冲击什么都没说，不过那肯定是因为她随后便遇到了成年的俊夫，这个突发事件让她彻底忘记说了。即使是在空间里上下移动的电梯，停下来的时候也会给人一种异样的感觉，更何况纯金属的物体在时间中穿梭，里面的人当然会受到相应的影响。

不过困扰俊夫的是，时间机器到底是会像汽车一样往前开，还是会像火箭一样往上飞？搞不清前进的方向，身体就没办法做出相应的准备。

他只能无奈地盯着云母板，双腿用力蹬在孔洞里。他此时的心情，和京桥遭受空袭时听到二百五十千克的炸弹从天而降的声音时一模一样。

光亮到达最顶端的刹那，云母板上的光全都消失了。与此同时，俊夫感到身体仿佛飘到了空中，但紧接着又受到巨大的冲击。

冲击主要落在他的屁股上。没有经历过军队生活的俊夫，第一次体验到了水兵被海军"精神棍"抽打屁股的痛苦。

"哎哟……"

俊夫双手撑住身体，半天都站不起来。

原来如此，他忍着疼痛想。

他揉着腰从孔洞座位里站起来的时候，"咔哒"一声，机器的门自动打开了。

门外什么都看不见。俊夫急忙走到门边，上下张望，总算隐约看到了天空和地面。机器在原野的中央。

奇怪，俊夫想。伊泽老师应该是在昭和八年来到这里定居的。为什么在昭和九年的今天，这里没有实验室呢？

他双手撑在机器的墙上，小心翼翼地探出头去。看到了田野、树林，稍远处还有几栋房子。看来至少能确定现在不是冰河期。

俊夫吸了吸鼻子。扑鼻而来的田野气息。对日本人来说，没有比这种气息更令人怀念和安宁的了。俊夫把汗津津的手从墙壁上移开，走出机器。

周围空无一人。俊夫深吸了好几口清澄香甜的空气，然后朝有人烟的方向走去。

走到半路，他回头看了看，只见灰绿色的时间机器混在周围的树木与草丛中，并不显眼。在这一点上，也能看出机器制造者的周全准备。

田野的尽头竖着电线杆。只是在圆木顶上架了横木，两边各装了一个绝缘器，十分简陋，不过俊夫还是停下来抬头看，因为这样的东西上面经常会写制造日期。但他没发现期待的内容。

三米多宽的道路上留有货车轧过的痕迹，路边并列着三户人家，每一家屋檐下都挂着国旗。俊夫走向最右边那一家。

那是一栋破旧的农舍，角落里的一间屋子做了香烟铺。铺子里并排放着四个以前杂货铺里常见的那种大玻璃瓶，上面盖着铝壶盖一样的盖子，里面装着香烟。对面坐着一个三十四五岁的女人，扎了一个圆发髻。

总之有住家、有日本人。俊夫的不安大约消失了百分之六十。

"你好……"

俊夫试着打招呼。

"欢迎光临，"圆发髻说着一口字正腔圆的东京话，"您需要什么？"

"哎？啊，那就给我和平……不对……"俊夫反应过来，看了看瓶子里面，"金蝙蝠。"

"谢谢惠顾。"

圆发髻从瓶子里取出金蝙蝠香烟递过来。

俊夫正要伸手去掏内侧口袋，忽然想起自己没穿外套。外套盖在启子身上了。

他脸涨得通红。

"那个……不好意思，还是不要了。忘记带钱包了，和外套放在一起。"

"哎呀，那可真是……没关系的，您拿着吧。"

圆发髻把俊夫放到瓶子旁边的香烟盒子又递过去。

"哎？"

"下次来的时候再给钱吧。"

圆发髻说着话，很有礼貌地低头致意。俊夫闻到她的发油香气，和母亲年轻的时候一样，于是接过了香烟。

"那可真不好意思。我下次一定带来给你。"

"七分钱的小东西,不用在意。"

俊夫花了一些工夫才意识到一分钱是一元钱的百分之一。随后他又意识到,货币价值的改变,也意味着货币种类的不同。他本打算再忍受一次腰痛,拿上钱包回来付钱,展示来自昭和三十八年的人的诚意,但看来是不行了。如果拿出昭和三十八年的十元硬币,老板娘大概会吓晕过去。

但是俊夫的手已经下意识地拆开了香烟盒子,撕破了银箔纸,已经还不回去了。

他只好取出一根烟叼在嘴里,正要从裤子口袋掏出气体打火机,七分钱的债主飞快帮他擦了一根火柴。

"请用。"

"谢谢……"

俊夫吸了一口"金蝙蝠"。好像有谁在某本书里写过以前的蝙蝠烟很不错,看来确实如此。

烟盒里有很多纸制的烟嘴,俊夫想了想,拿了三个叠在一起,套在香烟上。他手指上沾了一点烟盒的印刷金粉。

"对了,"俊夫开始问正事,"今天是几号来着?"

"今天是海军纪念日,"老板娘看了看屋檐下的旗帜,"二十七号。"

"五月吧?"

"嗯。"

老板娘有点诧异。

"今年是昭和几年?最近我有点健忘。"

"哎呀呀,"老板娘笑了,"今年是昭和七年。"

"七年?不是九年吗?"

"哎呀老爷,可别这样。您瞧,这张报纸上写得清清楚楚。"

老板娘不知道从哪里拿出一份报纸，俊夫凑过去看。

报纸上方从右到左横写着"昭和七年五月二十七日（星期五）"，下面是大大的"新内阁上任"几个字。

> ……任内阁总理大臣兼外务大臣，海军大将正二位勋一等功二级子爵 斋藤实……

斋藤内阁应该是"五·一五事件"犬养总理被暗杀后组成的新内阁。而"五·一五事件"好像确实是在昭和七年发生的……

"是哦，我昏头了。这么说来，马上就要奥运会了。"

俊夫主动换了话题，避免被老板娘怀疑。

"嗯，七月三十号开始。真希望日本取得好成绩啊。"

"肯定的，"俊夫当即回答，"游泳和三级跳都赢定了。还有马术，西中尉肯定会赢。"

"哎呀，老爷您真了解。"

"嗯，我确实了解。"

俊夫担心说得太多反而招致怀疑，决定就此打住。

"好了，下次我肯定带钱来。"

虽然对自己的谎言感到惭愧，但这种场合下，不这么说就收不了场。

"没关系，什么时候都行，真的。谢谢您的惠顾。"

俊夫回到时间机器旁边。他有点担心启子。总之，既然知道了机器的使用方法，那么可以改天两个人一起时间旅行。

走进机器，俊夫刚想把正面的操纵杆扳到未来的方向，忽然担心起来。刻度盘好像有点不正常。差了两年。能不能准确回到原来的地方呢？回到启子所在的昭和三十八年的研究室……

研究室？他突然发现了一件很糟糕的事，吓得脸色煞白。机器出发前在研究室的地板上，但来到这里的时候，由于没有了研究室，于是掉到了地上，所以自己才撞到了腰。

　　如果就这样回去，撞上研究室的地板，机器会坏掉的吧。那可就不是撞不撞腰的问题了。

　　他走到机器外面，试着推了推。机器纹丝不动，它嵌在红土里。

　　怎么办……不管怎样，都要把机器抬起来。必须抬到研究室地板的高度……一米左右，不然回不去原来的世界。

　　他走进机器，环顾四周。既然是准备周密的机器制作者，也许会有什么设备应对这种情况。

　　然而俊夫没能发现类似的设备。不过他看到了旁边墙上有个二十厘米见方的布口袋。俊夫想到前天晚上自己就是从那里面拿出了笔记本，于是便伸手进去，然后摸到了什么东西。

　　掏出来一看，是一叠纸币。大约一百张百元纸币，而且是以前的，也就是昭和初期的纸币。大概是伊泽老师为防万一放在里面的吧。

　　太好了……俊夫很兴奋。

　　他攥紧钞票，跑回香烟铺。

　　"给，这个……"

　　俊夫先把钱还掉。

　　"哎呀，您可真讲究……"

　　老板娘接过钱一看，顿时瞪大了眼睛。

　　"哎呀呀，这是一百元的大钞……"

　　"哎，不能用吗？"

　　"不是不能用，不过拿百元大钞买七分钱的东西……您没有零钱吗？"

原来如此。这个时代的一百元，相当值钱。

"抱歉，没有啊。"

"这可不好办。我把家里翻个底朝天也找不出这么多钱给您……这样吧，还是等您有零钱的时候再给我吧。"

"这……好吧，"俊夫接受了老板娘的意见，"对了，这一带有工匠师傅吗？"

"工匠师傅？"

"嗯，有点活儿想找人帮忙……"

"有啊。"

"在附近吗？"

"嗯，我老公就是。"

"哦，那……"

"我去喊他。他在里面睡觉。昨天在上梁仪式上喝多了酒，现在还头疼呢……不过，有活儿干嘛……"

老板娘瞥了一眼俊夫手里的百元纸币，起身朝里走去。

俊夫探头去看刚才的报纸还在不在，但没找到，大概是被老板拿进去看了。不过他发现香烟瓶子旁边有个揉成一团的旧报纸，像是裹着什么东西。俊夫把它拿起来摊开。昭和七年一月二十九日的早报上，头条新闻是"上海终于开战！"。那是上海事变的开端。"昨夜，电光石火——我军陆战队出动"，报道上说，军队出动是为了铲除胆大包天的匪徒，还描写了中国士兵的掠夺，但怎么想都不对。照例来看，所谓"电光石火"，必然是日军又用了最擅长的突然袭击。

"让您久等了。老爷有什么吩咐？"

听到男人的声音，俊夫放下旧报纸。

"哦，就是前面那片空地……要不你和我一起过去看看？"

"好，没问题，您带路……"

包工头的脸色确实不太好，他大概比老板娘大十多岁的样子，不过很像上一代的羽左卫门，仪表堂堂。这么看来，老板娘少不了跟他怄气。

"今天刚好有空……"

包工头一边说，一边下到换鞋处，套上草鞋，也不知道穿的是件什么衣服，后摆塞在腰里，然后走了出来。

看到他的侧脸，俊夫吃了一惊。好像在哪儿见过这张脸，不过怎么也想不起来了。

"老爷，去哪儿？"

包工头催促道。

"哎？啊，这边。"

俊夫领他走了出去。

"你看，那边有块空地是吧？"

走了一会儿，俊夫朝机器的方向指去。

"哎，原来是平林家的地啊。听说平林去北海道旅行了……老爷，您是他亲戚？"

"唔，是啊。"

这位平林走得真是时候。

"哟，那个，好大的保险柜啊。"

俊夫顺着包工头的视线望去，发现他说的是机器。

"对，就是那个保险柜。我好不容易把它弄到这里，但是现在拿它没办法了。"

"哎……"

"能不能把它抬高一点？"

"抬高？"

"对……这样子陷在红土里，怕它生锈……"

俊夫找了个牵强的理由，小心地观察对方的神色，不过包工头老老实实说了句"难怪"，像是很理解。

两个人来到机器面前。包工头绕着机器转了一圈，似乎在目视测量尺寸。看他很老练的样子，把时间机器抬高应该是小菜一碟吧，俊夫顿时开心起来。

"老爷，往下面垫几根木头就行吧。"

"哎呀，还要再高……三尺 [1]，不对，最好抬高四尺。"

要留点余量，不然还是很危险。就算高过了头，最多就是再撞一下腰，没关系的。

"哎，那么高……这可不太好办，它太重了。"

"拜托想想办法。费用都好说。"

"这个……"

包工头抱起胳膊。当然，这显然是他抬价的伎俩。

"我出两百，怎么样？"

"哎，两百？"包工头立刻喜笑颜开，"……好，我想想办法。越快越好是吧？"

包工头干劲十足，像是生怕别人抢了这份工作似的。两百元的价值似乎超出俊夫的想象。

"我去找些年轻人过来，"包工头抬腿要跑，又停下来扭头说，"老爷，您吃饭了吗？"

"不，还没有……"

"那就来我家吧，我让老婆给您做点。"

1　按日式尺贯法，一尺约为三十点三厘米。

之前因为刚起床，在旅馆没怎么吃早饭，而且现在又有把握回到原来的世界，这让俊夫食欲大振。

"这附近什么都没有，只能请您将就点。"

虽然老板娘这么说，臭鱼干姑且不论，炖虾虎鱼的味道真的很不错。

"这是我老公昨天去藏前的时候顺路在鮒佐买的。"

包工头一回到家，饭都没吃，换上工作服就往外跑。出门前还看了看俊夫面前的饭菜，伸舌头舔了舔嘴唇。看他那副样子，好像老板娘把他那份端给俊夫了。

俊夫吃完饭，抽了一根"金蝙蝠"，听老板娘说了一通闲话，然后去了机器那边，只见一群人已经聚在那里等包工头安排任务了。

包工头的打扮很精干，藏青色的劳动围裙外面套了一条灯芯绒马裤，身上穿着带纹饰的短褂，戴着鸭舌帽，脚上是胶底布袜。

四个小伙子也穿着同样纹饰的短褂，还有一支戴着手背套、裹着绑腿的妇女队伍。俊夫想起这就是所谓的"打夯老姉"。大概是着急凑人数，队伍里还混进了一个走不动路的老婆婆。

俊夫找了一块合适的石头坐下来，看包工头怎么安排作业。

他起初以为包工头会在机器周围搭起脚手架，然后垂下绳子把机器拉起来。但他并没用那么原始的办法，而是用了更符合物理学规律的方法。

包工头先指挥大家在机器旁边挖了个坑，把一根长长的木头塞进去，又在距离机器一米左右的地方，往木头下面垫了一块大石头做支点，然后把绳子套在木头翘起来的另一头，让打夯老姉们拉住。用的是杠杆原理。

等机器的一边稍微抬起一点，等在旁边的小伙子们便把木头迅速推到下面。然后大家再到另一边重复同样的步骤。这样就把机器抬高了一根木头的高度。

接下来方向转九十度，再重复同样的步骤。石头的支点当然也提高一根木头的高度。就这样，机器下面横竖交错，逐层垫起六根六尺长的木头。小伙子们还把关键位置用绳子和木条固定住，防止半途原木滚落，前功尽弃。

包工头的叱骂声和打夯老婶们竭尽全力的吆喝声足足响了五个小时。中途休息了一阵，大家分吃了老板娘送来的柏饼。完工的时候，太阳已经落山了。

"大家辛苦了！"俊夫慰劳了众人几句，把包工头叫到旁边，"没有信封装，真不好意思。"

他递过去两张百元纸币，包工头接过后收到劳动围裙的口袋里。

俊夫立刻后悔了。应该把钱交给老板娘。包工头说不定晚上又会喝个烂醉。

目送大家离开以后，俊夫想马上跳进时间机器，但是发现自己又遇到了麻烦。包工头干劲十足地把机器抬高了五尺，但是没留地方让俊夫上去。他大概没想到俊夫会进保险柜吧。

基座的木头有两处伸在机器外面，但是都在门的另一边。剩下的地方全都在机器下面，形状就像倒放的墨水瓶。机器下部的棱角都磨得很圆，周围也没有可以抓的地方。如果门开着，还可以抓住门边，像爬单杠一样爬上去，但刚才出来的时候把门关上了，门把手又够不到，俊夫有点束手无策。

他觉得从十米远的地方助跑过来起跳，说不定能够到把手，于是立刻行动。他先把路上的石头清理掉，然后用步幅大概量出十米，卷起衬衫袖子，摆开架势。

由于天色昏暗，俊夫在路上绊倒了三次。第四次总算成功跳起来，抓到了把手，但是紧接着额头便重重撞在门上，摔倒在地，足足五分钟都没能起身。

他站起来的时候，已经做了决定。事到如今，只能再去找包工头求援了。

香烟瓶前面不见老板娘的身影，只有一个和包工头长相非常相似的小男孩在玩马口铁做的玩具汽车。

"你爸爸在吗？"

俊夫问了一声，小男孩吓了一跳，抬起头，拔腿往屋里跑，但又折回来抱上玩具车，瞪了俊夫一眼，跑掉了。

"哎呀老爷，您给的太多了……"老板娘马上走了出来，一边用围裙下摆擦着手，"又不是什么了不起的活儿，给那么多……"

老板娘跪在榻榻米上一个劲儿地磕头。看来包工头确实把钱给了老板娘，俊夫放心了。

"老爷请进来吧，我去买点啤酒。"

"不用了。你丈夫在家吗？"

"丈夫……啊，我老公刚刚出去了。他就是那副样子，稍微有点钱就……真是没办法。这会儿应该在车站前面的葫芦酒馆里，我去叫他回来。"

老板娘开始脱围裙。

"……啊不用，老板娘，那个什么，"俊夫走到换鞋处，拦住老板娘，"不用叫他。我就想问问家里有梯子吗？"

"梯子？"

"嗯，没有的话，梯凳也行。"

"两样倒是都有……您需要用？"

"嗯，借用一下。"

"都在后面。"

站在换鞋处的老板娘径直走到外面给俊夫领路。她大概觉得能出两百元的人不可能拿梯子去做小偷吧。

俊夫决定借梯凳。高度刚好合适。

"那我借用一下，"俊夫拿起梯凳，又补了一句，"用完要是太晚，我就放在外面。"

机器所在的空地也算是外面。

梯凳很合适，就像是配合飞机的舷梯一样。

俊夫爬上梯凳，就变成坐飞机的人了。

他打开灯，把操控杆拨向右侧，然后伸手去按启动按钮，但又停了下来。

他下了时间机器，没关门，借着透出来的灯光在四下里搜寻。垃圾都堆在一个地方，他从里面找出刚才包柏饼的旧报纸，回到机器里。这是纪念品。

他把旧报纸塞进墙上的布口袋。这一回不再犹豫，按下了贝壳按钮。

云母板的光升得很慢，令人焦躁。俊夫数起了一二三。

数到十七的时候，背后传来"喂"的一声，吓了俊夫一跳。

"喂！"

"啊……"

门开着，有个蓄须的男人站在那边。黑色立领制服，车站站长般的帽子……

"你在这儿干吗？"

军刀"咔嚓"一响。是警察。

俊夫环顾四壁，没找到类似中止按钮的东西。

"我没在干什么，只是在这儿……休息一下。"

必须赶紧把他赶走。再有一分钟就要启动了。

"休息？你不会是捡破烂的吧？"

捡破烂的……很老的词。就是流浪者吧。

"行了，跟我走一趟。"

警察抓住俊夫的胳膊。

"喂，等一下！"

衬衫被扯破了。

"出来！"

两个人扭打在一起。警察力气很大。俊夫本打算反抗，但对方好像是个柔道高手。而且机器内部空间太小，警察的个头小，打起来更有利。

"啊——"

俊夫的胳膊被反拧住，痛得叫了起来。

"好了，快点出去。"

警察把俊夫往外推。俊夫在门口拼命挣扎。

他扭着身子去看，只见云母板的光已经升到一半多，马上就要到红线了。

"你搞错了，我不是……不行，让我进去，喂！"

俊夫的身体被推到了门外，脚下的梯凳歪了。

"啊！"

"啊！"

俊夫摔在地上。他跳起来抬头看，只见警察站在机器的入口处，正在一脸震惊地往下看。

梯凳呢？……梯凳就倒在脚边。俊夫挪过去想把它扶起来，但就在这时，传来"咔嚓"一声，周围一下子黑了。

抬头看去，机器的门关上了。

"喂！"俊夫失声大叫，"不，不要，不要！"

不要什么，他自己也不知道。

俊夫发疯般竖起梯凳爬上去。

"开门，开门啊！"

俊夫用力拍打机器的门，不停拍打。

最后他的手拍了个空。

机器消失了。

1

拥有五百万人口，面积 16 726 万坪的"大东京市"诞生于昭和七年十月一日。

以"灿烂的日本，蓬勃发展的东京"为口号，把荏原、丰多摩、南葛饰等五郡八十二町村吸收进来，将原本二百万人口的旧城从十五个区扩张到三十五个区，成为人口仅次于纽约的世界第二大城市。首任市长是从旧城时代留任，雅号青岚的永田秀次郎。

这位青岚市长绰号永田大喇叭，因在广播中大肆吹嘘而闻名。他曾放出豪言壮语，声称"不远的将来东京会成为世界第一的大都市"，将来如何姑且不论，对于当时屡次因贪污丑闻而声名狼藉的东京市议会来说，"大东京市"可谓起死回生的妙计。

随着新市制度的实施，新纳入城市范围的政府办公处必须更换招牌，工程商也必须把行贿对象从町议会议员换成新市议会议员，不过从市政当局的角度来说，当然并没有义务把原本的乡间田地一夜之间建设成繁华的街市。

至于新市区域中的一区，世田谷区，在昭和七年九月二十八日的《朝日早报》上，刊登了这样一条介绍性报道：

> 有原野，有田地，有菜畦，有树林。现在既然已经是市区了，当然也会有人家，有街道。这是一个点缀着零星住宅的小镇，顺着电车线延伸。
>
> 世田谷区是把玉川、松泽两村并入驹泽、世田谷两町而成立的，拥有 11 734 698 坪的庞大面积。其中只有以玉川电车线为中心的世田谷町原本就具有町的形态，其他地区都是以小田急、京王电车、目蒲电铁二子玉川大井町线为中心形成的新市区和新住宅区。
>
> 按照这些郊区电车（现在成了市区电车）公司的说法，这里"地势高而幽静，风光明媚，交通便利"。从附近的田园风光来看，与已经充分开发的旧市区相比，确实风光明媚，而且电车站附近还有不少空地，从这一点来说，交通也确实便利，只不过——
>
> 总而言之，世田谷区目前还是以田园为主，城市为辅。这个"田园都市"的称号简直就是为这个区量身定做的。因此，除了世田谷町的一部分区域，所有居住在这个区的人，肯定都品尝到了田园生活的喜怒哀乐。
>
> 无论如何，这个区与通常的市区概念相去甚远，所以住在这个区的女士们大约还需要一段时间，才能忘记以往总是挂在嘴边的"东京购物近在咫尺"这句话吧。

昭和七年五月二十八日的早晨，被时间机器抛弃的滨田俊夫，在即将成为世田谷区的东京市外世田谷町某个香烟铺的待客间里醒来。

隔壁房间的挂钟响了。他是被那声音吵醒的。所以在他醒过来之前，应该已经响了好几声，不过挂钟还是响个不停，估计是十点或者十一点了。昨天晚上他是十二点来这里借宿的，所以应该睡了十多个小时。被子硬成这样还能睡这么熟，俊夫自己都很佩服自己。不过之所以感觉到腰酸背痛，不仅是因为包工头家的被子太薄，也是因为他睡惯了海绵垫。另外好像也有他从时间机器里摔下来的时候撞到了后背的缘故。

突然，隔门外面传来破锣般的声音。

"昭和，昭和，昭和的孩子，我们啊……"

这歌声让作曲者听到恐怕会自杀。尖锐的声音肯定来自昨天晚上在店门口遇到的那个小男孩。

刚想到这儿，老板娘的声音响了起来，压过了小男孩的引吭高歌。

"小声点，老爷还在睡觉。"

俊夫盯着天花板，用不输给两个人的声音大喊。

"啊，我这就起床了。"

"哎呀，老爷，真对不起，把您吵醒了，"老板娘的声音越来越高，"来，给你一分钱，拿着出去玩吧……老爷，您很累吧，别着急起床，好好休息，再睡一会儿吧。"

老板娘和小男孩的脚步声逐渐远去。

听老板娘的口气，现在可能才八点或者九点。不过俊夫也不想去看枕边的手表。眼下没有任何事情值得自己急着起来去做。

时间机器是在昨天晚上十点左右从俊夫眼前消失的。被时间机器丢下意味着什么，其实在那以前，在和警察扭打成一团的时候，还有在一直拍机器门的时候，俊夫已经想过很多遍，也深刻地领会了。所以当这件事情实际发生的时候，他的大脑皮层完全停止了工作。然后经过好几分钟——或者可能是好几十分钟——的空白期，他的脑海中浮现出来的想法是，既然要在这个世界永远生活下去，那就该想办法让今后的生活尽量舒适一些。

钱还有一点，可以暂时维持一段时间，要再赶紧找份工作。自己关于弱电的知识比这个世界的同行领先三十年，找这方面的工作肯定不成问题。不对，与其如此，不如利用知识一项项申请专利，也许光这样就能过上相当不错的日子。

住处的话，这附近就很好。那对夫妻人还不错，有事可以找他们商量。租下这块空地，盖栋房子……

哎呀，那样不行，俊夫想。伊泽老师很快就要住到这里了。

对了，俊夫突然意识到了什么。他的大脑皮层骤然活跃起来。伊泽老师会在昭和八年，也就是明年来到这里。老师将会乘坐时间机器，从未来世界来这里……所以再过一年，时间机器就会来了！

俊夫在心中大叫万岁，差点摔到地上。因为他这时候一直坐在梯凳上思考。

再等一年就行了。老师来了，可以求他让自己使用机器，也可以私自偷用……总之自己能返回原来的世界了。

对于昭和七年的人而言，昭和八年是一年后的未来。但俊夫已经知道，明年伊泽老师肯定会来这里。对他来说，这是过去的事实。根据那本笔记本，老师应该在明年八月左右到来。等机器到了，自己要尽快使用。先偷偷借用它返回昭和三十八年，再让机器独自回来就行了。

不过，俊夫转念一想，机器的刻度单位是年，八月份出发，回去的时候就是昭和三十八年的八月。中间有三个月的空当。

所以还不如等上两年，到昭和九年的五月二十七日，在机器刚从及川家圆顶研究室出发的时间启动。只要将刻度调到二十九年后，启子就应该还睡在沙发上，可能连自己做了时间旅行都没发现。

还有更好的办法。可以提前一天，二十六号返回以前的世界。然后马上去公司，把昨天的缺勤补上……

但是等一下——俊夫随即告诫有点得意忘形的自己。出发的日期不用担心，问题是时间机器本身。机器真能如愿把自己送到昭和三十八年吗？

来这里的时候，机器的抵达年份已经出现了两年的偏差。自己本打算去昭和九年，结果来到了昭和七年。应该是"-29"，结果变成了"-31"。那台机器的刻度不可靠。

不过，也不能断言时间机器一定有问题。伊泽老师送走启子的时候，肯定调节过刻度，后来给俊夫留下遗言说的是一九六三年五月二十五日，而机器也准时出现了。至少那时候机器还没坏。为什么唯独俊夫用的时候，产生了两年的偏差？机器搭载启子抵达的时间是二十五号，俊夫出发是在二十七号，仅仅两天工夫，机器不大可能突然坏了。

这么说来，是不是自己把刻度调节的方法搞错了？那时候俊夫根据笔记本推测的数字调节了刻度，但那些数字俊夫真的都推测对了吗？

俊夫觉得 2 这个数字肯定没错。绝对不可能是 3。那样解释不通。问题可能出在下一个数字 9 上。老师调到 8 那个数字，俊夫下意识地以为接下来就是 9，但现在回头想想，那和笔记本上写的数字 9，好像有点区别。可能不是手写体与印刷体的区别。8 的下一个数字和 10 的前一个数字不同。这是怎么回事？

对了，有什么地方搞错了……

俊夫忽然想起老师来自一个完全不同的文明世界。

在我们的世界，计算时以 10 为单位，采用的是所谓十进制；但十进制肯定不是唯一的、不可替代的系统。在未来的文明社会，也许用的是不同于十进制的计算方法。

那些数字不是十进制的数字！

俊夫非常肯定。正因为如此，8 的下一个数与 10 的上一个数才会不一样。

而且毫无疑问，那是在十一进制到十七进制之间的某一种。因为伊泽老师调到的数是 18。那是个两位数。如果是十九以上的进制，应该会用一位数字表示 18。另外，如果是九进制或者十八进制，个位上的数字就会是 0。而那个数字很显然不是 0。另外，十位的数字也确定是 1，所以不可能是八以下的进制。

俊夫决定从十一进制开始一个个试。考虑用它来表示 18 和 31 的时候，是不是满足各种条件。

十一进制的验证不成立。按照十一进制，18 应该表示为"11×1+7"，31 表示为"11×2+9"。发现 31 表示成②⑨的时候，俊夫先是兴奋了一下，但接下去就不对了。

不过，当接下去用十二进制尝试计算的时候，俊夫又差点从梯凳上掉下来。按十二进制算，一切都吻合。

在十二进制的情况下，俊夫调整之前的机器刻度，也就是表示 18 的数字，应该是⓪⓪⓪①⑥（12×1+6=18）。俊夫把十位的数字增加了 1，所以十位是②。又把个位的⑥当成了 8，所以他本以为调到了 9，但实际上个位变成了⑦。俊夫想调成 29，但结果调成了⓪⓪⓪②⑦（12×2+7），也就是 31。

机器把俊夫准确地从昭和三十八年送到了三十一年前的昭和七年。机器没有坏。只是俊夫把十二进制的数字当成了十进制的数字，才产生了错误。

这样一切都清楚了。伊泽老师在送走启子的时候，为什么选择18这个不上不下的数字，也有了解释。按照十二进制，18是它的1.5倍，也就相当于我们十进制的15或者25这种很规整的数。

但未来世界为什么不用十进制，而用十二进制呢？

俊夫想起自己读工科的时候，喜欢数学的朋友对自己说过的话。

早在公元前二千年，古代巴比伦人就已经掌握了平方根、立方根之类的高级数学，而他们在计算中用的是六十进制。至于为什么使用六十进制，是因为60的因数很多。它可以被2、3、4、5、6、10、12、15、20、30整除。

十二进制可以说是对这种六十进制的精简。12可以被2、3、4、6这四个数整除。相反，十进制的10只能被2和5整除。

现在我们在时间上应用十二进制。一天分成昼夜各12个小时，白天的12个小时又分成上午和下午各6个小时。这个6个小时能以3为单位分成2份，也能以2为单位分成3份，还能以1.5为单位分成4份。另外，1小时也按巴比伦的方式分成60分钟，也同样有许多等分的方式。如果把上午下午各分成5个小时，1个小时分成100分钟，那肯定不如现在这样方便。

此外，源于巴比伦人的十二进制的计数法，至今依然在成打的计算，以12英寸为1英尺的英制度量衡，还有角度度数等方面留下了明确的痕迹。特别是在计算角度时，人们总希望进制底数能被更多的数整除。

现在广泛使用的十进制始于印度，经过中东、近东，成为阿拉伯数字传入欧洲。十进制源于人类双手的手指数量，反而是一种原始的想法。

所以，未来的、崭新的、比我们更进步的文明世界使用十二进制，可以说是理所当然的。

而机器所使用的飞行时间单位和我们世界的一年相同，这也是当然的吧。伊泽老师所在的未来世界，虽然是在几万年后，但地球的公转和自转周期估计并不会变，而且肯定也是用它来做时间的单位。一个太阳年和一个日历年的差异导致的闰日，肯定也和我们的公历一样或者类似，应该在机器内部做了调整。不过，如果将他们的历法回溯到我们现在的世界，闰年的位置可能会有差异，所以某些情况下可能会产生一天的误差。这一点让俊夫稍微有点担心。

不过至少眼前的问题都解决了。俊夫跳下梯凳，把它扛起来，脚步轻快地走了出去。

上一次"昭和孩子"的歌声响起的时候，俊夫已经提前醒了，所以没怎么被吓到，不过小男孩的声音第二次炸响的时候，他睡得正香。

"饿死啦，饿死啦，肚子饿死啦！"

俊夫吓得跳了起来。他觉得地都被震得咚咚响。

不过很快他就反应过来，并不是空袭，也不是火灾，只是小男孩要求吃饭的示威。因为他闻到房间里弥漫的煮鱿鱼的香气。

俊夫赶在老板娘大骂小男孩之前起了床。他站在被子上，脱下祭典时穿的印有巴纹图案的浴衣。虽然浑身上下还是痛，不过仔细想想，自从昨天的午饭以来，自己只吃了两个柏饼。

枕边整齐地叠放着他的衬衫和裤子。衬衫开线的地方已经被人手工缝好了，沾了泥巴的地方也洗干净了。两百元真是灵验得很。

穿戴妥当，俊夫戴上自动机械表，拉开隔门。手表指针指着十二点十分。

小男孩正用筷子敲着碗，焦急地等待鱿鱼到来，但一看到俊夫就成了锯嘴的葫芦。

"嗨，小家伙。"

俊夫说。

小男孩瞪起眼睛。不过他没有像昨天晚上那样逃跑，看来多少放下了一点戒心。

这时，拿毛巾裹了个姐姐头的老板娘从厨房探出头来。

"吵得您没睡好吧？水井边上放了牙膏牙刷……"然后老板娘转向小男孩说，"小祖宗，你洗手了吗？"

看来在这个家里，小男孩比包工头更有地位。

"洗了呀！"

小祖宗把右手在围裙上蹭了蹭，举到鼻子前面闻了闻。

俊夫穿过昏暗的厨房，套上红带子的女式拖鞋，来到水井旁边。

水泵旁放着牙刷，还有印着楠木正成铜像标记的软管牙膏。都是新的。

水龙头上裹着过滤用的布，已经变成棕色了。俊夫把搪瓷洗脸盆放到下面，一压水泵，水就涌了出来。俊夫拿起旁边的黄铜水杯接水灌进嘴里。比饮水机里的水还要凉。他一连喝了三杯。

品尝着不含氟和保护成分的纯粹牙膏，俊夫四下打量。包工头家的屋后是一片田地，看来旁边两家都是农家。家里人似乎都下地干活儿去了，静悄悄的。两家的院子里同样都开着杜鹃花，散养着鸡。

田地左手边，靠近车站的地方，俊夫看到两栋连他都感到新潮的住宅。旁边还有一栋只有框架的房子，木匠正坐在房顶上，手里正在忙活，但不像是在做工，好像正在吃饭。配菜要么是腌鲑鱼，要么是腌鳕鱼……

俊夫从水泵口直接接水，擦了把脸，用印有"东京市复兴典礼"的毛巾擦干，回到客厅。

小祖宗早就秋风扫落叶般地吃完了饭，现在已经不见人影了。盘子里剩了点鱿鱼的残骸，饭桌和榻榻米上到处都是饭粒。

老板娘正在努力捡拾饭粒往嘴里送。

"哎呀，老爷，您坐这儿。"

她把长火盆旁边的坐垫翻了个面，又接着忙活。

俊夫决定摆出给了两百元的威势，不声不响坐到坐垫上读报纸，等老板娘忙活完。

他翻到报纸的社会版，看到上面身穿和服的老者照片，立刻认出那是自己上小学时教室里挂着的人物。

"老板娘，东乡元帅……"

俊夫本想问东乡什么时候死的，不过话到嘴边又咽回去了。昭和七年的老板娘怎么可能知道呢。

"哎，"老板娘把最后一粒米塞进嘴里，转过身来，"有东乡元帅？"

看来老板娘不怎么读报纸。

"你脸上沾了饭粒，"俊夫提醒了一句，然后给老板娘读新闻，"昨天是海军纪念日，小学生和新娘学校的学生们自发聚集到番町的东乡元帅府前，高呼万岁。"

"昨天东京有军乐队游行，应该很热闹。我们以前在厩桥的时候，经常出去看热闹。啊，老爷，您吃饭吧。"

老板娘终于拿起俊夫面前的碗，给他盛了一碗饭。

102

难怪了，俊夫想。这对夫妻在这种乡下地方显得有点鹤立鸡群，原来以前在下町住过。这么说来，老板娘的皮肤发黑，可能是以前经常化浓妆，说不定做过皮肉生意。

"老爷昨天很辛苦吧。对了，那个保险柜去哪儿了？早上没看见……"

要是没提昨天海军纪念日的话就好了，俊夫后悔地想。他夹起鱿鱼须送进嘴里，一边嚼一边想怎么回答。

"昨天趁夜运走了。"

"哎呀，怎么又突然……"

"嗯，计划有一点变动。"

其实不是有一点，而是很大的变动。

"用货车运的？"

"哎？……哦对，用卡车……"

"十点多的时候吧？老爷您借了梯凳以后没过多久就听到您大声喊了什么……"

"哎……嗯。"

"不过，好不容易搭好的台子，就那么浪费了。"

"嗯，不过多亏有台子，没怎么费劲就把它装上车了，所以还是帮上了忙。"

"是吗，那太好了……您给了那么多钱，要是都浪费了，我们可实在过意不去。"

"不不，哪有的事……"

"足足一百五十元呢。"

"哎？"

"我老公一早就跑去中山赌马了。拿了十元钱去。"

"嗯。"

包工头昨天晚上能把钱拿回家还是不错的，不过一百五十元是怎么回事？俊夫一开始以为他给打夯老婶们付了五十元，自己的实际收入是一百五十元，但听老板娘的口气，又不像是那样。

包工头肯定私吞了五十元。他拿了六十元去赌马。

"老板娘，"俊夫问，"你老公经常去赌马吗？"

"嗯，经常去……不过我觉得那总比玩女人好……"

"……"

老板娘重新坐好，又开始了她拿手的唠叨。

"老爷，您听我说啊，上回也是……"

不过这时候，外面传来的声音救了俊夫。

"我回来了。"

不是包工头的声音。俊夫看了看老板娘。

"是我们家老大。"

老板娘正说着，香烟铺那边走进来一个背着书包、穿着制服的少年。制服的扣子是金色的。

少年一看到俊夫，立刻把手放在榻榻米上，恭恭敬敬行了个礼。背后的书包倾倒超过九十度，里面的赛璐珞铅笔盒哗啦作响。他肯定也听说了两百元的事。

"小隆，来吃饭。"

小隆把书包放在门边，坐到矮饭桌前。

"小隆读几年级？"俊夫点起"金蝙蝠"问。

"普通小学[1]四年级。"

小隆用文艺汇演时的语气回答。那位小祖宗长得像包工头，

---

1 普通小学，日本明治维新至"二战"前的初等教育机构名称，前后经历过几次改制，昭和七年（一九三二年）时的普通小学学制为六年。

而这位小隆的丹凤眼和老板娘的一模一样。

"哦，看你这么高，还以为读五年级了。"

"这孩子学习很好，"给小隆盛饭的老板娘插嘴说，"……很会画画，上次还代表日本给外国的……叫什么来着？"

"法国啊，妈妈。"

"对对，画了一幅画送给法国。"

"哦，那可真了不起。"

"画的是飞在富士山上的飞机，连司机的脸都画得清清楚楚。"

"那是飞行员，妈妈。"

"是吗……都一样。这孩子对飞机知道的可多了……鱿鱼还有，你多吃点，补充营养……老爷您也多吃……"

"不不，我饱了……多谢款待。"

俊夫已经吃完了三碗，今后一年都不想再吃鱿鱼了。

"这样啊，怠慢您了。晚上给您倒啤酒……"

小隆默默地吃了一会儿，忽然像是想起什么似的，看着老板娘说："妈妈，听说派出所的巡警不见了……"

"什么叫巡警不见了？"

老板娘正在用小祖宗用过的小碗往嘴里扒饭，这时候停下筷子，诧异地看着小隆。

"说是一大早就不见人……大家都在找。"

"哎，不会是被强盗绑走了吧？这世道可真乱啊。"

老板娘像是在等着俊夫肯定自己。

"哦，是啊。"

俊夫环顾房间，想找找有没有别的话题。

衣柜上面摆放着军舰、飞机，还有帝国大厦的模型。

"那个军舰是什么？"

俊夫指着问。

"那个吗？那是小隆做的。"

"哎呀，做得很好啊。"

"那是买书的赠品，我自己拼了拼。"

难怪。如果是自己想出来的，那就太天才了。这个时代的孩子们都是做这些，而不是玩塑料模型。

"那个巡警人挺好的……不会被杀了吧。"

"不知道啊，妈妈。"

俊夫站起身，走到衣柜前面。

"哦，我知道了，"俊夫端详着硬纸板做的军舰，像是发现了新大陆一样叫道，"这是三笠号，参加了日本海海战的。"

底座上印得清清楚楚。

"嗯……我吃饱了。"俊夫的伎俩奏效了，吃完饭的小隆站起身走过来，"看，这里还有子弹的痕迹，和实物一模一样。"

"哎，真的太细致了。还有这个是帝国大厦，这架飞机是……"

飞机上没印名字。看外观像是九三式重型轰炸机，但又不是。这架全身都涂着迷彩色。

"爱国号。"小隆说。

"对对，爱国一号机。"

少年时代热爱飞机的俊夫终于想起来了。

爱国号是由民间捐款制造的陆军飞机，因此得名，相当于海军的报国号。不过这架爱国一号机并非国产，而是瑞典生产的"容克斯K37"。三菱公司通过与容克斯公司的技术合作，在昭和八年实现了这个机型的国产化，成为九三式双发轻型轰炸机。后来三菱将它进一步升级成九三式重型轰炸机。

"原来如此。"

俊夫仔细看了看旋转机枪座上的机枪，然后又去看帝国大厦的底座。

"哦，"他喃喃自语，"是《少年俱乐部》啊。真怀念。"

"叔叔，您看过？"

"嗯，小时候看过。"

俊夫读到那本杂志的时候，太平洋战争刚爆发。那时候纸张处于国家统一管理之下，杂志上已经没有这样的赠品了。

"那，"小隆说，"是《少年俱乐部》刚问世的时候吧。"

"……嗯，对。"

俊夫吓了一跳。在昭和七年的世界，俊夫是三十多岁的男性，那么不管是谁，都会认为他的少年时代是在大正初年。幸好这本杂志早在那时候就有了。俊夫松了一口气。

"小隆。"

正在收拾餐桌的老板娘喊了一声。俊夫以为他们又要说巡警的事，有些狼狈，不过还好不是。

"把你的画拿给老爷看看吧？"

接下来的三十分钟，俊夫是在小隆的房间度过的。

八叠[1]中的四叠半似乎是和小祖宗共享的。墙纸和拉门的下半部分全是小祖宗的涂鸦之作，还有手指戳出来的洞。

小隆的作品用钉子钉在墙的上半部。约有五幅的角上写着红字的"甲"或"甲上"，画的都是军舰和飞机。画风写实，考证也相当准确。军舰旗上认认真真画了十六根条纹。

"真了不起，"俊夫说着，环顾房间问，"书呢？"

不管是窗边的小桌子上，还是别的什么地方，都找不到类似

1　叠，日本计算房间大小常用面积单位，一叠约为一点六二平方米。

书本的东西。

小隆默默拉开旁边壁橱的门。

壁橱的下层胡乱堆着小汽车、破皮鼓和其他玩具。相比之下，上层的东西整整齐齐。橘子箱改造的书箱里排着一尘不染的杂志和书籍。难怪。放在这里不用担心被小祖宗乱搞。看起来这个房间除了桌子，下半部分都属于小祖宗，上半部分则属于小隆。

"能给我看看吗？我不会弄脏的。"

俊夫说着，抽出小隆的珍藏品中最新一期六月号的《少年俱乐部》。

封面上从右往左写着"少年俱乐部"几个红字。下面是"我们的空军号"。封面图画是飞机。

"这架飞机，唔……"

见俊夫又在冥思苦想，小隆说：

"是九一式战斗机。和实物比整流罩小了一点，机身则太粗了。斋藤五百枝不擅长画飞机。桦岛和御水画得更好。"

说的没错。九一式战斗机俊夫也知道，但变形成这样，难怪认不出来。

昭和二年，陆军下令中岛、三菱、川崎三家公司竞争开发国产战斗机，其中在昭和六年验收合格、受到采用的是中岛制造的这种九一式战斗机。负责基础设计的是中岛从法国请来的工程师马里和助理罗班。它配备了"朱庇特"四百五十马力的气冷式发动机，最大速度为三百公里每小时，是当时最先进的战斗机。

"是啊，"俊夫回想自己的少年时代，"桦岛胜一和铃木御水画得很好。"

俊夫意识到小隆贴在墙上的画就是模仿了这两位画家的画风。军舰下方类似丝瓜络的东西好像就是桦岛式的海浪。

小隆有了同好，眼睛都亮了。

"嗯，那本书里有。《吼叫的密林》插图是御水画的，《亚细亚的曙光》是桦岛画的。"

"是吗，让我看看。"

俊夫拿着书走到窗边，盘腿坐下。

小隆坐在桌子前面，从书包里取出书和作业本。

"要学习了？"

俊夫看了看他的书。像是算术课本。

"嗯，作业……"

从学校回来，马上就开始写作业，真是认真。俊夫打算帮帮他，看了一会儿，发现没必要。

小隆一边看课本上的问题，一边用铅笔在作业本上唰唰写字。只有不知道从哪儿飞过来的苍蝇落在他鼻尖上的时候，他才停下动作。难怪老板娘拿他炫耀。

俊夫翻开杂志封面，里面是"井上函授英语讲义录"的广告。"十元二十分得此最佳设备"，画着唱片和手摇留声机的图。

他发现自己不小心把封面的底部折到了，赶紧把封面翻过去，抹平折痕。幸好小隆正忙着伸手抓苍蝇。

俊夫这次把杂志翻了一通，一眼瞥到地球的图像，于是翻到那一页上。

那是热血武侠小说《亚细亚的曙光》，山中峰太郎的作品，桦岛胜一插画。在进入作者的正文之前有一段介绍。

我们的日东剑侠本乡义昭从怪盗手中夺回了祖国最重要的机密文件。还有追随本乡的印度少年王子路易卡尔及其黑人仆从孟加拉，一共三人。三人俱蒙面，着绿色外套，与怪盗同样装扮。此时他们登上名为"恐怖铁塔"的塔顶，那里高高地系着一艘硬式飞船，三人俱跳入飞船窗中，置身吊篮。远远的地面上，十三名怪盗束手无策。本乡大获全胜？幕后的怪盗总首领通过广播公然宣称——

"本乡！你得不到最后的胜利！"

胜负未决，怪盗总首领究竟在何处？接下来，请看我们的日东剑侠大展神威！……

俊夫不禁很是钦佩。虽然说带有拼音，但这样半文半白的拗口文章，小学四年级的学生居然也能读得津津有味。

仔细想来，现在还没有电视台，包工头家里没有电视很正常，但连收音机都没有。如此说来，这份四百多页的杂志肯定是小隆唯一的娱乐项目了。

抬头一看，小隆难得停下了笔，盯着墙上的一点。顺着小隆的视线看去，那里有幅奇怪的画。

俊夫吃了一惊。他以为那张蜡笔画画的是阿童木。不过再仔细一看，又好像不是。尖尖的黑耳朵和眼睛很像阿童木，但嘴形完全不同。而且铁臂阿童木不可能在脖子上挂一个星星标记的牌子。那是"野狗小黑"。俊夫翻开手上的《少年俱乐部》，确定那就是正在连载的漫画，田河水泡的《一等兵野狗小黑》的主人公。

小隆依旧盯着自己画的"野狗小黑"上的大头针。

不久后，像是从"野狗小黑"上获得了勇气和智慧似的，小隆忽然重新拿起铅笔，开始像阿修罗一样写起数字。

俊夫花了点时间，分毫不差地把杂志放回原来的位置，然后出了房间。

从客厅往外看，只见老板娘正在店里一边做着针线活儿，一边照看香烟铺。

老板娘也很辛苦，俊夫想，如果一天不工作，那就没别的事可做了。

老板娘正在往半截裤上接布头。那条半截裤的尺寸刚好在小隆和小祖宗之间，俊夫估计这是为了预备小祖宗长大，给原本属于小隆的裤子打补丁。既然那样，大概并不是需要争分夺秒的活计，于是俊夫招呼道：

"老板娘，打扰一下……"

老板娘立刻把裤子揉成一团，站起身来。铺子里也很闲。据俊夫观察，半天只有一个来买自制烟叶的客人。

"哎呀，刚才在看小隆写作业，他学习真的很好。"俊夫先寒暄了一句，然后才提出自己的要求，"对了，其实有件事情想和你商量下……能不能让我在这儿继续打扰几天？"

"没问题，"老板娘说，"只要您不嫌弃这地方脏。"

"那太感谢了，不知道房费……"

"没关系的，您只管住。我家老公经常不在家，有个男人住在这里也能安心，说起来是我要谢谢您才对。房费就别操心了。"

"不不，这当然是不能少的。"

"不用不用，真的不用。"

老板娘的语气和昨天赊七分钱的时候一模一样。

到底该付多少房租才合适？俊夫毫无头绪。他对这个时代的物价标准一无所知，这也没有办法。他试着问道：

"对了，现在的大米多少钱？"

"哎，"老板娘大声回答说，"真的不用啦。"

"好好好，不过我只是想知道大米多少钱，和我说说吧。"

老板娘一脸疑惑地盯着俊夫：

"前几天买的是一升十九分。"

母亲过世后，俊夫曾经自己买过一次大米。他试着煮过两三回，意识到自己不可能做得和有几十年经验的母亲一样，后来就换成了在外面吃。那时候大米的价格好像是八百多。八百元……不对，那不是按升计的，是千克。不过那是一千克的价格，还是十千克的价格呢……

还是需要多知道一些自己更熟悉的东西是什么价格。

"那，"俊夫说，"今晚就打扰了。房费的事情晚上再说……我先出去一趟。"

"您去哪儿？"

"嗯，去趟银座。"

"银座……那您这身打扮不太好吧？"

老板娘打量了一番俊夫身上皱巴巴的衬衫，那衬衫彰显着昨夜俊夫的奋战。

"啊，能借我穿穿你丈夫的衣服吗？"

这也是要拜托的事情之一。

"和服可以吗？我家男人不穿西服。"

"和服不大合适……"

"这样啊，我还觉得大岛绸很合适来着。不过老爷个子高，我家男人……"

老板娘抬头看着高出自己一头的俊夫。

俊夫意识到两个人都站着在说话，于是像在自己家一样说道："哎呀，请坐吧。"

坐下后老板娘的头就和俊夫的头一般高了。老板娘的上身比较长。

不过她马上又站了起来。

"这样吧，我去找件老爷能穿的衣服。马上就回来……我知道哪儿有。"

老板娘走到梳妆台前，掀开盖子，匆匆梳好头发，然后从长火盆的抽屉里取出钱包揣进怀里。

俊夫本想给她十元钱，但手里只有百元纸币，只能作罢。

"小隆，妈妈去一趟车站。"

老板娘朝里屋喊了一声，匆匆出了门。

俊夫站起身，想帮着看店，小隆读着书出来了。看来他已经做完作业了。小隆像二宫金次郎一样一边读着《少年俱乐部》，一边从俊夫面前经过，走进店里，坐到香烟瓶子前面。然后直到老板娘回来，他的眼睛一直没离开过书。

不到十分钟，老板娘就回来了。

"这个怎么样？稍微旧了点，不过完全是您的尺寸……"

看到老板娘递过来的外套，俊夫惊呆了。

"啊，这是……"

这是浅褐底色上交织深褐与红色格子的外套。与俊夫留在昭和三十八年的那件外套质地一样。

不仅如此。等老板娘双手展开外套，俊夫发现那也是件诺福克上装，正中还开了叉，而且口袋上有翻盖……版型和那件外套完全一样。

俊夫接过上衣，下意识地翻过内衬看。那里面当然不会有"滨田"这个名字，不过好像有人用剃刀粗暴地刮掉了那里原有的东西，周围的面料都破了。而且这件衣服好像穿了好几年，有点褪色，衬里也磨破了。

俊夫走到老板娘的梳妆台前，半跪下来，试着穿上外套。

"哎呀，这不是很合身嘛……简直像是定做的一样。"

俊夫伸开双臂，像做体操一样活动了几下，然后直视老板娘的眼睛问：

"这是哪儿找来的？"

老板娘笑了。

"您还满意吗？我在车站前的小酒馆找到的。据说一年前有位客人把它当酒钱抵在店里了。我原来听人聊起过这事，就去看了看，结果真是好得很。"

俊夫盯着胸前的口袋看了一会儿，突然又抬头望向老板娘。

"你有没有在这附近看到过和我那个时间……保险柜一样的东西？不见得是最近，早些年也行。"

老板娘被他突然的提问搞得一头雾水，她说：

"啊，我们是去年才从厩桥搬过来的，但是厩桥也没有哪家有那么大的保险柜……保险柜怎么了？"

"不，没什么……我只是随便问问。"

"哎？"

"没事……总之这就帮大忙了，"俊夫笑着说，"那——"

他把手伸进裤子口袋，想把里面的东西转移到上衣里。车钥匙、手帕、"金蝙蝠"香烟盒，还有一沓钞票……

"老板娘，"他说，"这个能帮我收一下吗？"

老板娘看着俊夫接过钞票，低头一看吓得跳了起来。

"这……钱……"

老板娘的声调都变了。

"对，"俊夫点头，"事先说清楚，这可不是来路不明的钱，都是时间……保险柜里的。"

这真是莫名其妙的解释，幸好老板娘吓呆了。

如果就这样放着不管，估计等俊夫从银座回来的时候，老板娘还是这副姿势。绝对不用担心她会卷款逃走。

不过俊夫还是大声呵斥起来。

"好了，快点找个地方收起来！"

老板娘吓得一哆嗦。

"啊，是……"

她重新坐下，拿起钞票数了起来。

这回轮到俊夫慌张了。他不知道一共有多少张纸币。俊夫目不转睛地看着老板娘数钱的手。

老板娘像念经一样嘴里数着，每五张舔一次大拇指。所以过程俊夫看得很清楚。

数到三十多张的时候，老板娘忽然停下手说，"哎呀，这是……"

她抽出一张纸币，递给俊夫。

俊夫接过来一看，忍不住笑了。那上面画的不是武内宿祢，而是财神爷，写的也不是"百元"，而是"百圆"。那是玩具钞票。

"搞错了。"

俊夫满脸通红，嘴里嘟囔了一句，把玩具纸币塞进口袋里。

老板娘忘记数到哪儿了，又从头开始数起。

虽然没有再出现玩具纸币，不过老板娘还是仔仔细细数了三回，所以花了好几分钟才得出结论。

"九千二百元呀。"

"哎？哦哦。"

在这里，九千二百元到底是多少钱，俊夫觉得需要搞清楚。

"那请给我二百。"

俊夫把零头的二百元放进口袋。

老板娘把九千元放在长火盆的神龛上拜了一拜。

俊夫等她做完，又说：

"老板娘，能不能借我点零钱，坐电车什么的……"

"老爷没带零钱是吧，"老板娘从怀里掏出钱包，往里面瞅了瞅，"不介意的话，您把钱包拿去吧，不过是女人用的。里面只有三元五十分。"

她慷慨地说。

"太感谢了……我借用一下。那我走了。"

俊夫刚走到店门外，老板娘追了上来。

"老爷，等一下……"她用打火石给他点上火，"路上小心。"

2

  ——从一丁目到尾张町，到处都是宣传唱片的大喇叭，各种廉价的流行歌曲搅得这一带喧闹不已，再加上喧嚣的人群和往来的车辆，更是无比嘈杂。

（摘自武田麟太郎《银座八丁》）

俊夫在尾张町下了市营电车，在安全区域茫然地站了一会儿。他花了一些时间才把噪声一项项分辨出来。

全都是陌生的声音。汽车发出的如同老头子漱口时的刺耳汽笛声。出于同样的目的，市营电车的司机踏出的声响也像牛铃般刺耳。磨损了的唱片与唱针摩擦的声音，犹如遥远的海浪声，隐隐能听出其中混杂着歌曲《慕影》的旋律。而压过所有这些声音的是行人的脚步声。因为是周六下午，行人很多。那些人中近半都身穿和服，脚踩木屐。

原来世界的银座，曾经用电子屏幕展现"当前噪声分贝"，夸耀自己的喧嚣。不过似乎也比不上昭和七年。

听到工厂般的声音，俊夫吓了一跳，抬头去看。声音来自眼前的和光……服部钟表店的大楼。也就是说，服部钟表店还在施工。很多大楼都没完工。从新宿到银座的途中，在市营电车的车窗里看到的警视厅旁边的大楼——后来得知那是内务省，还有日本剧场，都还在建设中。昭和七年是奥林匹克之年，不过举办地是在大洋彼岸的洛杉矶，所以应该不是为了配合奥运会的建设。这是在践行青岚市长"蓬勃的东京"的口号吧。

服部钟表店对面的三越大楼也是崭新的。楼顶上可以看到鸟笼般的框架，俊夫以为那是正在建设中的观景台，后来才知道那是彩灯喷泉。

五丁目一侧的拐角处是惠比寿啤酒屋，与对面三爱所在地的麒麟啤酒屋相对峙。

几辆自行车大摇大摆地驶过十字路口正中央，骑车的是戴着鸭舌帽、商店伙计打扮的小伙子，还有穿衬衫的男人……电车和汽车都躲着自行车，开得战战兢兢。

和预想相反，俊夫没看到人力车。他只在刚才坐市营电车经过大木户一带的时候看到过一辆。

俊夫走到安全区域的边缘，等待信号灯变绿。和原来的世界一样，信号灯也是自动的，但没有原来的条纹图案，取而代之的是下面挂着一块横写着"信号灯"字样的电子告示牌。真体贴。

再下面还有一块告示牌写着"银座四丁目"，电车司机说的是"尾张町，银座四丁目到了"，不过看来正式名称上已经没有尾张町这个名字了。然而即使过了三十多年，原来的世界中依然还有很多人把这里叫作尾张町。既然过了三十多年都没完全改过来，更改町名只是徒增混乱吧。

在信号灯的正下方，有一个带有羊头的银色物体，上面雕刻着"废纸箱"的字样。昭和六年是未羊年，所以肯定是去年应时而建的，而且还包含了绵羊吃纸的诙谐意味，肯定是东京市环卫局精心创作的作品。

俊夫跟着信号灯，走到围栏拦住的服部钟表店前，再横穿到三越那一边。

原来那个世界的银座多少也有同样的感觉，不过这里的银座，东侧的行人更是远远多于西侧。东侧人气旺，不知道是因为三越、松屋两家百货大楼，以及中间的商店正在着力宣传夏季商品，还是反过来因为行人很多所以在宣传上下了大力气，总之百货大楼凭借高度优势挂出"夏季商品特价大酬宾"的特大宣传海报，商店也不甘示弱地在行人头上搭起藤架般的宣传拱门。虽然东龙太郎对广告牌的展示方式做了限制，但看起来青岚市长是想在广告量方面也超越纽约市。本以为走在其中的人们会觉得很碍眼，不过也许是习惯了，没有一个人朝这些精心制作的宣传广告看一眼。

明明临近六月，却还整整齐齐穿着斗篷型大衣的男子。没披外褂，身穿紫矢纹和服扭着大屁股走路的女子。其中当然也有穿西服的。不过，不管是男性足有十二英寸的肥大裤子，还是女性腰身宽松的洋装，在电视的深夜剧场和娱乐节目中都很常见，所以俊夫并不觉得稀奇。让他赞叹的是所有人都十分讲究地戴着帽子。当然穿和服的女性是例外，她们流行撑阳伞。身着洋装的女性戴的是圆顶高帽，而男性无论和服西装，几乎每个人都是绒毡帽党。尤其是有个身穿翻领学生服的青年也戴着绒毡帽，俊夫不禁停下脚步盯着他看了半晌。不过这种风格在这里似乎司空见惯，周围没人注意那个青年。

回头也去买顶帽子吧，俊夫想着，这才第一次去看商店。那边是金太郎的玩具店，他一眼便看见橱窗里端端正正摆放在浅草纸上的大便模型，不由得感叹起来。这是他第一次遇到熟悉的东西。

正当他专注地盯着大便模型看的时候，忽然感觉到有人在看自己，于是朝旁边望去。只见提着信玄袋的老婆婆正抬头看着他。和俊夫四目相对时，老婆婆挤出一个假笑，后退了几步，消失在人群中。这下俊夫又发现一个正走在路上的中年男子在凝视自己。他朝四下望去，感觉到好几个人慌慌张张移开视线。

俊夫下意识地掏出手帕，擦了擦两颊。他觉得很奇怪。或许自己和其他人有什么不一样的地方，暴露出自己来自三十一年后的世界。

俊夫迈开步子，动作就像是有生以来第一次站在舞台上的脱衣舞娘。在下一个小巷子的拐角处，一个五岁多的小男孩站在那里，目不转睛地盯着俊夫。俊夫走到他旁边的时候，小男孩还特意转过身子来，像是要把他看得更清楚似的。

然后小男孩终于忍不住了，拽了拽身边正在和人说话的中年妇女的袖子，大声问：

"妈妈，那是美国人吗？"

小男孩的妈妈正聊得开心，只是把他的手从袖子上甩开，没有回答，不过俊夫又感叹起来。

身高一米七三的俊夫在原来的世界也算是个头高的。更何况在这个日本人的总体身高还没有增长的昭和七年，他属于鹤立鸡群的一类。再加上穿的上衣很气派，被当作外国人也是当然的。要说是美国人，皮肤未免不够白，大家肯定在想他到底是哪国人。

总之，知道这和时间机器没关系，那么不管是被当作外国人还是别的什么，俊夫都无所谓。他摆出一副大不了被当作墨西哥人或者其他什么人的表情，从容不迫地穿过小巷。

但他毕竟还是纯粹的日本人，在松屋入口处贴的海报前停下脚步，浏览了一番。

新型泳衣特卖，人体模特展演

俊夫从语法上判断，所谓"人体模特"应该不是人体模型，而是法语中的"mannequin"，也就是真人模特。不过最好还是进去确认一番。

走进正门，突然看到裸体，俊夫大吃一惊。不过仔细看去，发现那只是一幅画。在正门大楼梯的平台后面，挂着巨大的写实派裸女群像油画。在俊夫关于战前的记忆中，那好像是著名画师画的羽衣天女图。

不过比起油画，哪怕穿着泳衣，还是活生生的女性好得多。于是俊夫跟着台阶前的人群，走上楼梯。

在高处，三位矮矮胖胖的女人正在摆造型。俊夫看了半天才发现她们穿的不是外出用的西服，而是泳衣。泳衣的布料很厚，下摆是双层的，腰部系着粗大的腰带，只有后背的设计多少还算大胆。三个人都戴着海水帽，穿着鞋子，各自拿着大大的游泳圈或者斗篷，尽力减少露出的部位。而且她们化的妆很浓，三个人都成功变成了同样的相貌，简直连妈妈来了都认不出。

围观者绝大部分是男性，他们都目光热切，四下里一片寂静，谁也没有动。最前面的神秘男子戴着金边眼镜，大概在开演前就来抢位子了。而且所有人都摆出要一直待到模特休息为止的架势。

一定要给这些人看看比基尼泳衣和脱衣舞，俊夫想，他很同情这个时代的男性。

他看了差不多一刻钟就离开了，再次投身到噪声的坩埚中。

大概是对面的十字屋乐器店在放唱片，传来一首雄壮的进行曲。

俊夫在进行曲的鼓励下，经过了伊东屋、筱原鞋店、铃幸洋品店、明治制果店、松岛眼镜店、大黑屋玩具店、娜娜咖啡馆、青木鞋包店，过了马路，下个拐角是三共药店，这和原来的世界一样。接着是菊秀刀具店、麒麟咖啡馆、酒井玻璃店、奥林匹克、银座会馆。银座会馆上面是大大的"CABARET GINZAKAIKAN"，一楼边沿挂着"OSAKA AKADAMA BRANCH"的霓虹灯。旁边的"奥林匹克"也是一样。在这个世界的银座，横排文字的招牌到处都是，简直比他原来的世界还多。

银座会馆的后面是服部钟表店现在的营业地，接下去是石丸毛织品店，转角是安田松庆商店。这家安田商店是与银座格格不入的佛具店，橱窗里陈列着精巧的白木小神舆。

下一条街的拐角是特拉亚帽子店。在原来的世界，这家店本来开在对面，而在帽子很受欢迎的这个世界，店面更大，门面也更气派。橱窗里陈列着博尔萨利诺帽、斯泰森毡帽、诺克斯帽等等，都是舶来品。

俊夫很喜欢浅棕色的斯泰森毡帽，想进特拉亚帽子店看看。但就在这时，他看到旁边的金妇罗大新前面聚集了一大群人。那是在街道的正中间，所以不可能是名不副实的泳装秀。俊夫赶紧跑过去。

但从人墙后面往里看，人群中心什么都没有。俊夫挤过两三个人来到前面，结果还是一样。这一大群人聚集在一家店门前，各自朝着不同的方向站着，其中还有人闭着眼睛。

突然间响起欢呼声。声音不是来自周围的人群，而是来自挂在店檐上的大喇叭型扬声器。紧接着扬声器里又说："打中了，打中了！"

热情的棒球迷们一声不响地凝神听着电台的实况转播。

俊夫也很喜欢棒球，他是东映飞人队的球迷，但这个时代的六大学联赛，选手全是陌生人，俊夫对它并没有兴趣。虽然后来他发现自己完全想错了……俊夫一路朝着京桥的十字路口走去。

位于京桥路口拐角处的"第一相互馆"是红砖建筑，俊夫今天买的书上说它是"东京都第一"的高层建筑。话虽如此，它的地上部分高度只有三十六米。大正四年建设这幢楼的时候虽然并没有打算建成东京第一，但是因为以六十六米的高度傲视东京的浅草十二楼在大正十二年大地震中倒塌，它便替补成了第一。不过，七十米高的新议事堂正在建设，它这第一的位置也坐不了多久了。

京桥的十字路口用的不是自动信号灯，而是手动式的。那是个玩具般的信号灯，在圆棍顶端装有绿色和红色的圆盘，一个戴着绿白条纹袖章的巡警站在路口中央，正在拨弄它。

俊夫忽然意识到，信号灯看起来像玩具，并不是警察订了个便宜货，而是操控它的巡警身材格外高大的缘故。他的身高大概超过一米九，肩膀也很宽，连俊夫都远远比不上。俊夫重新认识到，昭和七年的日本人，身材也是很高大的。

不过俊夫并没有受到手动信号灯的影响，他在第一相互馆的拐角处向右转了。

已经听不到唱片声了，路上也几乎没有了行人。而且空气很清新。昭和七年的东京没有雾霾。

作为原因之一的马拉货车从昭和大道那边行驶过来。马夫一身轻装打扮，衬衫外面套着毛线裹腰，但头上还是好好地戴着圆顶毡帽，而且还用毛巾严实地包住脸颊。

俊夫站住脚，目送马屁股和货物远去，耳边忽然有人说话。

"老爷，您要去哪儿？"

"哎？"

回头一看，是一个戴着鸭舌帽的小伙子。

"五十分，走不走？"

鸭舌帽跑到不远处的车前，拉开车门。

在原来世界的汽车爱好者看来，那是一辆令人垂涎的老爷车。挡风玻璃上面有块红色牌子，写着"空车"。对面一位五十多岁的司机在鞠躬。

"很近……去樱桥。"

俊夫说。

"樱桥？当然可以，"鸭舌帽助手看看司机，说，"那就二十分吧。"

车身有台阶，车顶很高，有种坐公交的感觉。坐在里面的座椅上，俊夫又有种坐上皇家轿车的感觉。

助手用力关上车门，迅速坐到司机旁边。

"去樱桥。"

"好。"

助手和司机配合默契，汽车启动了。

司机在十字路口中间勇敢地掉了个头。俊夫不由得回头去看路口中央的巡警。只见那个大块头正在泰然自若地操作手动信号灯。

"那警察块头好大。"

俊夫深有感触地嘟囔说。

"嗯，那是太田，原来是相扑选手。据说有六尺四寸，二十六贯。"

助手平日里似乎积累了很多常识，以便和客人聊天。

"开慢点。"

虽然俊夫这么说，但毕竟不是他开车，距离又很近，很快就到了樱桥的路口。

俊夫让司机朝左拐，两个人不得不低头俯身。第二条小巷的拐角处更让他们胆战心惊。

下了车，俊夫从钱包里拿出五十分的硬币，放在开门侍立的助手手心里。

"不用找了。"

"这……太感谢了。"

俊夫本以为他会跪下来道谢，不过似乎付了钱主从关系就结束了，助手只是把手在鸭舌帽边上一靠，飞快钻进车里，让车开走了。

俊夫被低标号汽油的尾气呛到，一边咳嗽一边走进了小巷。

面前竖立着的电线杆上贴着专治花柳病的医院广告。后面有四五个男孩子，和小隆差不多大，正在开心地玩小陀螺。他们两人一组在草席上转动铁制的小陀螺，把对手的撞掉就算获胜。他们在赌洋画儿。小孩子们发现了俊夫，吃惊地抬起头，不过看到来人不是学校的老师，又放下心来，继续游戏。

俊夫望向小巷深处。在大大的印刷店旁边，可以清楚地看到红白蓝三色的螺旋柱。那景象和他的记忆完全一致。他快步走了十多步，就看见了屋檐上的油漆招牌。那上面写着：

滨田理发店

今天俊夫从一开始就计划要来这里。但是来到这里要做什么，俊夫还没有具体的想法。

当然，即使大摇大摆走进店里，也不会暴露身份。这个世界的人根本想象不到俊夫的存在。他肯定会被当成来理发的客人，被请到理发座位上去。不过即使如此，俊夫还是担心自己不能坚持到底，很可能会说出什么不该说的话，如果惹来警察就不妙了。俊夫想，如果自己家不是开理发店的，而是曲艺艺人就好了。那样的话，自己就可以坐在观众席上慢慢观察，不用担心被发现了。

不过另一方面，理发店也有好处，能透过玻璃看到里面的情况。所以俊夫决定先在门前徘徊一阵，不时看看手表，装出等人的样子，就不会引人怀疑了。

滨田理发店里有三个人在忙碌。

一个是十四五岁的少年，像是学徒，俊夫不记得他。他正在全神贯注磨剃刀。

他的对面是和俊夫差不多年纪的男人，正在给客人修面。俊夫觉得他的长相和自己公寓里的照片一模一样。那照片是在昭和十二年出征时拍的，应该是五年后了。遗憾的是，为了防止呼吸喷到客人，他的脸上戴着赛璐珞面罩。

最后一个是女性，背对着俊夫在给一个孩子剪头发，他只能时不时看到她的侧脸。俊夫惊讶地发现她比想象中还要美。自己的父母好像是相亲认识的，这么看来，父亲肯定对母亲一见钟情。俊夫甚至有点嫉妒父亲。

就在这时，年轻的母亲忽然丢下客人，跑向里屋。俊夫以为是饭烧焦了，果然又见母亲走了出来。不过这次，她双手却在抱着什么轻轻摇晃。

当发现母亲怀里是个婴儿的时候，俊夫震惊了。他完全忘了自己还要假装等人的事。他是在昭和七年二月出生的。

母亲一边和父亲的客人说话，一边哄孩子。从婴儿的状况看来，他好像刚刚从午睡中醒来，正在哭闹不休。可惜店面旁边有几个玩布袋的女孩子正在唱着"煮红薯，放盘子，蒸米饭，包菜叶"，嘈杂得很，俊夫听不到自己的哭声。

最后母亲也顾不得大庭广众了，她脱下围裙，掀开和服前襟，开始给婴儿喂奶。俊夫慌忙看了看四周，以防有什么奇怪的男人往店里看，好警告对方这没什么好看的，把人赶走。

但结果反而是俊夫被人盯上了。

"您在这里做什么？"

俊夫吓了一跳，转身一看，只见视线的死角处站着一个身穿巡警制服的男子。当然，他肯定就是巡警。

"您在做什么？"

巡警又问道。口气虽然彬彬有礼，但那是因为俊夫的打扮。在盘问俊夫这一点上，他和昨天晚上的巡警没有区别。

俊夫不知道该怎么回答。如果说在等人，巡警肯定会问对方的名字。如果是在原来的世界，这样的情况下随便说个名字，事后朋友自然能帮自己圆谎。但这里可没有那样的朋友。或者说，有是有，但都还是小孩子，而且他们这会儿也不认识俊夫。

巡警没有理会俊夫的苦恼，继续问道：

"请告诉我您的住址和姓名。"

俊夫差点脱口说出自己公寓的地址。但是转念一想，这个世界的青山一带还没有公寓。老管理员说过，那地方战前是一片墓地。

126

还有，在这个世界，滨田俊夫这个名字可不属于俊夫，而是属于眼前四米开外吃奶的婴儿。

眼看周围看热闹的人多了起来，巡警做出了决定。

"麻烦您和我去一趟派出所。"

"那个，其实，呃……"

俊夫本想说话，但舌头不听使唤，发音都变了调。

巡警露出奇怪的表情。

这让俊夫想到了一个主意。他决定赌一把。

俊夫严肃地盯着巡警，开始念起真空管的名称。

他从微型电子管开始，说到超小型电子管、ST 管、GT 管，如果还不够的话他打算继续说到电台用的大型电子管。

不过，刚刚说了五个微型电子管的名字，巡警便抬起双手制止了他，露出尴尬的假笑，说了一声"Thank you"，然后迅速朝右转身，头也不回地走了。

俊夫理了理衣服，慢悠悠地环视周围看热闹的人。众人纷纷后退，大概只在照片上看到过外国人吧。他们还摆出了逃跑的架势，防备俊夫找他们说话。

俊夫故意朝巡警离开的方向走去。人群像自动门一样左右分开。后面熟食店的老板差点把摊子都掀了。

俊夫步行回到银座。

池田园楼顶上的电子广告牌上写着马凯特和雪佛兰，不过还没点亮，下面的巷子里夜市已经开张了。泰西名画的复制品、拉绳猴子爬树的玩具、装在一升瓶子上的方便塞……隔着一排小小的电子灯罩，一个戴着绒毡帽的男子正在懒洋洋地背诵着推销词。

"……实用新型电子花灯罩，罩在灯上，十烛的灯光就会变成二十烛，相当于节省了一半的费用。在国家面临重大变故之际，节俭当是国民的义务。"

不说国民的义务，实用新型这个词提醒了俊夫。他看看手表，刚过五点。于是匆匆赶去了松屋。

模特姑娘们好像已经领完日薪回去了，松屋一楼空荡荡的。俊夫一路小跑，跳进正在关门的电梯。

"电器卖场是几楼？"俊夫问。

电梯女郎说："好的。"省掉了一轮问答。

仔细一看，这座电梯不是自动式的。要在电梯地板和建筑物地板一致的高度停下来，必须看准时机操作。没时间进行慢悠悠的问答。

来到六楼，俊夫看到电器卖场，不禁大吃一惊。他以为自己不知不觉又回到了原来的世界。卖场上方写着"各种电冰箱"。

下方摆着实物。通用电气、西屋电气、凯尔维特，还有国产的三菱产品。所有冰箱都很大，估计有二百升。三菱和西屋电气的压缩机都在上面，很是庄重，而凯尔维特和原来世界的型号一样。俊夫走到旁边，打开门看了看，里面有四个室，左上角是制冰室。

一个男店员跑了过来，大约是怕商品被划出痕迹。

"您要买冰箱吗？"店员用奢侈品商店店员那种对顾客品头论足的眼神打量俊夫，"虽然价格稍贵，但用起来很方便。"

根本找不到标价，看来价格确实很贵。

店员看到俊夫的上衣质地是进口高级品，打开冰箱门正要开始介绍，俊夫拦住了他。

"不不，我其实已经有一台了，只是想看看最近有什么功能升级……"

这可不是撒谎。他在原来世界的公寓里确实有一台。

"原来是这样，"店员使劲眨着眼睛说，"倒也没什么升级，不过价格年年都在下降。我想再过五六年，一般家庭就能拥有了。"

"是吗，大概吧。"

俊夫笑道。

店员戴着无框眼镜，像是有点近视。他并没有退缩。

"肯定会的。日本的技术也在进步，今后日本的家庭应当不断引入更多的电器，早日达到欧美的生活水平。"他的脸上呈现出忧国忧民的神情，激动地说到一半，又好像突然想起了推销的本职，"您要看看真空吸尘器吗？"

现在好像还不叫"电动吸尘器"这个名字。

"那东西也有了。"

说着，俊夫走向旁边的卖场。作为此行重点的收音机产品都陈列在那里。

所有收音机都是所谓的比利肯型收音机，扬声器位于底盘的上部。喇叭型扬声器的时代似乎已经过去了。如今大部分都是在末级放大器中使用了 26 真空管驱动电磁扬声器的"三管有源接收机"，其中也有五管机，或是使用动态扬声器的高级收音机。还有"九管超外差式接收机"这几个大字映入眼帘，标价是一百六十日元。

俊夫观察了一圈，离开松屋，去了对面的十字屋。

这个时代的十字屋乐器店，似乎致力于售卖留声机，店里摆满了各种机器。

不过，即使是乍看像电子留声机的操控台机型，其侧面也带有手摇的曲柄。录音组件已经变成了电动的，这一点从外面传来的《翻山越岭》的音色也能判断出来，不过，播放组件依然是原声（机械式）的影响力更大。本来就熟悉这一行的俊夫知道，战前的高级原声留声机，在演奏 SP 唱片方面，能够发挥出远高于电子留声机的性能。操控台机型的大柜子绝不仅仅是为了装饰，而是折叠收纳了长达数米的"克雷登萨"型大喇叭。

俊夫环顾卖场，发现最里面有个带拨号盘的柜子。那是他久闻其名的 RE45 型电子留声机，采用 RCA 的 245 真空管推挽输出。俊夫马上向店员要了说明书来看。

说明书是英文的，不过带有电路图。俊夫看到图，不禁感叹起来。收音机的调谐器部分竟然是五段高频放大！之所以没有做成超外差式，大约是出于音质的考虑，但这不是战后的技术人员能实现的工艺。相反，低频部分则是用了非常普通的 A 级放大，估计 RCA 的技术人员是把全部精力投入了这个 RF 部分，不仅唱片，连收音部分也要保证最高的音质。

说明书中也清清楚楚写着"高保真"这个词。它的末级放大器用的是三极管推挽。对于习惯了战后那种金属质高保真声音的人来说，哪怕不听，也能推断出这台电子留声机可以发出令人难以置信的柔美声音。

更让俊夫吃惊的是，说明书上写着它能播放长时间的三十三转唱片。

刚巧店员走过来问"要不要放上唱片试听？"，于是俊夫问：

"这里有这种三十三转的唱片吗？"

"眼下没有，不过您需要的话，我可以帮您调货。"

"这种唱片什么时候开始有的？"

"去年，维克多发布的。"

"演奏时间是多长？"

"单面十五分钟。"

"唱片的材质呢？"

"这个……和普通唱片一样吧？"

"哦，还是虫胶。"

这可不能轻举妄动了，俊夫想。这个时代的技术好像比自己预想的更发达。

俊夫又去了银座二丁目的双美商会，那是一家照相机店。

就像留声机领域的机械式与电子式互相较量一样，在照相机领域，也有新旧两大势力对峙。那就是胶卷相机和干板相机。

干板相机有蔡司·伊康产的马克西玛。把皮腔塞回去，盖上盖子，就变成了相当于两个摄影灯大小的箱子，也就是所谓的手提式相机。不过干板只有手札型 [1] 大小，拉开相机也不麻烦，所以还是很方便的。其他采用同样设计的还有第一相机、常盘相机、创意相机等等，都是模仿马克西玛的国产相机。

至于胶卷相机，著名的有徕卡与柯达的胶卷相机和禄来相机。

徕卡出了 C 型。带有埃尔默 F3.5 镜头，标价四百元。

蔡司的胶卷相机中可以看到伊孔塔宝宝，不过康泰时好像还没上市。

模仿徕卡和康泰时起家，然后各自开辟出自身特点的佳能和尼康，这时候当然还没出现。

也有电影相机。蔡司的基纳摩 S10、西纳柯达，都是十六毫米相机。基纳摩 S10 带有 F1.4 的大光圈镜头。

俊夫又去看了静物相机的柜台。店员推荐了小西六产的小珍

1　手札型，干板的一种尺寸，长十点八厘米，宽八点二五厘米。

珠。它的设计和德国产的皮科莱特很像，是采用廉价版胶卷的相机。单价十七元，带戴尔塔斯 F6.8 的价格是二十五元。

小珍珠这个名字，俊夫也是如雷贯耳。这是老粉丝们经常说起的相机。

最终，这台二十五元的小珍珠成为俊夫来到这个世界后买的第一样东西。店员送了两卷五十分的樱花胶卷作为赠品。

3

第二天是星期天，天气很好。

包工头一家打算一起去鹤见的花月园玩。

"老爷要是能一起去该多好啊。算了，那就麻烦您看家了。"

老板娘直到穿草鞋的时候，才放弃了说服俊夫的想法。

拜托俊夫看家，他们似乎没有任何不安。从昨天晚上隔着拉门传来的窃窃私语中判断，他们好像把俊夫当成了被赶出家门的浪荡子弟。他们还说到钱的事，肯定不是指自己的钱，而是俊夫交给老板娘保管的钱。

"好好玩吧。"

俊夫把他们送到店铺门外。

昨天晚上在赛马上花了六十元的包工头，戴了一顶绒毡帽，一副郁郁寡欢的样子。以为只是损失了十元钱的老板娘撑了一把桃色遮阳伞。小祖宗坚持要把二尺来长的铁皮战舰带到花月园去，那是俊夫昨天晚上回来的时候在夜市买的，听说花月园没有俄国舰队，他最后放弃了。

三个人都穿着和服，只有小隆穿着校服。他肩上十字交叉地挎着水壶和小珍珠，显得最为精神。

"注意相机的曝光。"

俊夫叮嘱说。正想补充一句"这个时代的胶片感光度低",回过神来赶紧把话咽了下去。

一家人出门后,俊夫走进里面的待客间,坐到旧报纸和书堆的面前。书是昨天晚上回来的时候买的,都是电气类的书籍和杂志。

俊夫先把昨天在银座了解到的物价,和那些报纸杂志上出现的物品价格整理到草稿纸上。

市营电车（免费换乘）	七分
公共汽车 一区	十分
出租车（东京市内）	五十分
寄信	信件三分,明信片一分五厘
乌冬面　　一碗	十分
牛奶　　一瓶	五分
惠比寿啤酒　　一瓶	三十三分
虎屋黑川的羊羹　　一客	一元五十分
眼药水　　小瓶	二十五分
洗澡	成人四分,儿童三分
街头擦鞋	三分
牛肉里脊　　一百钱	一元三十分
一等猪肉　　一百钱	四十分
平凡社大百科全书　　一册	三元八十分
波利多唱片　　10寸盘	一元二十分
进口 Onoto 钢笔	七元五十分
小珍珠带 F6.8	二十五元

报纸订阅费	一个月	九十分
歌舞伎剧场	一等座	三元五十分
人形町"末广"剧场门票		七十分
舞厅门票		五十分
舞蹈票		白天二元，晚上二元五十分
帝国酒店住宿费	单人间	七元起
同	带浴室	十元起
新桥艺妓出场费	二小时	六元六十分
神明艺妓出场费	二小时	三元八十分
玉井青楼	短时	一元五十分
玉井青楼	住宿	三元
蝮蛇草药酒"万里春"		三元
男女防毒安全套	特制一打	五十分
淋病治疗剂肯戈尔		三元八十分
包茎安全自疗器		三元八十分
娱乐小故事		二十三分包邮
春宫画	十二枚一组	二元三十分

写完之后，俊夫发现里面有四样东西的价格都是三元八十分。

俊夫对此的理解是，五元大约是一条分界线。对这个时代的人来说，五元以上就是很高的价格，所以减掉一元变成四元，然后再进一步减到三元八十分，就像原来世界经常有九十八元的定价那样。这肯定是一个很容易销售的合理价格。

粗略浏览这份价格表，虽然不同的东西价格有高有低，不过大致相当于原来世界价格的三百分之一到五百分之一。取中间值算作四百分之一的话，这个时代的五元，就相当于原来世界的两千元……俊夫想起自己前两天买打火机的时候，没买超过两千元的，只买了一千八百元的打火机，看来这种解释是对的。

既然这样，那么俊夫现在手上的九千元相当于原来世界的三四百万。考虑到自己要在这个世界待到昭和九年……两年的生活，这些钱足够了。但考虑到要在这个举目无亲的世界里一个人生活下去，那么必须留出五千元左右的资金，以备不时之需。这样一来，终究还是需要找到赚钱的办法。

至于说赚钱的办法，对俊夫来说，最简单的莫过于申请光电摄像管（早期的电视摄像管）的专利。

从电气类的书籍来看，这个时代的技术水平高于预想，不过和原来的世界之间还是有很大的差距。特别是电视技术，刚刚进入实验阶段，滨松高等工业学校的高柳健次郎，早稻田大学的山本忠兴、川原田政太郎两位教授等人都在继续研究，而接收装置除了镜车之外，高柳等人更是在世界上率先使用了阴极射线管，但发送信号用的还是效率低下的机械式尼普科夫扫描盘。在去年的昭和六年，美国有人考虑过采用电子式扫描的影像析像管，但它也有核心缺陷，就是增加扫描线会导致信号电流减弱，放大信号非常困难。而在昭和七年的今天，RCA 的佐沃尔金博士还没发明出光电摄像管。所以如果俊夫趁现在公布光电摄像管的原理，肯定会受到全世界电视技术人员的热烈欢迎——除了佐沃尔金博士。

但是俊夫意识到自己获取专利会有很大的障碍。要获取专利，必须向专利局提交文件。文件上当然要写俊夫的名字。然而在这个世界，滨田俊夫的名字属于京桥刚刚出生三个月的婴儿。

在这里，俊夫是没有国籍的人，他不仅无法获取专利，也不能从事任何公开活动。

所以俊夫要想赚钱，只能靠卖东西。然而在这个世界，俊夫有一项他人没有的武器，就是他了解未来。或许可以利用这一点想办法赚钱。

首先，预测体育赛事怎么样？

在这个世界，相扑和棒球依然很流行，在报纸上用了很大的版面报道各自的内幕。一月十七日的报纸刊登了一篇报道说，试图调解相扑协会纠纷的国粹会最终放弃介入。

其结果是，天龙、大之里等三十二名相扑选手退出了协会。至于棒球，五月初早稻田大学棒球部突然退出了六大学联赛，宣称"联盟多处违背纯粹的体育精神"。

俊夫很早就听说过这两起退出事件，不过来到这里才知道都是昭和七年发生的。至于这一年的相扑和棒球的战绩，他当然更不可能知道。听说，早大退出后，剩余的五所大学今天在神宫举行了春季联赛的最后一场比赛，但俊夫并不知道哪一家会获胜。

另外，失去了大量幕内力士的相扑协会匆忙以"幕内待遇"让八名"十两"[1]入幕，将幕内东西合并，终于凑出了二十名的新排行。在这些填补空缺的人员中，也包括从东"十两"第六位一跃升到西"前头"第四位的双叶山。对于双叶山来说，这当然很幸运。但如此说来，今年二十一岁的双叶山可能还要很久才能展现出实力。据说五月的"本场"赛夺冠者是大关玉锦，不知道下一次的"本场"赛又会是谁胜出了。

在这一点上，倒是可以拿奥运会做点文章。在原来的世界，

1　十两、前头等都是日本大相扑力士的位阶。力士的位阶从上往下依次有横纲、大关、关胁、小结、前头、十两、幕下、幕下付出、三段目、序二段、序之口等。从横纲到前头总称为幕内，因江户时代这些力士在将军观看相扑比赛时有权坐在幔幕内侧而得名。

为了迎接东京奥运会，出版了许多与奥运相关的书，俊夫之前也读过一本。书里写了奥运会的历史，尤其是日本运动员表现最为突出的洛杉矶奥运会，不说细节，至少大体内容俊夫都还记得。他可以把这些当作预测公布出来，猜对了可以赢钱。

不过奥运会只有一届，就算能顺利赚到钱，数目也是有限的。既然要谋生，到底还是要想想其他赚大钱的方法。

俊夫吃了点老板娘做的便当里多出来的海苔卷，喝了些冰在井里的啤酒，继续思考。

傍晚，被太阳晒得通红的包工头一家回来的时候，俊夫正坐在待客间里，周围都是书和废纸团。

"哎呀各位，"他抬起头，眼睛里满是血丝，"我决定开始做生意。这绝对是个赚钱的买卖……"

4

多亏了老板娘抓住俊夫抱怨那么多回，他现在已经很清楚包工头一家去年为什么从厩桥搬到世田谷来了。简单来说，就是连夜逃跑。

包工头家祖上一直在厩桥做工程。据说包工头的爷爷是个了不起的人，维新的时候，曾经给据守上野山的彰义队送过饭团。他的威望一直延续到第三代的包工头这里，周围邻居对他们多有帮扶，地震前家族事业经营得很好。虽然地震中整个厩桥都成了废墟，但承包了复兴棚户建设的包工头大显身手，免费给自己建了比原来大三倍的房子。接下来的好几年里，包工头忙于复兴工程以及花费在工程中赚到的钱，连这新建的房子也几乎没回来住过。

但是到了昭和四年，纽约华尔街发生了世界历史上前所未有的大崩盘。当然，华尔街的事件不可能直接影响到包工头，但起源于美国的恐慌不久也侵蚀了日本，导致许多人破产，物价暴跌。产业调整，工人遭到降薪和解雇。工资降低的人们在无产阶级政党的支持下，反抗当局的镇压，不断发起劳动诉讼。至于被解雇的人，终究需要活下去，所以纷纷前往负责失业救济的东京市社会局，登记为日薪工人。只需支付日薪工人很低的薪水就能让他们从事土木工程和道路修理等工作，而这些原本是包工头这类建筑商承包的活计。所以他的工作逐渐遭到蚕食，到了去年春天，终于什么业务都接不到了。

不过，身为江户男儿的包工头对此并不气馁。他依然每天喝酒赌马，和生意兴隆的时候一样。厩桥的房子里，家财物品逐渐减少，借款欠条堆积如山，老板娘焦头烂额。

去年夏天，老板娘埋头在欠条山里思来想去，得出的结论是，要么一家人集体自杀，要么连夜逃跑。她当然选择后者。

老板娘一开始打算去投奔住在信州深山里的远房亲戚，但包工头知道信州深山里没有赛马场，搬出"不能离开祖传土地"的借口，断然拒绝。而且老板娘的信州亲戚也回绝她说，自家在东京的三子因为失业回来了，再加上米价暴跌的影响，让他们以后再来。

于是老板娘四处奔波，终于在世田谷找到了便宜的房子。世田谷很快就要成为新市区，不算离开东京，而且新开发地区肯定有很多工作。老板娘用这些话说服了男主人，不过她好像也充分考虑到世田谷是新市区中距离中山赛马场最远的地方。

包工头一家搬到世田谷已经有两年了。在这段时间里，老板娘的预想一直没有实现。

来这里的时候，老板娘考量了东京市长永田的发言和电车公司的广告，预计这一带的田地将在一年后全部变成住宅。基于这一预测拨完算盘，发现包工头每个月的收入将会相当可观。用不了三个月，不但可以去厩桥把债务全部还清，还能做一件锦纱的和服。

但是到现在老板娘还不敢靠近厩桥，也没有请过和服裁缝。自从搬过来以后，这一带只建了几栋住宅，包工头也只有一点点收入。"果然还是不景气啊。"老板娘叹着气说。不过这里的"果然"一词中多少也包含了不光是自家不景气的安全感。

另外，还有一件让老板娘没想到的事是，男主人还在赌马。关于这一点，老板娘完全忘记了电车这种现代文明的利器。包工头刚搬到世田谷来的第二天，就开始每天早起，换乘小田急线和省线，单程花费将近两个小时前往中山。每次出门的时候他都会说"今天赢一把大的，看我打车回来"，不过至今一次都没实现过。

长子小隆是个古怪的孩子，不管是黄金棒球的连环画，还是小陀螺玩具，他都毫无兴趣，只喜欢待在家里看书画画，所以搬到了安静的郊外反而很高兴。至于小祖宗，出生以来只在厩桥生活过一年，早就忘得一干二净了。最后，搬世田谷来，最辛苦的反而是执行这一计划的老板娘自己。

作为副业的香烟铺本来也是瞄准了人口增长而开起来的，销售状况自然不妙。这两三个月来，老板娘已经快要熬不下去了。

就在这时，滨田俊夫突然出现了。一份非常简单的半日活计，他就给了二百元——不，是一百五十元的巨款。老板娘当然赶紧筹划举家前往花月园的壮举。而且她现在手头还有俊夫寄存的九千元。他估计会在这里暂住一段时间，那么九千元当中，每个月肯定都会有几十元钱作为俊夫的伙食费变成自己的钱。只要安排得当，这笔钱足够一家四口人吃饭了。眼下老板娘担心的是，行李物品当中有没有和俊夫的床上用品同样花纹的布头能给他打补丁。

而就在这样的情况下，从花月园回来的路上顺路去了一趟三越，买了一大堆东西的老板娘，听到俊夫说要做生意，顿时脸色煞白，连用作伴手礼的进口安全剃须刀都忘了拿出来。

"做……做生意，这……这可不是说着玩的。现在世道不景气，哪有什么一定能赚钱的生意。老爷，你有九千元，那么多钱，五年十年都够过了。别想什么无聊的生意了，好好在家里歇着不好吗？"

老板娘看起来也对浪荡子弟很为难。她肯定想起了落语《船德》……被赶出家门的浪荡子做起船夫，结果闹出许多笑话。

这就撞上第一道难关了，俊夫想。他本来打算把九千元钱全部用来建一座小工厂，但这话只要一说出来，老板娘肯定会不顾一切死守那九千元钱。

"喂，你把东西放哪儿了？"

包工头找啤酒开瓶器的时候，老板娘还在热切地劝说俊夫改变主意。

"老爷，做生意是很难的。像老爷这样的人，突然想做生意，也做不成啊……"

俊夫眨着眼睛，努力用手指擦着凉凉的啤酒瓶上凝结的水珠。确实，一直打工的俊夫完全没有做生意的经验。要说卖东西，也就是学生时代站在涩谷的忠犬八公像前帮忙募捐而已。而且那时候行人都去了旁边的女学生那边，自己费了老大的力气，才把分到的红色羽毛发掉。

包工头挥着开瓶器进来了。

"在玩具箱子里……来吧，老爷，咱们来喝一杯。"

"嗯……谢谢。"

俊夫拿起杯子，接了一杯啤酒。包工头拿的开瓶器上带有"麒麟"的标志。俊夫深切体会到大公司的传统。

"老爷，所以说……"

"我知道，老板娘，我不做生意了。"

俊夫决定放弃小工厂。更合理的做法是做出样品，寻找投资者，建设大工厂。管理方面最好也聘请专家。

俊夫悠闲地看了两三天的书，当作冷静的时间，然后向包工头借了一套木工工具。

"老爷是要做什么？"

"唔，这个啊……"俊夫看看走过来的老板娘，"我每天闲着也是闲着，想给小祖宗做个玩具。"

"哎呀，让您费心了，"老板娘亲切地笑了起来，"小隆还说想要个秋千来着，孩子他爸，你过来帮帮老爷。"

"没事的，老板娘。"

比起男主人，俊夫更想让灵巧的小隆来帮忙。不过小隆一直沉迷于相机，俊夫和他说话，他也心不在焉。星期天在花月园拍的胶片，第二天在新宿的照相馆洗出来一看，全都拍到了。毕竟是6.8的镜头，没有失焦，而且又是晴天，没有俊夫担心的曝光不足。不过在所有照片里，担任模特的包工头夫妻或者小祖宗都是绷直了身子一动不动的姿态，俊夫建议他不妨捕捉一些更为自然的人物动作。于是小隆每天一放学就举着照相机追在家人屁股后面。

"你个蠢蛋，哪有拍人上厕所的？"

听到包工头的怒吼声，俊夫决定还是自己一个人做样品吧。

刚好院子里的储藏室空着，俊夫拿上木工工具，钻到那里面。至于材料，俊夫给了一分钱的跑腿费，让小祖宗去附近的工地捡些木头回来。

小祖宗捡回来一大堆木头，堆得像座小山，估计是想多要点跑腿费。俊夫坐在木头堆里开始做样品。

"真是努力呀。"

几天后，老板娘一边说着，一边过来喊俊夫吃饭，结果被堆积如山的木屑惊得目瞪口呆。

"怎么也做不好。拿去烧洗澡水吧。"

"还是别太辛苦了。也该适当休息休息。"

吃过饭，俊夫听从老板娘的意见，在客厅里看了一会儿报纸。

俊夫从第一版依次往下读，翻到社会版的时候，不禁叫了起来。

"啊，有声电影院罢工了！"

"哎，发生什么事了？"

正要去厨房的老板娘回过头问。

"嗯，昨天武藏野馆发生了罢工。"

"哎呀，是吗？老爷您喜欢那个演员？"

老板娘好像把"strike"（罢工）这个词当成了外国演员的名字。

不过俊夫没有回答，继续自言自语。

"原来……昭和七年，有声电影就已经这么流行了吗？

"基顿[1]很有意思啊。

---

1 巴斯特·基顿，美国喜剧演员。

"人类的记忆不可靠啊。

"这段时间做坏事的人多了，还是因为不景气啊。

"说不定连那个都……我可不能再浪费时间了。"

俊夫站起身。

"哎呀，老爷，再喝杯茶吗？"

"不用了，够了。"

从这天起，俊夫除了睡觉，其他时间都待在储藏室里。吃饭也是请老板娘把饭团送过来。只有在让小隆帮他买红色油漆的时候，他才从储藏室里出来过。

六月的某个晚上，储藏室里走出来一个胡子拉碴的瘦子。他双手捧着一个小小的红色物体，骄傲地呼喊众人。

"各位，请到客厅集合。"

正躺在待客间里用铅笔在赛马表上做记号的包工头，在自己房间里用《少年俱乐部》的赠品组装模型的小隆，都来到客厅里看发生了什么。拿着铲子的老板娘和抱着军舰的小祖宗也从店铺那边跑过来了。

"各位，"等大家都就座后，胡子拉碴的俊夫开口说道，"……这是首次在日本公开的新型玩具。"

俊夫环视在座众人。小祖宗慌忙躲到老板娘身后。

"这是从日本传统的转茶壶和欧洲的空竹¹玩具身上获得的灵感。"

没人去看俊夫递出来的悠悠球。大家都怔怔地看着俊夫的脸。

"首先请看我的表演。"

---

1 空竹，diabolo，起源于中国，十八世纪时传至法国，很快成为风靡欧洲的玩具。

俊夫把悠悠球绳子末端的绳圈套在右手中指上。

虽然这是二十多年来第一次玩悠悠球，不过他已经在储藏室里练习了三十分钟，心里很有把握。他从普通的玩法开始，像投链球一样转动挥舞悠悠球，然后展示高难度的动作，把垂下去的悠悠球猛然提回来，总之展示了自己所知的各种技术。

大约五分钟的热情表演结束后，俊夫鞠了一躬，把悠悠球从手指上取下来，放到在座众人的中间。

"谁想来试试？"

大家还是和刚才表演的时候一样怔怔地看着俊夫，只有小祖宗勇敢地走向悠悠球。

俊夫帮他把绳圈套在手指上，把悠悠球抛下去。但遗憾的是，小祖宗只有三岁，个头太矮，绳子还没到头，球就落到了榻榻米上。

小祖宗没有玩悠悠球，自己在榻榻米上跳了好几下。"不好玩。"他一边嚷嚷，一边胡乱挥手，解开绳子。

"我来试试。"

老板娘像是解围似的伸手去拿悠悠球。俊夫把绳子卷好给她。

老板娘把绳圈套在手指上，一边看着俊夫，一边放开手里拿的悠悠球。但是悠悠球落下去之后怎么也上不来。老板娘的手和屁股动个不停，但悠悠球毫无反应。

"让开，我来试试。"

这回是包工头。

他和老板娘的情况一样。悠悠球稳如泰山，纹丝不动。

"小隆，你要不要试试？"

俊夫这么一说，小隆默默伸出左手。他是左撇子。

小隆一松手，悠悠球就落了下去，然后又顺利弹了回来。

"漂亮，"俊夫叫道，"就是这样。"

小隆泰然自若地玩着悠悠球，上上下下十几次之后，又开始尝试更高级的玩法，把垂在下面的悠悠球往上收。

悠悠球抖了四五下，然后慢慢爬升，最终回到了小隆的手里。

俊夫很吃惊，盯着小隆。

"你到底是在哪儿学会悠悠球的？什么时候学的？"

小隆眨了几下眼睛，然后才明白俊夫问的意思。

"就是现在，在这儿。"他回答说。

房子里一片沉默。打破沉默的是挂钟的声音。

大家都数起钟声。钟声停止的时候，除了小祖宗，其他人都知道现在是九点了。

"我要睡觉了。"

小隆说着，把悠悠球还给俊夫。

"送给你好了。"

俊夫想把悠悠球递回去。他已经掌握了制作诀窍，只要花一天时间，就能再做一个样品。

"不用了……晚安。"

小隆鞠了一躬，走了出去。

5

梅雨季节到了。

老板娘把洗脸盆和水桶分别放在待客间的角落和走廊里。

据她说，这幢房子现在的租金是七元五十分，而房东一开始要的是八元。不过包工头夫妻来这里看房子的那天，对房东来说很不巧的是，天上下起了雨。老板娘让房东站在现在水桶的位置，结果房东当场答应降价五十分。后来的一年里，包工头夫妻一直都没修房顶，以便让房东铭记房子的状况。

由于表面张力的关系，一滴水的体积固定在 1/16 立方厘米。雨水从屋顶的小洞漏进来，积在天花板上，到达这个体积后，就落进脸盆里，发出"咚"的声音。声音的间隔随着雨势的大小而变化。雨下得最大的时候，俊夫用手表测了一下，一分钟一百四十八滴，是扭摆舞级别的快节奏。

这比半生不熟的爵士乐演奏有趣多了。虽然时不时需要把脸盆里的积水倒掉，但也不比换唱片更麻烦。

俊夫的调查工作进展顺利。仅仅几天，他就检查完了近期的报纸和杂志，可以喊包工头来了。

"看这天气，明天还要下雨啊。"

出现在檐廊的包工头，担心地抬头看着天空。

"明天有赛马吗？"俊夫说，"有点事想麻烦你。坐下说吧。"

"哎……嘿哟。"

包工头坐到脸盆的另一边。

俊夫拿起一本《犯罪科学》杂志，翻开夹着书签的那一页，指向下面的广告。

"下雨天真是抱歉，能不能替我去这里一趟？"

包工头拿过杂志，看了看广告。

"哎……事……事……"

"这个词叫事务所，是……"

俊夫想起前几天包工头花了整整一天阅读小隆写的两页作文，于是给他解释了一下这则广告。

"这是日本桥蛎壳町的租赁事务所。一个月付十元钱，他们就能帮忙收取邮件，也可以帮忙接电话。不用说自己的名字和身份。"

"哎……"

包工头看了看杂志，又看看俊夫。

"其实我不想再这样混日子，想找点事情做……不过我自己出面有点不大好……当然，这事情花不了多少钱……"

俊夫留神着客厅的动静，小声地说。

不过包工头并没听他说话。他盯着杂志封面上外国女人的裸体照片，眼睛瞪得老大。为了通过当局的审查，照片做了大幅修改，只能勉强看出五官。

"哦……"包工头说，"洋女人不长毛的啊。"

"剃掉了。你要是喜欢就拿走吧。"

俊夫这么一说，才把包工头的注意力拉回来。

"哎，那……"

包工头的手动了几下，杂志就消失在他的毛线卷腹带里。

俊夫掏出更适合塞进卷腹带的东西。

"这里有封信，还有十元钱……其中五元给你作电车费。"

"哎，谢谢，那我这就走。"

"哦对了，这事办完以后，回来的时候再帮我去趟报社，把这个……"

俊夫叫住包工头，把报纸广告的稿子和费用交给他。

听完俊夫的交代，包工头说"好，那我走了"，便出了门，但一直没有回来。一点钟出门，直到晚上十点以后，包工头才出现在待客间里。

"老爷，我回来了，哎——"

包工头好像把五元钱的电车费用在了更有意义的地方。

"嘘——大家都睡着了……辛苦了，办得怎么样？"

"嗯，全办完了。我去报社找社长，结果他不在。没办法，我只好把稿子交给门卫了。"

真是让人不放心的跑腿人。俊夫担心他是不是把报社和其他大楼搞混了。他想问问清楚，但是包工头已经靠在隔门上打起了呼噜。看来只能等几天看看情况了。

雨连续下了两天。

第三天早上，雨停了，俊夫来到客厅，只见小隆正在看报纸。

"叔叔，早上好。你看，这里有篇奇怪的广告：'新鲜有趣的玩具，在新颖的玩具中寻找生存的勇气。'真是不知所云。"

"……"

"还有呢。'联系方式如下。电话：日本桥2301，第七物产。'没听说过这种公司，是不是骗子啊。"

"……"

"吃饭啦。"

小隆开始吃早饭。

饭桌上一如既往，有一锅加了甜酱的味噌汤，还有放了米糠味噌的盖浇饭。不过今天早上俊夫有了食欲。一切都会顺利的。

包工头一家对悠悠球毫无兴趣。不过万事都有例外。八千万日本人里，出现四个例外也是正常的。

俊夫的母亲经常说，"在你刚学会走路的时候，悠悠球就开始流行了"。所以那肯定是昭和八年春天的事。而且悠悠球的流行程度远远超过呼啦圈和章鱼娃娃。甚至还发生过议会警卫在执勤期间玩悠悠球结果被开除的事，可见悠悠球确实受到这个时代的欢迎。如果能抢在其他商家之前销售，肯定能大赚一笔。

俊夫的朋友以前曾经在报纸上登过销售汽车的广告，结果一大早就接到各种咨询电话，朋友不得不请了一天假。俊夫估计蛎壳町的事务所大概也在忙着接电话吧，所以到了下午，他赶紧去了新宿，给蛎壳町打电话。

"第七物产？有一项咨询。"

电话的音质很差。事务所的男人在那头说。

"只有一项？"

俊夫问了一句，这才想起自己没在广告里加上新玩具的说明。也许应该写上"大人小孩都能玩"……

俊夫打起精神，要了咨询者的电话号码，然后挂上了电话。

公用电话亭外面只有一个人在等，像是要咨询应聘公司的失业者。俊夫拿起像是塑料盒子似的听筒，又贴到耳朵上。

"要接多少号？多少号？"等听筒里传来接线姑娘的声音，把刚刚问到的号码报出去，很快就会有声音说，"请投入五分钱，马上给您接通"，然后再把拜托老板娘准备的一袋子白铜五分硬币往电话机里投一个就好了。第二回了，俊夫已经学会了怎么打公用电话。

"叮"的一声接通后，对方似乎比俊夫还着急。他约好三十分钟后在上根岸的"笹之雪"见面，俊夫赶紧把公用电话让给失业者，还不得不叫了一辆出租车。

半路上出租车爆胎，花了不少时间。俊夫抵达豆腐料理店"笹之雪"的时候，已经比约好的时间晚了二十分钟。俊夫一走进对方等待的待客间，酒菜就像追在后面似的端了上来。

"抱歉我来晚了。"

俊夫首先道歉。

那人在电话里说自己是小传马町的玩具批发商，不过他理了个平头，穿了一件厚司布服，系着角带，不像老板，倒像是掌柜。

掌柜飞快地说完见面的寒暄语，拿起酒壶给俊夫倒酒，问：

"那，不知道是什么样的玩具？您有没有带样品来？"

"嗯……就是这个。"

俊夫从口袋里掏出悠悠球，放到桌子上。

"哎……"掌柜盯着悠悠球看了一会儿，目光又落回到俊夫身上，"说实话，我在报纸上看到新玩具的广告，本以为是猴子爬树之类的东西……您这个稍微有点……"

"不不，这个非常好玩。"

俊夫急忙拿起悠悠球，准备做个演示。但他的手指被洒出来的酒打湿了，绳子末端的绳圈套不上去。他正在重新系绳圈的时候，掌柜说：

"不用演示了。这个玩具对我们还是不太合适……如果下一次您做了猴子爬树之类的玩具，再请联系我们……"

掌柜已经起身了。俊夫只好叫来女招待说："请结账。"

四元五十分的价格让俊夫觉得很贵。不过他也告诉自己这是因为自己习惯了这个世界的货币价值。不用沮丧。只是例外情况从四个人增加到五个人而已。

果然，到了第二天，又来了两份咨询。

其中之一来自住在木挽町旅馆的人。俊夫昨天听司机说过这个时代的汽车非常容易爆胎，所以傍晚时分乘坐市营电车去了木挽町。

这一次俊夫事先调整好了绳圈，得以迅速把悠悠球的绳子套在手指上实际演示。在玩大车轮的时候还砸破了电灯的灯罩，不过这反而展示了悠悠球的威力。

"这可真是个有趣的玩具。"

自称是大阪佐渡屋的玩具批发店老板，高兴地拍手叫好。

俊夫收拾好电灯的灯罩碎片，静下心来，坐到坐垫上。

"您觉得如何？在您的店里……"

俊夫这样一问，犹如鸿池善右卫门一样富态的佐渡屋老板伸出手。

"我能试试吗？"

俊夫看了看他又粗又短的手指，重新给绳子打了个圈。

然而老板的手指也和他的脸庞一样富态，并不是很灵巧。把加粗的绳圈一套在手指上，老板便站起身来挑战，然而悠悠球只是垂在下面，纹丝不动。

"需要练习才行啊，"老板笑道，"卖的时候你要开个辅导班才行。"

"哎，那可……"

"别面向孩子，当成面向年轻人的玩具更合适，那样应该能卖得更好，你说呢，山田先生？"

俊夫在刚刚打招呼的时候，差点顺口报上滨田的名字，情急之下改口称自己是山田。

"来吧，山田先生……"

佐渡屋的老板从怀里掏出小算盘放到桌上。

两个人谈了一个多小时。佐渡屋算盘上的数字越变越大。

佐渡屋盯着算盘沉思的时候，俊夫偷眼看了看手表。和下个人约定的时间快要到了。那人下午直接去了蛎壳町的事务所，俊夫和他只在电话里谈过，没有直接联系他的方法。

"山田先生，"佐渡屋抬起头，"超过这个数字，我一个人做不了主。明天我回一趟大阪，和店里人商量一下，然后马上再回来。"

俊夫冲出旅馆，拦住一辆出租车。

出租车这次没有爆胎，但到达通三丁目中将汤大楼前的时候，距离约定的时间已经过了十分钟。

中将汤楼前没有看到像在等人的人。只有一个西服皱巴巴的人站在那里，肯定是个流浪汉。

只等十分钟，俊夫想。时间再长的话，就太对不起热心的佐渡屋了。

就在这时，西服皱巴巴的男人走到俊夫面前。

"您是第七物产的人吗？"

"……啊，是的……"

"我是刚才拜访事务所的长谷川……"

"啊，真对不起。"

肯定是某个快要倒闭的小玩具店老板。不过也不能把人赶走。俊夫只好把他带去对面横滨火灾旁边的寿司摊。

"其实我想请您帮个忙……"

西服皱巴巴的男人一边吃金枪鱼寿司，一边说。

俊夫听了他的话，才知道他不是玩具店老板，只是个工匠。一直工作的玩具厂倒闭了，他失了业，所以想在第七物产找份活儿干。

"我对玩具很熟，什么都能做，求求您了，现在这个样子，我连老婆和孩子都养不起，已经没东西吃了……"

"您多吃点寿司。想吃哪种？"

俊夫说。

"啊，那，还是金枪鱼。"

"给这位上些红色的。"

"好……老爷，恕我多嘴，您能不能帮帮他？"

和寿司摊老板一样，俊夫也是江户男儿，当然打算帮他。

"长谷川先生，"俊夫说，"请等我三天。二十九号那天，我们还在这里见面。"

然后俊夫吩咐寿司摊老板：

"请上五人份的寿司。"

"好，知道了。"

于是西服皱巴巴的男人说：

"不要芥末。"

过了一天，二十八号是佐渡屋回来的日子。

那天的早报报道了京阪神的电影解说员和常设馆的员工反对有声电影大罢工的新闻。俊夫又开始担心了。母亲会不会记错了，误以为悠悠球的流行是在昭和八年春天，其实说不定是更早。俊夫坐立不安。

中午时分，俊夫来到新宿。世田谷町和东京市内没有直通电话，不过他也习惯了。投入五分钱，"叮"的一声，那个蛎壳町熟悉的男子声音报告说，后来再也没有人问过，佐渡屋也没来联系。直到下午六点事务所下班为止，俊夫打了十几通电话，但得到的回答都一样。

第二天也一样，而且打电话的时候对答也变得越来越简略，最后只剩下"第七吗？""还没有"。"还没有"这个词里还包含了俊夫在这一天的第一个电话里吩咐过的内容：如果长谷川来问，就告诉他今晚自己会等他。

既然约好了，长谷川总能凑出五分钱的电车费吧，俊夫想。所以太阳一落山，他便去了通三丁目的寿司摊。

寿司摊上只有两个人在吃寿司，像是桧物町的艺妓，但没有皱巴巴西服男。

艺妓们只吃了两三个寿司便离开了。她们一走，摊主就匆匆忙忙地说：

"老爷，前几天那一位还没来。您是打算帮他吗？"

"嗯，我想让他在我这里工作。"

俊夫准备了五十元的预付月薪。他打算让长谷川做自己的助手。他对玩具界很熟悉，可以说是很好的帮手。

"是吗，那可太好了。"

心情好起来的摊主送了一大盘堆成小山的章鱼，说是当作下酒菜。可是直到俊夫把章鱼都吃完了，长谷川也没有来。

"他很快就会来了吧。老爷，您太累了，给……"

摊主递过来一个橘子箱。这个时代的摊位没有椅子，从头到尾得站着吃。

俊夫坐到橘子箱上，又等了一个多小时，摊主还给了他坐垫。

俊夫一直等到寿司摊打烊。

第二天早上，俊夫读报纸的时候，看到了《生计所迫，全家自杀》的标题。

> 二十九日午夜一时许，住在市内千住三河岛346的无业人员长谷川音吉（四十二岁）与妻子（三十六岁）勒死睡梦中的长子（九岁），随后双双服毒自杀。长谷川工作的玩具工厂于去年倒闭，之后一直失业，推测全家因生计所迫自杀。

俊夫将这条新闻反复读了好几遍。他想找到证据证明自杀的男人不是那个西服皱巴巴的人，但那是不可能的。

俊夫凝视着餐桌上新腌好的茄子，沉浸在思绪中。就在这时，刚刚背着书包出门的小隆又回来了。

"叔叔，你是姓山田吗？"

"哎？啊，是信啊，"俊夫看到小隆手里的信，伸出手去，"对，那是写给叔叔的。谢谢你。路上小心。"

快递信封上写着请包工头转交山田先生。在木挽町的旅馆，俊夫留了包工头的地址。

取出信一看，只见信纸上写着粗粗的字。

急启，前日于木挽町蒙尊驾赐教木制玩具一事，归阪以来屡与业者推敲商谈，同意以尊驾所示条件制造销售，敬请宽心静候。愚以为，待木材采购、工厂建设诸般资金到位，最迟明年六七月间可于全国一同发售该玩具……

6

六月三十日下午三点，从横滨出发的大洋号，乘载着包括女运动员在内的奥林匹克选手第二梯队，在盛大的欢送仪式中踏上了华丽的征途。

佐渡屋写信来的第二天早晨，俊夫看到这条新闻，想到了另一项工作。

他焦急地等到小隆放学回来，忙不迭地问：

"小隆，那个，NHK……"

"哎？"

"不对，那个……JOAK[1] 的广播输出功率是多少来着？"

"第一广播和第二广播都是十千瓦。波长是第一广……"

"知道了。对了，要不要一起去趟神田？"

---

1 NHK 被正式作为日本放送协会的简称是在一九五九年，而此时人们尚多以其前身东京放送局的呼号 JOAK 作为指代。

"去神田干什么？"

"买收音机的零件。"

"太棒了！"

小隆在家里跑了个遍，宣布这条大新闻。全家人都集合到俊夫这里来了。

"收听费咱们也出一半吧，老婆你说呢？"

包工头问。

"那是当然。大家都要听的。"

"收听费多少钱来着？"

俊夫问。

"呃，大概一元钱吧……"

"七十五分，爸爸，"小隆说，"今年二月二十六日，为了纪念用户数突破百万，从原来的一元减到了七十五分。"

小隆虽然只是普通小学四年级的学生，但每天都看报纸。他父母都是从他口里听说新闻的。

俊夫带着活字典小隆去了神田，花了差不多二百元，把收音机的零件买齐了。

第二天是星期天，小隆一整天都在帮忙。

"叔叔，这是超外差收音机吗？"

"不，我们只听 AK 的第一和第二广播，不担心信号混淆，不需要超外差。相比起来，更应该注意提高音质。"

"啊……"

"来，把这个和这个焊在一起。"

太讲究也没意义，所以用了 224、227、236、245、280 这些标准的真空管来驱动国产的六英寸动态扬声器。

因为加了高频放大器，室内天线就足够了，但说到这个的时候，却遭到包工头的强烈反对。

"没有天线太奇怪了！"

傍晚接收器完成之前，包工头就已经喊来一群年轻人，指挥他们在院子中央建起了一座五间[1]高的超豪华天线塔。这样一来，方圆一里都知道包工头家里有收音机了。

自从有了收音机，包工头不管是去赌马还是工作，每天晚饭前必定会赶回来。全家人迅速吃完晚饭，一起坐到收音机前。其实就算看电视的时候也能一边看一边做其他事，更不用说听收音机了，但包工头一家似乎觉得，不盯着喇叭就不算是听收音机。

包工头最喜欢的是六点开始的《儿童时间》以及之后的《儿童新闻》。后者是从今年六月才开始的节目，由关谷五十二和村冈花子每天轮流播报。多亏这个节目，小隆终于不用给父母讲新闻了。

此外，不管是《帝国的使命》这种宣传演讲，还是《今日话题》这种英语新闻，包工头一家都听得聚精会神。在大臣级别以上的人物演讲结束的时候，包工头通常都会朝着喇叭恭恭敬敬地敬个礼。

八点钟文艺节目开始的时候，俊夫也会和大家一起坐在收音机前。浪花曲、落语……单是能听到这些上一代的名手技艺，来到昭和七年就算值了。

偶尔俊夫也会动用收音机所有者的特权，把频道调到播放西洋乐的第二广播上去。女高音独唱一开始，包工头夫妻就会咯咯直笑，让俊夫无可奈何。包工头夫妻似乎把年轻女子的高声歌唱视为疯狂的行为。

1　间，日本传统长度单位，一间约为六尺，略短于二米。

157

这个文艺节目要播放到九点半，然后是明天的历史和气象预告，随后广播很快就结束了。一直在收音机前坐到最后的包工头也躺到了被窝里。不过他每隔三天就会和俊夫一起喝啤酒，一同评点广播节目，有时候也会瞒着老板娘偷偷聊些私密话题。

七月三十一日，包工头一家期待已久的洛杉矶奥运会终于开始了。

包工头一家每天一到中午就会在收音机前挤成一团。

"现在是正午报时。报时后将是来自洛杉矶的实况转播。"

接着是类似人造卫星发射时的读秒声"10……5……"然后是"咚"的钟声。

随后，在"沙沙"的噪声中，传来身在洛杉矶的播音员松内则三的声音。

"日本的各位听众，这里是洛杉矶……"

由于时差和技术等原因，这个广播并非现场直播，而是实感转播[1]。几个小时前进行的比赛，由播音员松内则三像在现场一样进行讲解。

不过只有俊夫和小隆知道这一点。小隆虽然也和包工头夫妻解释过，不过他们还是不太明白。特别是洛杉矶的白天是日本的晚上这种说法，包工头坚持认为绝不可能。

正因为把广播当成了现场直播，所以包工头夫妻都非常兴奋。有时候干扰导致听不清楚，两个人发生意见分歧，还会为此吵起来，不过随后又会异口同声地喊加油。他们肯定以为声音能传到洛杉矶，不然绝对不会发出那么大的声音。

1　由于日本未能获得洛杉矶奥运会的转播权，因而采取了折中的做法，由播音员现场记录，然后进入演播室重演比赛状况。

虽然到不了洛杉矶，至少家里到处都能听到两个人的加油声。即使是知道比赛结果的俊夫，也会受到感染，坐到收音机前。

其中最让俊夫捏一把汗的是三级跳远。俊夫虽然知道日本在洛杉矶取得了冠军，但不记得是织田还是田岛了。而广播一开始就报道了织田在预赛中失利的消息。

"……进入前六名的是瑞典的斯本松，荷兰的彼特，爱尔兰的费杰拉尔多，美国的法斯和我国的大岛、南部六名选手。织田以 13.96 米的成绩遗憾落选。"

俊夫吓了一跳。田岛选手也没出场。这么说来，日本可能拿不了冠军……

"决赛第一场的成绩是，南部 14.89 米，费杰拉尔多 14.70 米，斯本松 14.70 米，比上一次成绩差，大岛、法斯、彼特都犯规了。"

"啊……"

包工头哀号道。

"南部，加油！"

老板娘扯着嗓子喊。

俊夫目不转睛地盯着喇叭。他终于明白，原来专心听收音机的时候，谁都忍不住会这样。

"现在是第二跳。南部起跑了。一步、两步、起跳！标记织田世界纪录的小旗，被他远远超越了……"

包工头一家全都跳了起来，高呼万岁，连什么都听不懂的小祖宗都一样。

"……跳了又跳，跳了又跳，南部忠平无数次的跳跃终于有了回报。15.72 米，这当然是世界和奥林匹克的新纪录。日本国旗即将……"

"包工头！"

俊夫叫了一声。

"好嘞。"

包工头朝俊夫递了个眼色，出去了。老板娘还沉浸在胜利的喜悦中，什么都没注意到。

那天夜里，包工头拿着从井里提上来的啤酒，来到俊夫的房间。

"老爷，果然和你说的一样。"

"嗯，后面也要麻烦你。"

"包在我身上。"

包工头盘腿坐下，从腰带里抽出几张皱巴巴的钞票。

"今天的收获。七十元。你数数。"

俊夫接过来数了数。

"没错，"他说，"能不能先放你那儿，全部结束了再给我？"

"哎，这个……"

包工头一个劲儿眨眼。

俊夫抽出一张十元钱递过去。

"这个算我请你喝酒的钱。"

奥运会闭幕的那天晚上，俊夫和包工头一起去站前小酒馆办了个小小的庆功宴。

"老爷的直觉真准啊，"包工头给俊夫倒上酒说，"全都猜中了。田径里面三级跳远得冠军，游泳除了800米全都夺冠，还有马术的障碍赛……全都对了。到底有什么窍门？"

"这可不能说，"俊夫笑道，"我倒是想听听你是怎么赌的。"

"嘿嘿，这也不能说……不管怎么样，我的赌法是内行人的赌法。像老爷你这样的外行，有点做不来。如果换成普通的赌法，怎么也赚不了五百元。"

"那是肯定的。"

包工头好像是和赛马场的几个熟人打了赌。其中有几个很有钱。

"你有这么好的直觉，不来赌马真的太可惜了。"

"这可不是直觉。"

"哎？"

"不是直觉。怎么说呢……我因为机缘巧合，知道未来……将来的情况。"

"……就是说，像算卦那样？"

"嗯，差不多吧。"

"那你能算出赛马的名次吗？"

"可惜赛马不行。"

"哎……"

"不过，我知道日本的未来。满洲事变¹将会扩大，日本还会和美国……算了，不说这些大事，还有更小的事。比如从明年春天开始，悠悠球……啊！"

"老爷，怎么了？"

"……原来是这样。我太大意了，居然到现在才发现。"

"怎么，是忘东西了吗？"

"嗯，一个重要的东西。"

"要我去拿吗？"

"这个世界是按既定的方式运作的。所以奥林匹克的赌约也会得到预期的结果。但这也就意味着，事情不会按照自己的意愿改变。佐渡屋在信中说，来年六七月份可以销售，这也没办法。悠悠球将会在明年春天开始流行。想抢在那之前销售，怎么也做不到。"

"不知道老爷在说什么，总之不要勉强。"

1　即九一八事变。

"说的对。想搞点小花招也做不到。包工头，这五百元反正是赢来的钱，咱们两个人去要要吧。"

"好啊，老爷，那我马上叫车，咱们去滨町吧？"

"不，今天晚上不行。"

"为什么……"

"在那之前，我还有个问题必须解决。对了，还要找你帮忙。"

"女人的事情我可帮不上忙啊！"

"不是不是。"

俊夫挪开酒壶，朝包工头探出身子。

<u>7</u>

从"二百十日"的九月一日到"二百二十日"[1]，似乎来了好几场台风。之所以说"似乎"，是因为这个时代的人们还没经受过室户台风这位大明星的洗礼，对台风不太关心，报纸电台也没有特别报道。俊夫是从偶尔看到的各地暴雨灾害的报告中察觉到台风来过了。不管怎么说，东京受灾并不严重，只有世田谷町的包工头一家才会捧着脸盆毛巾大惊小怪。

九月十五日，是日本承认满洲国政权的日子。

虽然荒木陆相强调"日满共荣是实现东洋和平的第一步"，不过对于包工头一家来说，只是多了件需要把日本国旗挂在屋檐下的麻烦事。

傍晚，俊夫想去找根烟抽，于是来到店铺前面，只见老板娘

1　二百十日、二百二十日，均是日本的节气（杂节），分别是从立春算起的第二百一十天和二百二十天，相传是台风频繁出现的时期。

正试图摘下日本国旗。俊夫赶紧来到屋内，成功防止了老板娘用旗杆顶端捅破玻璃窗的悲剧发生。他扛着摘了国旗的旗杆往后面仓库走的时候，包工头回来了。

"老爷，找到了合适的，"包工头接过旗杆，低声说，"今天晚上慢慢聊。"

那天晚上，俊夫洗过澡，在蚊帐里等待包工头来访。洗澡的顺序是固定的，首先是睡觉最早的小祖宗和小隆，然后是俊夫、包工头，最后是抱着一大堆换洗衣服的老板娘。

俊夫一根烟还没抽完，只穿了一条兜裆布的包工头便出现在蚊帐外面。他一贯认为"乡下人才会长时间泡澡"。

包工头拍了一把右肩，但没有拍死蚊子，他钻进蚊帐里。

"你说找到了？"

俊夫把蝙蝠香烟在烟灰缸里掐灭，问。

"嗯……哎呀。"

包工头耸耸肩，盘腿在俊夫的被褥旁边坐下。他的右肩文了一条龙，但小祖宗坚持说那是金鱼。上面被蚊子咬了一口，肿起来了。

"那是我熟人的熟人。咱们私下说，那是个共产党……"

包工头的声音相当大，不过洗澡间那边也"哗啦啦"响个不停，倒也不用担心。

"我听说他需要一笔钱，所以就问了一下，然后他也很感兴趣，说他正准备隐姓埋名，刚好合适，拜托我一定要找他。"

"那人多大岁数？"

"年纪和长相都和老爷你很像，而且还没有家室拖累。他在深川长大，家人亲戚朋友全都在地震中死了。你知道，当时那一带的人全都逃到服装厂，结果都被烧死了。他自己那时候正在当兵，这才活下来……怎么样，很合适吧？"

"嗯……那，多少钱？"

包工头没说话，伸出一根手指。

"一万元？"

俊夫瞪圆了眼睛。

"不不不，"包工头摇摇头，"少一个零，一千元。"

"哦，那还差不多。"

"好，那就这么定了。其实啊，附近的人总是来问我住在这儿的人是谁，真是够烦的……不不，我不是烦老爷住在这儿，只是万一被捅到上面去，老爷自己也会有麻烦。不过这样就没事了，不用担心了，老爷。"

第二天包工头一早就去把事情谈好了。接下来只要把寄居申请送去附近的区政府办公厅就行。按照格式要求，先把包工头家的地址写在申请表上，然后再从包工头拿来的户口本上抄下原籍、姓名、年龄，最后再写上申请寄居在如上地址处。俊夫自己去了区政府，办完了手续。

回到家，包工头已经等得不耐烦了。

"老爷，咱们赶紧走吧。"

"走去哪儿？"

"去葭町啊。"

"哦，对，约好了的……不过今天晚上不行。"

"为什么？"

"我得熟悉一下新名字，不然被警察问起来就麻烦了。"

"说的也是……老爷的新名字叫什么来着？"

"中河原传藏……"

"中河原传藏啊，不错的名字。"

"我倒不觉得……"

总之不能挑三拣四。那天晚上，俊夫练习签名练到很晚。

第二天早上，吃过早饭，俊夫把包工头叫到房间。

"关于钱的事儿，我先把你的份给你。这些是你的钱，随便你怎么用都行。"

俊夫递出二百五十元，包工头接过去，也没数，直接收在胸前的口袋里，然后忽然又坐立不安起来。

包工头盯着天花板上的脏点看了半天，终于忍不住清了清嗓子。

"我想起有件急事。"

话音刚落，人就不见了。

包工头直到傍晚才回来。俊夫知道他去了哪儿。那天是星期六，今年春天刚开门的羽田赛马场应该有一场比赛。

果然，等到太阳落山以后，包工头才悄然回来。二百五十元好像已经烟消云散了。

虽然可怜，但也没办法。俊夫挺喜欢包工头，但同时也喜欢老板娘和小祖宗他们。如果用那五百元钱和包工头一起去买春，说不定会在这个和睦的家庭里引起轩然大波。

不过俊夫自己并没有家人，不需要和包工头一起在收音机前板着脸。他学着包工头说："我想起还有点事。"

然后便站起身来。

8

俊夫在银座四丁目的拐角处下出租车的时候，服部钟表店的大钟刚好敲响。

服部的新馆六月开门。那指向八点的崭新时钟，浮现在夜空中。

时钟的声音很像教堂的钟声。那不是在原来的世界经常听到的那种经过电子放大的声音，其音色清澄悦耳，十分优美。

半夜里这座大钟也会响吗？在这个时代，收音机还没有那么普及，所以这座钟对于周围人来说，肯定起到了报时的作用。这么说来，在战争开始之前，每天正午都会鸣响警笛……

出生在京桥的俊夫还记得战争刚开始的时候银座是什么样子。今天晚上看到的银座和他少年时代的记忆相当接近。

三越的楼顶上，喷泉型彩灯正洒着五色光。下面东侧的人行道上排满了小摊，顶棚上都写着"正睦会"。这条银座大街与其他地方的摊位不同，照明用的不是煤气灯，而是电灯。灯光照亮了人行道上熙熙攘攘的人群。原来世界的银座大街上，八点一过就像熄火了一样，而这里却有种马上才要开始的感觉。这不仅仅是因为摊位上的热闹，也是因为街边开设了许多咖啡馆和夜总会，彼此的霓虹灯争奇斗艳。

不过，霓虹灯的颜色都是红、绿、蓝、黄之类的原色，非常刺眼。这当然也是没办法的。要想发出中间色调的淡光，需要用封入氖气或氩气的管子做荧光管，而在昭和七年，那样的荧光管还没发明出来。

俊夫走到五丁目的西侧。

拐角处的麒麟啤酒馆和对面惠比寿啤酒馆的霓虹灯互不相让。经过已经关门的鸠居堂，便是松月咖啡馆。高岛屋十分店的前面，楼顶上挂着"联合啤酒"霓虹灯招牌的两层建筑就是著名的老虎咖啡馆。据说很多名人都来这里，所以价格也很高。有本书里说，"就算小费只是一元钱，在里面泡上一年也足够让你完蛋",所以俊夫决定敬而远之。他转过下个拐角,走进美幸路。

路边只有一个孤零零的摊位。大大的"中华荞麦面"字样上写着"蟹睦会"。大街上的摊贩团体是正睦会,而在胡同里和它对抗的是像螃蟹那样横行的蟹睦会。俊夫小时候不认识这个字。不过仔细想想,其实现在也不认识。蟹这个字到底该怎么读啊?

在第一条胡同口,俊夫停住了脚。胡同里的酒吧霓虹灯如洪水般泛滥。枫树、中央、福克斯、红磨坊……全都在片假名上加了横写的字母。俊夫决定一家家品尝。

店里传来唱片的声音。听起来像是原声的留声机,声音很大。"得不到的爱,翠绿的柳树……"这首哀怨的歌曲,正是现在流行的《银座之柳》。银座路边的柳树是今年三月新种的。

在一家店门前,身穿和服的女人正在送客人:"下次再来呀。"好像已经打烊了。这个时代的人晚上睡得很早。一般家庭八点左右就都睡了。

那个女人看到俊夫,走了过来。

"哎,过来坐坐吧。哎,多少钱都行,来试试吧。"

虽然东北口音很重,不过俊夫并不觉得不适。半年多来,这还是第一次有年轻女性主动向他搭讪。

但是近距离看到女人的脸,俊夫不寒而栗。女人的脸涂得煞白,简直像鬼一样。俊夫甩开女人的手逃走了。

在这个时代,肤色的化妆还没有普及。一般的化妆方法是褪下和服,露出双肩,擦上香粉。

要问战后什么进步最大,那肯定要属女人的化妆术了,俊夫想。太平洋战争至少洗去了陈旧的化妆法,让欧式化妆法渗透进来。

俊夫一路走去,涂得煞白的女人们接二连三凑过来,紧紧地缠着他。据说这条胡同又叫"银座小玉井",果不其然。

不过俊夫还是继续在银座的胡同里游走。

大路上的店大约有一半都和原来的世界一样。胡同里的酒吧，肯定也有一两家是自己知道的。当然，就算有那样的酒吧，自己也不可能认识里面的女招待，不过和原来世界多少有些联系的地方总能让他心安一些。

俊夫没找到自己熟悉的酒吧，不过散布在酒吧之间的食品店毕竟有很多是老字号。天金、炼瓦亭、多幸、梅林……对了，俊夫想起来了。

在原来世界的银座，有家俊夫常去的寿司店。店里的老板年近七旬，很喜欢怀旧，经常一边做寿司，一边谈论战前银座的美好。俊夫记得那位老板曾经说过，"五·一五事件"那会儿，隔壁有座格调高雅的酒吧。老板还说酒吧名叫托洛哥什么的。

走过去一看，寿司店还在原来世界的位置。俊夫看看旁边的黄色霓虹灯招牌，不禁赞叹老板的记忆力。招牌上写的是"摩洛哥"，只差了一个字。

这家酒吧不像其他店那样播放震耳欲聋的流行曲唱片，这一点确实可以说它格调高雅。俊夫进门的时候，里面正在大声播放着利奥·赖斯曼乐团演奏的《蔷薇的探戈》。

而且，透过弥漫的烟雾看去，妈妈桑和女招待的脸好像都没有那么煞白，俊夫总算是松了一口气。

留声机是布朗斯·维克公司产的电子留声机。不过声音确实也很响。俊夫挑了一张距离留声机最远的桌子坐下。

他一坐下，女招待就来了。这个世界好像会把富态的女子称为"肉感美女"，不过这位已经超过了肉感美女的范畴，差不多接近于玉锦级别的相扑选手了。她的大屁股紧挨着俊夫坐下。

"喝点什么？"

她问。

俊夫看了看排着酒瓶的架子。

"给我一杯加水的尊尼获加黑方威士忌吧。"

他想压过唱片的声音，不由得声音大了些，引得吧台上的客人回过头来。那是身穿立领校服的学生。听说最近警视厅发过通知，禁止穿校服、戴学生帽的人进入酒吧。所以这位没戴帽子。

女人起身送来兑水威士忌，后面还有一个女人跟着来到俊夫的桌前。多亏他点了杯尊尼黑，来的是位苗条的美女。

"我叫丽子，请多关照。"

她说。和肉感美女一样，她也穿着和服。

侧面看还不错，俊夫打量着丽子想。丽子自己似乎也知道这一点，故意望向入口处，把侧脸展现给俊夫看。

"怎么这样看我……我长得像你的恋人吗？"

她微笑着说。

"哦不，我觉得你和那边照片上的美女一模一样。"

俊夫说着话，指向贴在墙上的某张照片，然后才意识到那是玛琳·迪特里希。电影《摩洛哥王国》的海报。在这个世界，这部电影好像也已经上映了。而且从这家店崭新的装潢来看，应该是刚上映不久。

丽子说了句什么，但刚好沙发猛烈摇晃起来，俊夫没听到。背后被无视的肉感美女晃动肥大的身躯站了起来。

她走到电子留声机前，换了张唱片，就这样屁股对着俊夫站在那里，俊夫感觉她有点可怜，只好对丽子夸赞起肉感美女换的唱片。"这首歌不错"，那好像是美国的流行歌曲，"是什么曲子？"

"您等一下。"

丽子提起和服下摆站起身，朝电子留声机走去。俊夫以为她要去喊肉感美女过来，但不是。丽子拿了唱片的说明书一个人走回来。

"歌名叫'Among My Souvenirs'。"

"哦。"

俊夫接过纸张看了看。埃德加·莱斯利作词，霍雷肖·尼科尔斯作曲，纸上还印着英语歌词。

There's nothing left for me,

Of days that used to be,

I live in memory among my souvenirs.

Some letters tied with blue,

A photograph or two,

I see a rose from you among my souvenirs.

A few more tokens rest

Within my treasure chest,

And though they do their best

To give me consolation,

I count them all apart,

And as the tear drops start,

I find a broken heart among my souvenirs.

"呀，这些英语写的是什么意思？教教我吧……"

"嗯，这个啊，是说恋人离开了，自己看着留下的东西回忆往昔……大概是这个意思。"

"怪不得总觉得有点悲伤。"

"嗯……"

俊夫朝电子留声机看了一眼。大大的唱头正随着 SP 唱片的周期上下摇摆。

丽子忽然凑到俊夫耳边问：

"我说，你的恋人是什么样子的？"

"哎……我可没有恋人。"

"撒谎。你刚刚是在想你的恋人吧？我看得出来。"

"那可……"

"肯定很美吧。是个什么样的人呢？和哪个电影明星比较像呢？长得像哪个电影女演员？入江贵子？夏川静江？还是小田切美子？"

俊夫假装自己在听唱片。但是突然发现唱片早就放完了。

"我去把刚才的唱片再放一遍。"

丽子站起身。

第二天下午，俊夫从存放在老板娘那边的钱里拿了一百元，离开包工头家。两天前他刚刚借口还债，取了一千元出来。而且突然间大把花钱，难免会让老板娘起疑。好在赌博赚的钱还剩下两百，加在一起暂时不影响当下的花销。

包工头一早就精神抖擞地出了门，说是十月一日开始要办大东京祭，他被叫去做准备工作。他那边好像也不用担心。

当晚十点左右，俊夫出现在银座的"摩洛哥"酒吧里。

现在正是赚钱的时候。"摩洛哥"里，妈妈桑正在带着女招待们全力为客人服务。那位肉感美女躺在沙发上，肚子上顶着一个消瘦的男子，正在咯咯地笑。隔壁"寿司幸"的老板肯定没见过这个时间的"摩洛哥"，俊夫想。

肉感美女在做的好像是所谓的肉垫服务。咖啡馆里有各种色情服务。按摩服务、爱抚服务、口袋服务，更新潮的咖啡馆还会提供无抵抗服务。也就是说，不管客人做什么都不会反抗的生猛服务。在这种情况下，女招待的绝技在于如何分辨客人是不是便衣警察，避免咖啡馆被查封。

"摩洛哥"虽然不高雅，但好像也不至于那么新潮。

丽子坐在吧台边，一个留着小胡子的男人搂着她的肩膀。发现俊夫来了，她朝俊夫挤了挤眼睛，但小胡子好像力气很大，她花了十多分钟才挣脱他的胳膊，来到俊夫的桌旁。

"欢迎光临。这么晚了，还以为你不会来了。"

"哎，我今天在东京逛了一整天。"

"哎呀，你第一次来东京吗？要是你昨天晚上告诉我，我就给你做向导了。"

"那下次拜托了。今天只去了宫城前，还有上野和浅草。在浅草看了电影，所以来晚了。"

"什么电影？好看吗？"

"日本的有声电影。不过目前国产的有声电影还不行。音质不好，听不清在说什么，而且都是配音的，口型和声音对不上。还不如电视配音……"

"哎？"

"啊，不，我是说……日本的有声电影还有改进的余地。"

听了俊夫的断言，丽子沉默了一会儿，忽然说：

"那，你喜欢的小田切美子呢？"

"哎，你怎么……"

俊夫打翻了啤酒杯。幸好没有像昨晚那样点高级威士忌。

"抹布给我。"

丽子从酒保手里接过抹布，擦干净桌子，重新给杯子里倒上

172

啤酒，自己先喝了一口，然后才放到俊夫面前，调皮地眨眨眼睛，开始解释。

"我怎么知道的呢？现在浅草上映的日本有声电影只有一部……就是小田切美子主演的《哀愁的一夜》。还有，昨天晚上我提到小田切美子这个名字的时候，你有点吃惊，所以……"

"这样啊，你真是位大侦探。"

"像明智小三郎那样吗？"

"嗯……啊，很了不起，超过明智小五郎。"

"嘻嘻……那，看到小田切美子有什么感想？"

"幻灭啊。和上次看到的时候完全不一样，涂了厚厚的白粉，完全没有丝毫魅力。果然……"

"还是你的女朋友更好？"

"嗯……我的女朋友，也就是丽子小姐更好。对了，你经常看推理小说……侦探小说吗？"

"嗯，因为除了看书，也没别的消遣了。阴郁的无产阶级文学不适合我……"

"你喜欢什么样的作家？"

"这个呀，日本作家里喜欢江户川乱步，尤其是早期的短篇。外国的话，喜欢柯南·道尔的《福尔摩斯》，范·达恩，还有弗莱彻……"

"老一辈的，比如爱伦·坡呢？"

"当然喜欢。哎呀，这么说你也喜欢侦探小说呀。好开心。来这里的客人最多只读过乱步的《黄金假面》。"

俊夫只不过是为了不出错，说了昭和七年以前的作家而已，但是托埃德加·爱伦·坡的福，丽子在他脸颊上亲了一口。

"好开心呀。来吧，我们喝一杯。"

"嗯……对了，你知道 H. G. 威尔斯吗？"

"不知道哎……他是侦探小说作家？"

"不，不算是侦探小说，不如说是科学小说的作家。不过他写了一本很有意思的小说。"

"什么小说？"

"《时间机器》。"

"翻译出版了？"

"嗯……不，可能还没有。我看过电……原作，确实很有意思。"

"什么样的故事？告诉我呀。"

"嗯……"

俊夫向丽子介绍了《时间机器》的梗概。因为已经是第二次讲了，比讲给伊泽启子听的时候更流利。丽子时不时往俊夫的杯子里倒啤酒，自己拿起来喝，专心地听着。

"好有趣的小说，"听完以后，丽子说，"时间旅行真是非常奇妙的点子。"

"嘿，丽子，如果说时间机器真的存在，你会怎么想？"

"这个……我对机器一窍不通，不过现在的科学水平做不到吧。"

"但是科学总会进步……"

"是呀，说不定会有的。"

"我举个例子。假设未来人制造了时间机器，于是就能前往过去的世界……比如说这个昭和七年的世界。那么时间机器就有可能从未来世界来到现在的这个世界了。"

"哎呀，是哦。真有意思。我特别喜欢这样的故事。"

"丽子，"俊夫盯着丽子，一字一顿地说，"其实，我是从未来世界……三十一年后的世界，乘坐时间机器回来的。"

"哎呀，"丽子笑了，不过看到俊夫一脸认真的表情，自己也认真起来，"不会是……"

"是真的。我还没告诉过任何人。你是第一个。相信我。"

俊夫的声音提高了。

邻座的客人回过头来，看到俊夫快要趴到丽子身上了，笑着说："哎呀，我们可别落后了。"他抱住女人，转过身去。

丽子被俊夫盯得有些不自在，小声说：

"好的呀，那给我看看你的时间机器吧。看到我就相信你。"

"很遗憾，"俊夫也放低了声音，"我做不到。时间机器丢下我，返回了原来的世界。"

丽子猛然大笑起来。笑得太剧烈，最后变成了咳嗽。

"你没事吧？"

俊夫轻拍丽子的后背。

"没事没事。啊，太有趣了，真是个好点子。你不会是小说家吧？你要是的话，就别说给我听了，赶快把它写到稿纸上……我吓了一跳呢，还以为你说真的。"

丽子咯咯地笑个不停。

俊夫惆怅地用手去擦啤酒瓶上凝结的水滴。

"再来一瓶啤酒吗？"

丽子总算止住了笑，问。

"算了，不要了，"俊夫下意识地说出平时的托词，"等下还要开车……"

"哎呀，好厉害。你有汽车？"

"啊……不，以前有，现在没了。"

"啊哈，这也是编的吧。汽车丢下了你，一个人开走了。"

"不是的。那个……对了，买辆车吧，对，就这么办。"

"呀，要是买了车，会带我去兜风吗？"

"当然。"

第二天，俊夫去了溜池。

在去溜池的出租车里，他把手上的剪报翻来覆去读了好多遍。那是纳什汽车的广告，上面这样写着：

> 优美高雅的车身设计，独特的单向离合器、同步换挡变速器，吸音减震的车体及底盘，绝对安静、强力无双的引擎。

闷在包工头家里的时候，俊夫时常会想起留在原来世界的斯巴鲁。那辆车开了一年半，要说关于它的回忆，数量比关于伊泽启子的还多。而且他还把钥匙带来了这里，那可是那辆爱车的一部分。至今钥匙还好好地收在上衣口袋里。

现在在这边的世界又要买一辆车，俊夫觉得有点对不起那辆爱车。但是他也对自己说，这个世界只在神田至浅草间通了地铁，没有汽车实在不方便。这两天光是出租车费就花了五元钱。

俊夫之所以来到溜池，是因为在报纸上登广告的葵汽车商会就在这里，不过下了出租车一看，溜池到处都是汽车公司的代理店和零配件商店。这个时代的汽车似乎也相当普及了。

俊夫一家家转过去，查看陈列的汽车，索取商品宣传册。

每辆车的设计都非常高雅。车身和挡泥板都采用了流线型设计，描绘出优美的曲线，呈现出手工打造的精致。而且和原来时代的那种单薄的一体化式车架结构不同，车身非常坚固。另外，镀金前格栅、车灯、保险杠，还有装了白轮胎的辐条轮等等，都充满了功能性的流动感，内饰也如同皇家汽车一般豪华。

汽车的性能也相当了不起。比如"哈德逊系列"的中级车埃塞克斯超级六，搭载了六缸串联的七十马力发动机，能以一百三十公里每小时的速度行驶一整天，而且一升油就能开八到十公里，令二十世纪六十年代的汽车相形见绌。此外，豪华轿车克莱斯勒、林肯和凯迪拉克都拥有 6.0 升到 7.0 升的巨大引擎，以"安静又安全的行驶"而著称。

如此看来，这些都是相当了不起的汽车，简直让人怀疑各家汽车公司是不是出于某种阴谋，在昭和七年以后，逐年把这些汽车改造得越来越糟糕。

唯一的问题在于价格。

俊夫的财产起初为九千二百元，现在减少到了七千五百元左右，最坏的情况下，这些钱需要撑到后年的五月。接下来大约还有很多必须外出的情况，算上零花钱，每个月的生活费估计要二百五十元，那么到后年五月就是二十个月，需要五千元。从七千五百中减去五千，还剩两千五百，但那其中需要保留一千元以备不时之需，所以最终用来买车的预算最多只有一千五百元。

不提售价四五千元，甚至一万元以上的豪华轿车，即使是埃塞克斯的标准型号也要三千一百元。甚至号称大众车的福特和雪佛兰售价也超过两千元。只有奥斯汀 7 型这样的小型车，才终于跌破两千，售价一千九百元。而最便宜的则是莫里斯·米洛，一千六百元。

俊夫沉思着走在溜池的人行道上。

当然，户口已经到手了，他打算近期申请弱电领域的专利。那样的话，肯定会有一大笔钱进账。考虑到这一点，目前并不需要在意两三千的花费，但他并不是喜欢超前消费的人。

既然只超了一百元的预算，那还是买莫里斯·米洛吗？或者去看看二手车？俊夫暗下决心：如果走到这条人行道的尽头时落的是左脚，那就买莫里斯·米洛。

　　忽然，传来一个女人的声音。

　　"中河原先生！"

　　俊夫吓了一跳，抬起眼睛。

　　"啊，丽子小姐。"

　　他喊道。因为太过意外，他根本没意识到刚才她喊的是自己的新名字。

　　"……奇妙的相遇呀。你要去哪儿？"

　　"不去哪儿啊，我就在这里逛逛。"

　　丽子微笑道。

　　"哎，"俊夫看看周围，"这里有你认识的人？"

　　"是啊，非常亲密的人。现在就在我眼前呢。"

　　"哎，难不成说的是我？"

　　"嗯，我是来见你的。"

　　"你怎……怎么会，"俊夫难得结巴了，"知道我在这里……"

　　"很简单啊。中河原先生昨天晚上突然决定要买车，然后你又是一个人在东京游览，看起来在东京没有熟人。所以要买汽车，应该首先来这里看看。昨天晚上你在我们店里喝到很晚，今天估计中午才会起床，吃过饭再来，所以我想自己这个时间来这里的话，大概会遇上。"

　　俊夫听得入神，把火柴梗错当作香烟叼在嘴里。但是丽子的推理还不止如此。她和俊夫并肩走着，继续说，

　　"而且，你还没找到喜欢的汽车。"

　　"因为我从那边走过来的时候垂头丧气的吧。"

俊夫尝试反击。

"嗯，也有这个原因。不过中河原先生的口袋里不是装了很多汽车的宣传册吗？如果你选中了某一辆车，就不会对其他汽车感兴趣，自然会把它们丢在哪里了。从那些宣传册的折叠方式上看，你好像也不是什么一丝不苟的人……"

"……"

"这一带应该囊括了所有进口汽车，你既然什么都没有买，那就是价格的问题，对吧？"

"……嗯。"

"今天早上我查了一下，汽车的价格基本都在两千元以上。如果要找更便宜的……要么仔细看看二手车，要么……"

"要么什么？"

"我们去银座看看吧。"

俊夫只好照着丽子说的，拦下一辆出租车乘上去。

在出租车里，丽子什么都没说。她穿的和服比平时朴素，也几乎没有化妆，不过比晚上看到的时候更显白皙。和在"摩洛哥"里不同，她坐在距离俊夫稍远的座位上，所以能看见她的全身。她身高五尺二寸（约一点五八米），体重大约十贯（约三十七点五千克）的样子。她有时候会微微咳嗽几声。也许是胸口不舒服，俊夫想。

在银座下了出租车，俊夫下意识地拉起丽子的胳膊，正要往外走，但丽子一下子把手缩了回去。

实际上也没有挽手的必要。目标店铺就在眼前。

"哎，"俊夫没有看那家店，而是先看了看四周，"这样的地方还有这种店？"

这里比新落成的服部钟表店更靠近寄屋桥一点，是原来世界的天赏堂所在的位置。俊夫来到这个世界以后，每次到银座总是从四丁目的路口拐上大路，或者直接前往"摩洛哥"所在的五丁目一侧，这里是他的盲区。

在银座四丁目五番地的那片区域上，将来大约会建起天赏堂，不过现在，那里是一家大约二间半宽的玻璃平房店面。上面的招牌从右到左写着"达特桑汽车"。

丽子走在前面正要走进门，俊夫指着招牌下面的小字问：

"无证驾驶，是说没有驾驶证也可以吗？"

"是的，先生。"

一名身穿西服的男子突然从旁边走过来，似乎是刚刚外出归来的推销员。

"……达特桑轿车属于小型汽车，无需驾驶证便可以在全国各地驾驶。"

"是吗？先看看车吧。"

俊夫说完这话，本来就彬彬有礼的推销员态度愈发恭敬起来。他把俊夫请进店里，宛如对待皇族一般郑重。

俊夫本来不知道为什么会这样，不过进了店里看看墙上的海报就明白了。那上面写着这样的宣传语：

明治的人力车，大正的自行车，昭和的达特桑。

前面两句是历史事实，至于"昭和的达特桑"，当然只是这个达特桑商会的愿景。这个时代的人说起汽车，就像是明治时代的人说起人力车一样。

然而俊夫不是这样。他说起汽车的口气轻描淡写，让人断定他是相当狂热的汽车爱好者，而且也是日常开车的有钱富豪。

所谓的"昭和的达特桑"，现在就在俊夫的面前。

浅蓝色的车身，黑色的挡泥板。前格栅很像在外面行驶的三十一年款福特。设计风格还不错。

不过，虽然车身宽度和原来世界的斯巴鲁差不多，但高度太高了。

"感觉很容易翻车啊。"

俊夫下意识地说出了自己的想法，推销员摸了摸脖子。

"啊，其实是为了符合宽度一点二米以内的小型车规格，所以不可否认重心多少是有点高，是的。"

之所以这么坦白，还是因为感觉俊夫是发烧友，没办法糊弄吧。不过也多亏了这番实话，俊夫买了这辆车以后，每次转弯都会很小心，所以一次也没翻过。后来他也听说，在这种达特桑的车主当中，不少人都有过两三次翻车的经历。好在这辆车只有四百千克重，翻车的时候只要两三个人就能把它推回来，然后又能继续开，倒也很方便。

丽子站在俊夫旁边，没有看车，而是浏览着周围墙上的海报。突然，她问了个奇怪的问题。

"哎，这辆车的名字不是叫达特森吗？"

"是达特桑啊，那边写得清清楚楚。"

在原来的世界也是叫达特桑。

但是推销员肯定了丽子：

"对，确实一开始叫做达特森。达特汽车制造株式会社开始生产小型汽车的时候……"

"达特的意思就是动如脱兔的脱兔¹吧？"

---

1 脱兔的日语发音是"だっと"，音译即"达特"。

"是的。我们公司的前身是快进社，在大正年间生产的汽车叫做达特号。去年我们公司加入户畑铸造旗下，开始生产小型汽车……"

"是被户畑铸造收购了吧？"

"呃，这个……"

"那位鲇川义介社长是个很有手段的人啊。"

"……"

"所以你们开始生产小型汽车了？"

"是的。那时候决定称之为达特森，因为是达特的儿子……您肯定知道，英语中的儿子就是'森'(son)……"

"女儿是'道特'(daughter)。"

"对，是的……道特也很不错，不过这里还是用了森，但后来有意见认为森这个名字不吉利，所以明明已经决定了，后来又改名成了达特桑。然后本店在今年四月十五日开业，大力销售达特桑。太太对这些情况很熟悉呀……"

听到对方把丽子称为太太，俊夫有些狼狈："这个……"他看了一眼驾驶座。

车身一点二米宽，只比斯巴鲁360窄十厘米，但这是算上了两边的台阶。实际上驾驶座的宽度更窄。如果不是情侣，绝对不肯两个人坐在里面。

"双座的吗？还有别的四座轿车吗？"

"嗯，这个……现在的小型车规格规定仅限于一人乘坐。因为警方将小型车和摩托车归为一类，不允许多人乘坐，他们完全不理解四轮轿车是什么。不过，这车至少能乘坐两人。四月份刚开店时，皇族北白川购买的达特桑还是大阪产的，车身更窄，只有一侧有门，那是真的单人汽车。和它比起来，这种东京产的车身，已经宽敞多了。"

被塞进那样狭小的车里，皇族真是可怜。

"……所以，如果想要两人同乘，尽量选择没有警察的地方。"

"知道了。"

丽子开心地说。

"不过，如果顺利的话，目前正在将小型车的规格提高到七百五十立方厘米，额定乘坐人数也会调整到四人。假如你们愿意稍候一段时间，不久就会……"

依靠鲇川义介的政治影响力，那也是有可能的。但"不久"这个词到底还是让人为难。如果快的话，明年自己可能就会离开这个世界了。在那之前，俊夫很想要一辆代步的汽车。

"那，这个多少钱？"

俊夫的语气就像是在问西瓜的价格。面对这个推销员，什么事情都能随便问。

"请稍候。"

推销员走到里面，拿出一本小册子。

"这是商品目录和价格表。"

俊夫接过来，首先看了看价格表。

丽子也在旁边一起看。

"速度之星，单人，一千五百元……不是这辆吧。这是哪辆车？"

"是这个。"

"敞篷？一千二百五十元啊。"

"嗯。"

一千二百五十元倒是合适的价格。缺点是仅限单人乘坐，勉强可以坐两个人。不过最有吸引力的是，它不需要驾驶证。虽然搞到了户籍，但如果可以避免用到名字，那就再好不过了。

产品目录是一张四折的大纸。封面上印着"高级小型达特桑汽车，国产汽车霸主，无需驾照"的字样。

打开产品目录便看到了规格表。表中同时采用了尺贯制和公制，中间还突然出现了码和磅的单位，相当混乱。

车辆尺寸：全长8尺9寸（2.710米）　全宽3尺8寸（1.175米）

轴距：6尺2寸（1.880米）

轮距：3尺1寸8分（0.965米）

重量：约400千克（旅行型）

转弯半径：12尺5寸（3.850米）

发动机：本公司产L型4冲程4气缸分头式

气缸：口径54毫米（二又八分之一英寸）　冲程54毫米（二又八分之一英寸）全排气容量495立方厘米

马力：标称5马力 实测10马力（每分钟3700转）

离合器：干燥单板式

变速器：滑动选择式 前进3段 后退1段

刹车：机械式前后4轮制动式 踏板及手柄加压，易于调整

转向装置：蜗杆及扇形转向器，方向盘中央有电动按钮

轮胎：24英寸×4英寸特制气球轮胎

速度：9公里至65公里（5英里至45英里）

爬坡力：1/5梯度

耗油量：1加仑50英里以上

标准附属品：小工具1套

五天后，达特桑敞篷车送到了包工头的家。

俊夫试驾了一下，吃惊地发现油门踏板位于正中。打听下来，这个时代的汽车踏板还没有确定从左往右依次为离合器、刹车、油门的组合顺序。很多车型的油门踏板都在正中。

不过，正中的油门踏板很长，又是直立的，两边的踏板较小，倒也不用担心踩错。而且习惯以后，这种方式也很容易驾驶。

包工头马上在院子角落里建了个简易的车库。那真是个再简单不过的车库了。俊夫私下里还期待着会比收音机的天线塔更轰动，结果相当失望。

不久他从小隆那边了解到情况，包工头夫妻是出了名的讨厌汽车。除了讨厌汽油味，好像还有其他原因。据说至今为止包工头只坐过三次出租车。在宴会上喝得酩酊大醉被人抬上车是一次，老朋友的结婚典礼是一次，还有那位朋友的父亲去世的时候是一次。包工头说，下次再有葬礼的时候，一定要叫人力车。至于老板娘，只在地震前坐过一次，觉得很不舒服，后来再也没坐过。

话虽如此，两个人却会经常乘坐公交车，这让俊夫难以理解。看来在包工头夫妻的分类中，出租车和公交车完全不同。而俊夫的达特桑显然被归在出租车的范畴里。

不过，喜欢机械的小隆对俊夫的车很感兴趣。汽车送来的那天，俊夫载着他，在包工头家周围兜了一圈，而小隆一直盯着俊夫的手和踏板看他驾驶。最后俊夫发现，对于小隆来说，只要在车库里把引擎盖打开，让他看发动机就足够了。

小祖宗则是在车送来的时候特别开心，但发现不让自己开车的时候就完全变了态度，开始大骂汽车，最后还找来一把锤子，威胁俊夫说要把车砸了，逼迫俊夫答应买一辆给他开的车。于是俊夫赶紧买了一个铁皮玩具汽车回来，但小祖宗根本看都不看。

最后他还是被迫花了八元五十分，买了一辆真正能动的脚踏车。

也是托了以上种种的福，俊夫得以一个人坐上达特桑。这个时代的人，一旦发现汽车，就会在远处停下脚步，目送汽车经过。不过道路中间总有悠闲的马匹和自行车，相当碍事。即使不是普通道路，而是像昭和大道那种明确划分了两条车道，指定了"快车道"和"慢车道"的地方，人们也全然无视。但是相对地，十字路口不存在堵车，这一点很不错。禁止右转和单向通行更是少见，这也挺方便。

交通标志没有统一的图案，各警察局似乎是在牌子上随意写字。所以其中也有相当讲究的内容。俊夫以前坐出租车去根岸的"笹之雪"时，便在下谷的车坂路口看到过这样的牌子：

左转之车也，先止而后进，进而后复止——警视厅

用了诗歌的调子，倒是朗朗上口，但完全不知道是什么意思。俊夫在驶过那个路口两三分钟后，才意识到那和原来世界里红绿灯下的绿色箭头一样。出租车司机说，"那牌子证明了警视厅的人脑子有问题"，不过俊夫反而觉得写那个牌子的警察脑子转得过快了。

首次开车去银座的俊夫，想先找停车场。不过他马上就发现自己正在停车场里——除了大路，在哪儿都能停车。

把车停在"摩洛哥"前面的时候，俊夫有点担心。浅色的车相当显眼，而且又是敞篷，说不定会有醉鬼跳进去乱搞。不过他觉得丽子可能会有什么好办法，于是就这样走进了"摩洛哥"。

"欢迎光临。"

在妈妈桑和女招待们的欢迎声中，俊夫看到平时坐惯的位子

空着，便坐了过去。他透过香烟的烟雾环视店内，发现丽子不在。他猜测她是不是去洗手间了，却见肉感美女来到他的桌前。

她在俊夫旁边坐下。

"丽子今晚休息。"

她说。

"哎……"

"失望了吧？"

俊夫假装香烟盒卡在口袋里，皱着眉作势把它抽出来。

比丽子粗了五倍不止的手指，擦着了一根火柴。

"谢谢……给我一杯啤酒吧。"

俊夫在肉感美女的作陪下喝着啤酒，聊起石井漠先生设计的相当于后世健美体操的舞蹈体操，其间一点点打听丽子的事。听说丽子大约每十天就会病休一天，俊夫禁不住有些牵挂。肉感美女说她没有家人，一个人租房子住，把丽子的住处告诉了俊夫，建议他不妨去探望。

大约三十分钟后，他得出四天前开始的舞蹈体操已经取得了相当成果的结论，俊夫付了啤酒钱和小费，离开了"摩洛哥"。

幸好爱车安然无恙。俊夫正要从口袋里掏出钥匙，忽然看到旁边寿司店的灯笼。他意识到自己完全忘记了那里的老板。

掀开门帘走进去，一个熟悉的声音迎接了他。

"哎呀，欢迎光临。"

老板不但脸上毫无皱纹，平头上还长着硬硬的头发。原来世界的老板，头是油光锃亮的。

三十多岁的老板还是很喜欢叙旧，不停地向年轻的客人吹嘘地震前砖瓦银座的好。俊夫点了一份这家店传统的铁火手卷寿司，一边吃，一边在旁边听。

不久，年轻的男子实在受不住走了，俊夫这才问老板：

"旁边酒吧的女人会来这边吗？"

"啊，是说'托洛哥'的人吗？"

俊夫不禁惊叹多年后这位老板记忆的完美。老板从一开始就以为是"托洛哥"。

"……嗯，经常看到。和客人一起……您还要点什么？"

"嗯，请给我一份鱼腩寿司。"

"好。"

"对了，那家酒吧的女人能挣多少钱？"

"这个啊，挣不了多少吧，正经做生意的话。"

"……"

"地震前的女招待都是很规矩的，清清白白，但是现在这一带的女服务员简直就和卖淫一样。经济不景气，搞成这样也没办法……给，久等了……"

"这样啊。"

"要想好好过日子，自己混口饭吃也不容易啊。"

第二天俊夫也不得不陪肉感美女。她不停地卖可怜，俊夫被迫和她聊了三个小时的舞蹈体操。

第三天晚上，俊夫考虑了一下，把车停在田村町路口旁边的公用电话前面。他进了电话亭，把"摩洛哥"的火柴盒上写的号码报给接线员，然后听到了妈妈桑的声音。接下来感觉又等了三十分钟，才听到了丽子的声音。他奔出电话亭，跳上车，后悔自己没买更快的福特。

丽子站在"摩洛哥"门前等他。

"没赶上这辆汽车的试驾，真是遗憾。"

她朝车里看了看，对拉着手刹的俊夫说。

"你身体好了吗？"

"嗯……让我坐坐。"

丽子搭着俊夫的手，坐到副驾驶的位置上。天色很暗，座位又比福特小，俊夫判断不出她是不是比上次瘦了。

"我觉得自己成了美国人。对了，什么时候带我去兜风呀？"

"现在就去。"

俊夫换挡，踩下油门。汽车轰隆隆地开出两米多，熄火了。俊夫这才发现自己忘了松手刹。

俊夫开车绕着银座转了一圈，停在"摩洛哥"。下了车，正在向丽子介绍各部分结构的时候，有个捧花的女孩走过来。

"叔叔，买束花吧……"

俊夫迅速心算出原来世界五百分之一的价格，拿出五十分的硬币交给女孩。女孩熟练地把商品递给丽子。

"给您，叔叔的礼物。"

丽子捧着花，俊夫和她一起走进"摩洛哥"，妈妈桑夸张地表示惊讶。

"哎呀，中河原先生，欢迎您和美丽的新娘。"

看她的架势，今天晚上是准备狠狠敲俊夫一笔。

俊夫决定遂她的意。

"好，今天晚上好好庆祝一下丽子小姐的痊愈吧。"

客人还少，于是俊夫把有空的女招待全都叫到桌旁，一瓶接一瓶地开啤酒。

"你，坐我旁边。"

一个叫阿香的女招待对来晚了的肉感美女说。这种男性用语在年轻女性中很流行，模仿的是现在很有人气的松竹少女歌剧明星水之江泷子。母性保护联盟的山田女士为此频频抱怨说"真是令人难堪的风气"。

肉感美女……听说真正的叫法应该是"肉美",总之这位肉美坐到沙发上,对另一个名叫吉江的女人说:

"你把那个给中河原先生看看。"

熟客都管这位吉江叫"it"。"it"来源于克拉拉·鲍主演的电影 *The It Girl*,是个有点过时的流行语,指的是性魅力。也就是说,吉江是这个"摩洛哥"里最开放的女招待。

所以俊夫暗自期待吉江掀起和服的下摆,结果她只卷起了和服的袖子。

吉江的上臂展现在俊夫面前,上面竟然有一只蜥蜴在蠕动。那是红绿两色的鲜艳文身。

"嗯,这个真是绝。"

俊夫也不甘示弱地用了流行语,但内心里认为年轻女人用这种图案文身,口味也太怪了。

"别那么严肃,"丽子说,"这又不是真的文身,是用油画颜料画上去的。"

"油画颜料?"

"今年夏天海滨浴场特别流行。蜥蜴呀、蛇呀、蛞蝓呀,请画家把这些图案画在背上和大腿上。"

"哎,早知道就去海滨浴场了。"

俊夫真心觉得遗憾。

"明年我也想试试。"

阿香说。最近橄榄球很流行。

"明年就过时了。"

肉美一泼冷水,阿香马上换了个话题。

"我今天在银座看到了庆应的水原。"

"水原？"俊夫问，"是水原茂吗？"

"这还用问吗？水原可真帅。"

"水原被棒球部除名了吧？"吉江说，"听说因为和田中绢代谈恋爱。"

虽然还没有周刊杂志，不过月刊杂志上什么都登，所以酒吧里不缺话题。

说到田中绢代，她是当代首屈一指的当红女演员。不管是真是假，和这种女演员闹出绯闻，水原茂选手的人气说不定比长岛茂雄和王贞治还高。

"那是以前的事了，"丽子说，"他已经回去打棒球了。"

"你喜欢棒球？"

"我喜欢棒球比赛，不过没有特别喜欢的球队。"

"那下次一起去神宫看球吧。"

"哎呀，阿香，我看到中川先生了。"

客人多了起来，女人们向俊夫道谢起身。

等到只剩两个人，丽子说回了刚才的话题。

"不好意思，你什么时候带我去神宫呀？"

"嗯，看你方便，"俊夫说着，给丽子的杯子添上啤酒，"其实，我有件事想和你说……"

"哎呀，"丽子微笑道，"我也有话想对你说。"

"哎？"

"真的好巧。那等店里打烊，我们一起走吧。"

俊夫看了看吧台。妈妈桑正在扭头咬着铅笔，不停地计算着什么。

"不，"他说，"现在就去乌森。只要付钱就行了吧。"

俊夫从内袋里抽出几张纸币，对半折好，递给丽子。

乌森一带比原来的世界还要热闹。俊夫停下车，正在犹豫要去哪儿的时候，丽子领先走进了最近的一家小餐馆。

女服务员把敞开的窗户合拢，只留下三寸宽的缝。她一出去，丽子便把热毛巾打开递给俊夫，开口问道：

"你要说什么呀？"

"我想先听你说。"

看来丽子隐约猜到了俊夫要说什么。但是俊夫完全不知道她要说什么。

"好的呀，"丽子说，"我这两天在家里睡觉的时候，想了很多中河原先生的事。"

俊夫正在用毛巾擦脖子的手停了下来。

"……自从你到我们店里以后，一直都是我在陪你。在家的时候我把你说的每句话都回想了一遍，发现有些奇怪的地方。"

"奇怪？"

俊夫目不转睛地盯着丽子的脸。

"嗯，我总感觉，你常常会说到一半慌忙改口，像是要说漏嘴了一样。然后，每次说漏嘴的时候，你经常会说到一个词……就是'电视'。"

"……"

"我一开始不知道电视是什么，不过躺在床上翻看报纸上的广播节目表时，突然明白了……就是电视机呀。"

"丽子！"

俊夫大叫了一声。

"现在电视机还在试验阶段，但是再过几年肯定会普及，就像现在的收音机一样。到那时候，再说'电视机'就显得有点啰唆，于是就会简称，也就是'电视'，对吧？"

"丽子，你……"

"等一下，等一下，我还没有……"

丽子突然停住了话头。因为外面传来一声"打扰了"。

女服务员拉开门探头进来。俊夫瞪了她一眼。服务员好像换了一个。她对丽子说了一声"麻烦您了"，把托着酒壶和酒杯的盘子放在门边，迅速退了出去。

当然，两个人都没去拿托盘。

"我还没有相信你是乘坐时间机器从未来来到这里的。我需要一些证据才能相信。"

"证据？"

"如果能见到真的时间机器，那就是最好的证据，不过你说它把你丢下了……但除此之外，没有别的了吗？比如说，你带在身边的，一看就知道是未来世界的东西……"

"有，"俊夫叫道，"有的有的。"

"是什么？"

"我应该带来的，"俊夫遗憾地说，"我刚到这个世界的时候，怕被人误会，所以收到柜子里面了。"

"是你夫人的照片吗？"

"不，是手表和打火机。手表是自动上弦的，不用手动上发条，还有日期和星期。打火机是气体打火机，里面装的是液化气，火很大。明天我带来给你看，肯定带来。"

丽子默默起身，端来托盘。

"我呀，"她拿起酒壶说，"认为你要么是空想家，要么真的是坐时间机器来的。"

她给俊夫的杯子倒上酒。

"……等你明天给我看了手表和打火机再干杯吧……酒冷了吧？"

"没有，"俊夫喝了一口，"真是好酒。"

不知从哪儿传来笨拙的三味线声。好像在努力弹奏军舰进行曲。

"现在该听听中河原先生要说什么了。"

"不了，我也明天说吧。等你看到手表和打火机，相信我以后，再对你说。"

"好的呀，那明天在哪里见面？'哥伦布'……可不行。毕竟要看很重要的东西。对了，干脆明天到我家来？"

由于东西放在潮湿的壁橱深处，俊夫本来有点担心，不过防水手表毫无问题，打火机的液化气也还剩了一半。

"就是这个？"

第二天，在江户桥的公寓房里，丽子接过俊夫手里的手表和打火机，仔细端详起来。

"这样用。"

俊夫拿过打火机，正想教丽子怎么打火，手却被她挡住了。

"这是什么做的？不是玻璃，也不是赛璐珞。"

她用指甲刮了刮打火机的透明部分。

"啊，那是塑料……合成树脂。"

"这块手表上的玻璃也是呀。"

"嗯，未来世界的塑料工业非常发达，什么都是塑料做的。收音机的外壳，浴缸，盘子，水桶，全都是。"

"棺材也是吗……总之先干杯吧。"

"真的吗……"

丽子把手表贴在自己耳朵上，站起来。俊夫这才开始打量房间。

正对面有个书架，上面首先是平凡社出版的金光闪闪的《江户川乱步全集》，还有《小酒井不木全集》、各种侦探小说全集和单行本，连最上面通常放花瓶或者情侣照片的地方都塞满了书。但还有好多塞不进去的书堆在旁边，书堆上摆着无处立足的花瓶，那里面插的当然是昨天晚上俊夫买的花。

那束花是房间里最鲜艳的色彩，仅次于它的是挂在墙上的上班用和服，然后还有紫色的梳妆台。除了这些，昏暗的六叠房间里只有一个衣柜和一个小小的橱柜。

"这里光线不太好啊。"

丽子正从橱柜里拿威士忌和酒杯。俊夫对她说。

东侧有一扇窗，打开了五寸左右。从那里望出去，只能看到隔壁仓库的灰色墙壁。就算把窗户完全打开，光照和通风也不会有什么变化。

"这对身体不好。刚才来的时候，我看到拐角的房间好像空着。那里的光照要好一些吧，是不是该搬到那边去？"

"那边的房租贵八元钱呢。"

"八元钱吗……但是如果少买几本书……"

"如果要在书和光照当中选一样，我肯定选书。"

"但是对身体……"

"来来，酒倒好了。"

丽子把放了威士忌和小碟子的托盘端到俊夫面前。

"丽子，"俊夫抬起一只手，"一大早喝酒不太好，等下再干杯吧。"

俊夫是上午十点准时来到丽子住处的。

"其实上午我想和你一起去个地方。"

在通二丁目停下车的时候，丽子看到眼前的建筑，连眉头都没有皱一下，甚至让俊夫以为自己错停在邮局门口了，慌忙重新看了看医院的招牌。

接待处的护士说"请在那边稍等"，于是两个人换上拖鞋，进了候诊室等待。没过多久，诊室里出来一位身穿白大褂的绅士。

"我们是西八丁堀的滨田先生介绍来的……"

俊夫把自己在接待处说的话又重复了一遍。同样的谎言说了两次，俊夫有点不好意思。

"是吗，昨天滨田先生的太太还背着宝宝来过。"

医生比原来世界的老年模样更瘦。声音从他细长的胡须下面传出来。

"宝宝生病了吗？"

俊夫有点担心自己的身体，问。

"没有没有，说是亲戚送了点梨子，给我拿了几个过来。宝宝胖乎乎的，哈哈哈。"

医生笑了一会儿，目光转向丽子。

"那个……"俊夫不知道该怎么称呼，于是把手搭在丽子的肩头，"能不能帮忙检查一下肺部……"

"好的，请……啊，您也请。"

第二个"请"是对俊夫说的，不过俊夫还是选择在候诊室里坐下来等。

诊断花了很长时间，估计是拍了 X 光。俊夫把候诊室里《国王》杂志上的连载小说全读完了，决定把下个月的杂志也买了的时候，医生终于出来了。

俊夫正要起身，医生走过来坐在俊夫旁边。

"夫人最近是不是在强撑啊，看起来很累。"

"啊，最近是有点……"

俊夫望向诊室。丽子好像在里面整理衣服。

"……那怎么办？"

"也不用太担心。请给她补充足够的营养，不要让她太劳累。要注意的地方，已经和她本人说过了。"

"是吗，那太感谢了。"

"还有，房事也别太频繁了。"

9

十月一日开始，连续三天，全市举行了庆祝大东京市诞生的庆典。世田谷区也动员了神轿和山车。喜欢庆典的包工头一家每天都忙得不可开交。

三号的早报上刊登了李顿报告书，不过包工头一家根本顾不上，吃完早饭便匆匆赶去了电车站。

俊夫也不甘落后，决定马上去江户桥。

丽子自从去看过医生以后，便没再去店里。那天翌日，俊夫又和公寓的房东交涉，让她搬到了拐角处的房间。

今后虽然说是由俊夫包养丽子，不过即使要补充足够的营养，再算上房租和其他杂费，每个月也就是百元左右，算起来远比每晚在"摩洛哥"鬼混的费用少得多。丽子不在，自然也就不用再去"摩洛哥"，俊夫也不需要再调整今后的预算。

不过俊夫已经做了一个决定。来年夏天，伊泽老师的时间机器一到，他就马上带丽子前往原来的世界。原来的世界有对氨基水杨酸和链霉素。他想让丽子尽早接受进步的医学治疗。

搬房间的那天晚上，俊夫说了这件事，丽子这样说：

"如果我和你一起乘坐时间机器回去，那位酷似小田切美子的小姐会怎么想呢？"

俊夫打算好好利用时间机器解决这件事，而且还有三个月的时间差问题。不过他还没想好对策。

"别担心，"丽子微笑说，"因为我不打算坐时间机器……你还是多和我说说时间机器的故事吧。"

丽子之所以接受俊夫的好意，肯定是因为她对时间机器的故事要比对侦探小说还好奇。每天上午，俊夫带着鸡蛋黄油来住处的时候，丽子便等不及似的让他赶紧讲故事。

不过俊夫很快就发现，要把至今为止发生的事情全都说给丽子听，是一项非常艰巨的事业。他最初从空袭当晚开始讲起，但马上就遭遇了丽子狂风暴雨般的提问。防空警报是什么，防空服装是什么，B29是什么，还有日本和美国是什么时候开战的。最后俊夫发现，自己必须从当前的昭和七年这个时间点开始说起。

十月三日早上，俊夫来探望的时候，和包工头一家不一样，丽子马上拿出了报纸，说起李顿报告书的事。她说这件事和俊夫四五天前的预言一模一样，似乎愈发相信中河原传藏来自未来了。然后她又以比平时更大的热情，开始听俊夫讲述。

带日历的手表指向十二点，两个人开始吃起丰盛的午餐：加黄油的半熟鸡蛋、木村屋的面包、克拉夫特的奶酪、斯威夫特的牛肉，还有班霍腾的可可。

俊夫喝了一点威士忌。尊尼获加黑方……在明治屋买的，九元钱一瓶。

在这个世界，好一点的东西都是进口货，不过只要花钱，什么都能买到。

就说裸照吧，近来当局的打击力度越来越大，以色情为卖点的《犯罪科学》杂志最近也不得不停刊了。另外，有小贩在黑暗处凑过来问"老板，要不要裸体照片"，于是俊夫花了五十分买了十张，结果回去打开一看，都是相扑的照片，他上当了。但是，只要带十元钱去丸善或者浅沼商会，买本美国写真年鉴，就会发现上面有曼·雷、爱德华·韦斯顿等人的优秀裸体作品。银座八丁目的伴野商店还在公开销售法国百代公司出品的9.5毫米影片《少女沐浴》等。内务省的审查官可能忙着剪掉外国电影里的接吻镜头，没时间翻着字典去查书籍和小型电影的名字。

吃过饭，俊夫喝了可口可乐。这也是在明治屋买的，不过丽子只在俊夫倒的杯子里喝了一口，就皱着眉说"奇怪的味道"，再也没有喝过。看来可口可乐确实不适合战前日本人的口味。

俊夫取出在银座的菊水买的香烟，点了一根开始抽的时候，突然有个年轻男子来找丽子。

男子脸上有一道大大的刀疤。他扫了俊夫一眼问："中河原先生吧？"俊夫答了一声"没错"，男子直接进了房间，说他代表"摩洛哥"的妈妈桑过来，丽子的突然辞职让"摩洛哥"受了很大损失，必须给赔偿。说话间他还不时把手伸到怀里，看样子不是找香烟，而是暗示自己带了刀。

丽子脸色煞白，浑身颤抖。俊夫知道这对她身体不好，赶紧对男子说："这事还要麻烦你跑一趟……这几天我正打算去找妈妈桑说清楚。"俊夫从口袋里拿出十元钱，递到男子面前，"不好意思，让你跑一趟。这点车费你拿着吧。辛苦了。代我向妈妈桑问好。"

男子还想说什么，可是看到俊夫爱搭不理的样子，便飞快拿上十元钱，站起身来。

"那今天先这样吧，不过我还会再来的。"

男子转身要走。

"喂！"

俊夫大喝一声。男子吓了一跳，转过头来。

俊夫瞪着男人，掏出香烟叼在嘴里，然后说"嘿，打火机"，从丽子手里接过打火机。

"别再来了！"

俊夫说着，把打火机的火焰调到最大，朝男子喷去。

"哇！"

男子连鞋子都没穿，逃了出去。

十月中旬，秋季联赛拉开帷幕。棒球是富有推理元素的项目，所以丽子很喜欢棒球。她分析数据、预测战绩、推断战术，乐此不疲。

于是，俊夫挑了一个好天气，和丽子一起去了神宫球场。

坐到内场座位上，俊夫便欢呼起来。

"哎呀，只有这里和那边一模一样啊。"

他和丽子之间已经习惯了把原来的世界称为"那边"。

"看台、球场、选手的队服、啦啦队，全都和那边一样。"

"这么说，那边也流行棒球？"

"嗯，职业棒球队有两个联盟，一共有十二支球队。"

"都有什么样的选手呢？"

"有长岛……对了，教练和评论员里有不少你认识的人。"

"哎？……我明白了，是现在的选手吧。都有谁啊？"

"首先是现在正在比赛的庆应的水原茂，他成了著名教练，现在是东映队的教练……"看到邻座的学生一脸诧异，俊夫放低了声音，"还有法政的刘田久德、若林忠志、成田理助、岛秀之助，早稻田的三原侑，他们都做了教练，继续活跃在棒球界。"

"是嘛……那位水原成了名教练啊。他脾气有点急躁哎。"

"是啊。丽子，你知道水原的苹果事件吗？"

"不知道，什么苹果事件？"

"有一场比赛，兴奋的观众把苹果扔进了球场。那位水原教……不，是水原选手生气了，把苹果扔了回去。那个事件很有名。就算还没发生，也快发生了……水原什么时候毕业？"

"明年吧。"

"是吗，那明年他还会参赛，可能苹果事件就在明年。"

"那可太有意思了。"

"是吧。毕竟水原就是那样的人啊。"

"不是的。我说的有意思是指你不记得苹果事件是昭和七年还是八年发生的。说不定这是根据你的意思变化的。"

"我的意思？"

"是啊。到现在为止，我听你说了很多经历，它们和你的记忆之间存在很有意思的关系。凡是你记得的事情，全都原封不动地变成了现实。但是另一方面，你不记得的事情则是自由发生的。不过虽然看起来像是自由发生的，但在那边的世界，肯定也在旧报纸之类的地方留下了确定的记录。那么反过来想，那边的世界明确记录了苹果事件发生于某年某月某日，而此时此地的你并不知道它发生的日期，那么，这会不会意味着苹果事件可能在任意时间发生呢？"

"我不太明白。"

"这么说吧，假设你现在无论如何都想让苹果事件发生在今年，那么很简单，你就去三垒那边的观众席，自己扔苹果下去。水原肯定会扔回来。于是苹果事件就会发生在昭和七年的今天。那种情况下，等返回到那边的世界，翻看旧报纸，上面肯定写着今天发生了苹果事件。但是，如果你一定要让苹果事件发生在明年，那也可以在看台上守护今年水原出席的每一场比赛，一旦有人要扔苹果，就去拦住他。等过了今年，就算你不去管，苹果事件也必定会在明年发生。在这种情况下，回到那边去查记录，就会看到苹果事件发生在昭和八年。你觉得呢？"

"好复杂……我还是不太明白。"

丽子的气色日益好转。大约是因为补充了营养，又整天沉迷在喜欢的推理中，自从苹果事件的谈话以来，她整天都说些逻辑复杂的话，让俊夫无言以对。

十一月底，俊夫像往常一样带着食物来到公寓，丽子突然兴致勃勃地说：

"我有件事情想问你。"

"等一下啊，小丽你最近说的话，对我来说太难了……"

"今天可不是。我想去上班。"

"上班？"

"嗯。当然是白天的班。很久以前在'摩洛哥'的姐妹现在在那边上班。说是年底了人手不够，要招临时工。就十二月一个月……"

"是商店？"

"不是，是百货店。瞧，就是那边的白木屋，走路很快就到……"

"但是百货公司要站一整天吧？"

"我的工作是收银，可以坐着。而且还有暖气，工作又很简单，我想试一个月。领到工资也可以给中河原先生买份好点的礼物呢。"

丽子当然已经知道了俊夫的真名，但从来不用。她说滨田俊夫是属于伊泽启子小姐的。

到了十二月，俊夫白天就空了下来，但也没办法太悠闲。他只休息了两三天，逛了逛东京的景点，马上又不得不为了丽子交代的事情把东京跑了个遍。他甚至怀疑丽子就是为了让自己跑腿才去上班的。

丽子让他调查的就是那件粗花呢上衣。丽子说夜市的旧货摊上说不定还有类似的，而且俊夫本来也想着抽时间找找看，所以立刻开始着手调查。丽子提出了两个方案，一是调查上衣的入手渠道，二是鉴定上衣的古旧程度。

调查入手渠道非常困难。他去梅丘站的小酒馆打听，得知那是大约一年前某位客人当作酒钱留下来抵押的，但那位客人的长相体型都很模糊，而且再问下去，对方连是不是一年前都说不清了。俊夫又打算通过那时候的目击者旁证入手，但这也很难办。这家小酒馆虽然开店不到两年，但老板娘对员工很苛刻，从那时候直到今天，在店里工作过的女孩子多达三十二人。要把那些女生全都找出来询问，估计少说也要花上四五年。

鉴定上衣的工作倒是比较轻松。俊夫先拿着上衣去了银座的西服店。自从来到这边的世界以来，俊夫在那里定做过两套西服、一件大衣。

"想请您看看这件上衣，这是正宗的基诺克布料吗？"

西服店的老板接过上衣，翻过来看了看内侧。

"哟，这衣服和我们店同名啊，"老板说，然后又自言自语道，

"这个字体可真漂亮，好牌子。"

"布料怎么样？"

"唔……啊，对，这的确是基诺克的产品。一眼就能看出来。上面还有基诺克的标记……"

"我还以为是假的。"

俊夫按照丽子吩咐的说。

"请稍等。我到里面查验一下。"

老板拿着上衣去了里屋。过了大约十分钟，他回来了。

"您眼光真好。震灾以来，我们家搜集了基诺克公司出的所有布料样本，里面没有和它同样花纹的。这肯定是上海产的假货。"

"果不其然。太感谢了。"

但西服店的老板却迟迟不肯把上衣还回来。

"这件衣服是在哪里做的？"

"嗯，那个……对了，是在九州乡下的一家小服装店买的。"

"这样啊。"

老板把眼睛凑到上衣内侧，像是打算盗用那家店的标志，开始拼命记在脑子里。

接着俊夫又去了几家当铺。他把上衣拿给当铺看，每一家都是同样的回答：

"东西很上等，不过穿得太旧了，一元钱怎么样？"

"我还没穿多久。"

俊夫这么反驳的时候，对方的反应也是如出一辙。

"不可能吧。应该至少穿了五年了。"

每天，到了傍晚时分，俊夫就会来到白木屋的侧门，等待丽子出来，把她送回公寓，一边吃西餐厅送来的食物，一边报告当天的调查结果。

丽子也会谈起自己的工作。她的脸色愈发红润，一边收银，一边沉迷于推理。由于心不在焉，经常会把现金出纳机按错两三位数字，让百货店的经营者很头痛。

某天晚上，丽子说：

"每天调查也很辛苦吧，偶尔休息一下，去看场活动吧？现在正在展出小田切美子的写真哦！"

"哦，但我还是想早点搞清楚上衣的来历。"

俊夫虽然嘴上这么说，但第二天还是一早去六区看了电影。丽子带着意味深长的微笑说："要不要去摄影棚拜访小田切美子？"不过俊夫到底没有那个勇气。

八号的公休日，终于可以和丽子相处一整天了。据说东京都六大百货店的代表聚集在一起协商，决定从今年十月开始，将每月的八日、十八日、二十八日作为公休日，一同放假。在此之前，一年基本上只有一次假期，非常可怕。

不过因为年末将近，今年接下来不会再有公休了，所以十五号俊夫带丽子去了新桥演舞场。这天是市川小太夫在新兴座的公演首日，节目单中的《阴兽》改编自江户川乱步的原作。

二世市川猿之助的幺弟市川小太夫，在原来的世界里，也是电视上的常客，而这时候他才二十多岁，跳出了保守的歌舞伎世界，成立了名为新兴座的剧团，十分活跃。小太夫也非常喜欢侦探小说，去年还用"小纳户容"的笔名改编了江户川乱步的《黑手党》上演。由于很受欢迎，所以这次选择了乱步作品中号称最本格的《阴兽》。

节目单上还有其他三部作品，不过他考虑到丽子明天还要上班，所以看完《阴兽》便离开了演舞场，把她送回公寓。俊夫的车是敞篷车，四面通风，所以让丽子戴上厚厚的围巾和口罩，穿上厚实的保暖服。

"真的相当不错，"俊夫握着方向盘评价说，"那位扮演小山田夫人的演员很性感。"

那是新派女角，演员叫梅野井秀男，是气质非常女性的男子，和男人之间绯闻不断，这也是《阴兽》成为热门话题的原因之一。

"是啊。"

丽子在口罩下面含糊地应了一声。她似乎对女性化的男性没什么兴趣。

"剧组也很有干劲，还把浅草等地的实拍影像组合在一起。"

"那个，"丽子摘下口罩，声音清晰起来，"刚才看戏的时候，我发现了一件奇怪的事。"

"奇怪的事？"

"最后一幕，会发现女主人公静子其实就是大江春泥对吧？我看到那里，忽然想到一件事。"

"到底想到什么了？"

"直到今天，我听中河原先生说了很多事，其中有几项人际关系非常神奇。比如再往前一点的西八丁堀还有另一个你，此时他还是个婴儿。此外，伊泽启子小姐，也生活在国立的孤儿院里。"

"……嗯，但她也还是个孩子……圣诞节的时候也许可以匿名送个洋娃娃……"

"但是，"丽子打断俊夫的话，"我发现了更重要的事情。"

"什么更重要的事情……？"

"我还没有信心告诉你。等我今天晚上再仔细想一遍，明天再告诉你。"

"这太吊胃口了。到底是什么事？"

俊夫拉下手刹，盯着丽子问。汽车已经到了江户桥的公寓门前。

"等到明天，明天晚上……对了，明天中午要不要来我们店里？我们中午轮班休息，可以腾出一个小时，那时候告诉你。"

第二天早上，俊夫出门的时候看了看客厅的日历，上面写着"大安"。接着，俊夫又拿过神龛旁边的《昭和七年御宝鉴》历书，打开一看，写的是"大安，本日为吉日，旅行乔迁嫁娶开店诸事皆宜"。俊夫想，丽子说的"重要的事"自然也包含在这个"诸事"之中。肯定不是坏事。

大概是因为路上马车和自行车的干扰比较少，他开车到日比谷路口的时候，看到拐角处电线杆上的钟还不到十一点半。和丽子约好的时间是十二点，但是从这里开到日本桥用不了十分钟。俊夫不好意思在百货商店的侧门等女人，所以决定把车停到护城河畔，在日比谷公园抽根烟。

他混在失业者和流浪汉中间，坐在池边的长椅上，正在抽蝙蝠烟的时候，一个提着篮子的老太太走了过来。

"老爷，要橘子吗？"

丽子喜欢橘子，所以俊夫花二十分买了下来，也没还价。只有六个小橘子，他随手放进口袋里。

俊夫再次上车，和平时一样驶往银座。在尾张町的十字路口等红绿灯的左转信号时，看见四五个男人站在服部钟表店前抬头望天，正在谈论什么。俊夫从车里探出身子，环视天空，直到后面的车按起喇叭的时候，才看到一架小飞机。这个时代的人，看到飞机都这么稀罕。俊夫不由得苦笑起来。

去京桥的路上，到处都有人仰望天空。俊夫已经不在意了。

但是过了京桥再往前走一点，看到前方的路上人山人海，俊夫不得不踩下刹车。隔着人墙还能看到红色的东西。那东西的形状和原来世界相比几乎没变化，所以俊夫很快意识到那是消防车。

车被堵在丸善门前。俊夫不得不丢下车往前跑。

昨天还是白木屋的地方，只剩下一幢烟雾弥漫、内外湿透的建筑。窗户里冒着黑烟，挂下白色的救助袋。

那幢建筑的人气远非白木屋能比。几十辆消防车停在周围，水管和身穿消防服的男人把它团团围住，再外面则是黑压压的人群。上空还有飞机盘旋。

俊夫挤进人墙，抓住旁边一个少年问：

"里面的人怎么样了？救出来了吗？在哪里？"

少年抬头看看俊夫，眨了眨眼睛。那是个长相早熟、不甚讨喜的小学生，胸口用安全别针别了一条折成长条形的手帕，手帕上写着"一年级一班 广濑正"。

俊夫推开少年，冲向前去。

10

北风刺骨的十六日上午九时二十三分，帝都五大百货店之一，日本桥大道109号白木屋吴服店，以近代建筑美著称的四层中央部玩具柜台附近起火，火势很快从装饰的圣诞树蔓延到赛璐珞制品，并迅速扩大，蔓延至同层的文具、书籍和运动器具柜台。适逢年末大促销，拥挤的顾客与从业人员四散奔逃，争相逃离，但起火后不久电梯便停止运转，导致店内一片混乱。惨叫声中，五六七各层及楼顶处共约六百人无处逃生，多人跳至邻接的伴传大楼楼顶。此外约有三百人被火势驱赶逃往上层，沿路在烟熏中痛苦呻吟，其景宛如地狱。此时火焰吞没四层，进一步加速扩散至五六七各层。接到急报的警视厅以消防本部为首，动员了全市的消防泵车三十三辆、云梯车三辆、消防员三百名，奋力灭火，同时近卫二连队出动了一支中队，所泽与立川派遣七架陆军飞机进行空中侦察。但消防水势难以企及高层建筑，地面力量也难以支援楼顶众人。勇敢的消防员利用消防车云梯，奋勇冲进大火中，将救助袋和救生索系在各窗口争分夺秒开展抢救，地面上也张开救生网准备迎接跳楼者。活动持续到十一时左右，终于救出所有人。大火将四五六七四层共计约五千坪完全烧毁，至十二时半逐渐熄灭。轻重伤员共计一百余名，包括不幸遇难的十名死者，分别送至附近的日本桥、江户桥、野崎各医院救治。此外，一二三层虽然免于火势，但也因消防水势蒙受重大损失。损失总额预计高达七八百万元。

（引自昭和七年十二月十七日《读卖新闻》）

在附近大楼设立的白木屋救护站里，工作人员问"您需要通知谁？"的时候，俊夫请他给包工头家发一封电报，电文写的是"这几天不回来"。

整整两天，俊夫往返于白木屋的临时事务所和丽子的公寓。他不仅是丽子的身份保证人，也是遗属代表，所以百货店方面从吃饭到刷牙，全都为他安排了。

第三天，有个自称是丽子伯父的人从山形来了，接替俊夫做了遗属代表。身穿羊羹色双排扣西服的新代表，当晚留下俊夫，开了白木屋送来的日本酒，按农村习俗举行了盛大的守灵仪式。他说他把丽子当成亲女儿，一个劲儿地打听百货店能给多少慰问金。俊夫只得保证他能得到一大笔钱，足够他修建一座像帝国大厦那样的坟墓，这才终于分到了两三件遗物做纪念。

十九日下午，俊夫一回到包工头的家，老板娘就跳出来说"这可太惨了"，又是撒盐驱邪，又是帮他把被褥铺到待客间里。俊夫第二天中午起床的时候，看到自己不在家期间寄来的信，这才知道老板娘为什么会说太惨了。信封上带有百货店的标记，连小祖宗都认得出来。里面的信不用取出来都知道，是一封长长的吊唁信。

俊夫把那信放在长火盆上，加上他自己一直哭丧着脸，所以后面几天里，包工头夫妻几乎没敢和他说话。小祖宗有时候会拿着军舰跑过来，不过神奇的是，经常都是在老板娘正要做他喜欢的捏饭团的时候。

二十四日的傍晚，包工头罕见地从走廊探进头来，向俊夫打招呼。

"老爷。"

俊夫装作正在看膝头的《国王》杂志，然后才抬起头。

"晚饭好了？我不太想吃，等会儿再说。"

"饭还没好……"

包工头走进待客间，也没坐下，盯着俊夫，做了个喝酒的动作。

"喝一杯怎么样？"

来到站前的小酒馆，包工头吼了一声："老样子，烫两壶酒。"又招呼俊夫坐到白鹤海报下面的座位上。

"这儿最暖和。听说新潟下大雪了。"

包工头说着，欣赏了一会儿海报上的美女画。

"那个什么，"他转头向俊夫说，"我老婆说老爷你一直没精神，给了我点钱，让我陪你喝喝酒提提神……"

"哎，这可……"

不愧是一家之主，什么事都要操心，俊夫想。她能发现这一点，说不定比丽子还能干。说起来，像什么"不要闷闷不乐的""总能找到新的女人"之类不痛不痒的安慰话，她一次都没说过。

一声"久等了"传来，酒已经端了上来。包工头拿起酒壶，毫不在意滚烫的温度，一边给俊夫的杯子倒上，一边说：

"老爷，别再闷闷不乐了，女人嘛，总能找到新的。"

"……嗯。"

"不管怎么难受，人死总不能复生啊，"包工头给自己的杯子倒上酒，又看了一会儿美人画，视线落在画上美女的腰部，他灌了一口酒，"老爷，说来有点奇怪，我也不知道怎么回事，听说白木屋死掉的女人是因为没穿衬裤，才从窗户掉下去了。本来她顺着救生索往下爬，就快得救的时候，看热闹的人在下面大叫，女人就想收好和服的下摆，结果绳子脱了手……我不是怪您的意思，可老爷您明明是个见过世面的人，为什么……她是叫丽子吧，老爷的那位。"

"嗯。"

看来包工头夫妻花了好几天研究吊唁信的内容。

"那位丽子小姐，老爷怎么没让她穿衬裤呢？老爷自己都不系兜裆布，穿的是短裤。不过话说回来，老爷也想不到会有火灾吧。"

"喂，"俊夫喊过年幼的女服务生，"拿个大杯子过来。"

"老爷，大杯喝酒会伤身的。"

"是啊，是我不好，我的责任。"

"老爷，我也不是说衬裤……"

"不是衬裤的事。是我糊涂了。我完全忘了白木屋的火灾。她说要去白木屋上班的时候，我应该想起火灾的事，拦住她才对。那样她就不会死了。对，我能救她。我记得白木屋的火灾，那确实是过去发生过的事。但是和苹果事件一样，我记忆中没有的事，应该可以依照我的意思左右。"

"什么苹果？老爷您振作点，不要老说莫名其妙的话啊。"

反正包工头也听不明白，所以说什么都不用担心。

"我知道白木屋的火灾，不过当然，我不知道死了多少女店员，死的人都叫什么名字。所以我本来应该可以依照自己的意思自由改变它的。那时候我可以劝住她，不然也可以让她去三越上班，因为那里的天花板上有防火的喷水装置。喂，多上点酒！"

"大杯喝酒可不好啊，老爷。"

"我昨天晚上睡觉的时候一直在想。直到时钟敲了四点，隔壁的鸡都叫了，我还在想。就算是为了丽子，我也要记住这次的教训。这个世界正像我知道的历史那样运行着。但我知道的只是历史的极小一部分。所以今后我必须更加小心地行动。比如说，像是今天晚上，我必须想清楚昭和七年的这一天这一晚有没有发生什么事。昭和七年十二月二十四日……对了，今天是平安夜啊。这就是说，今晚我采取举杯庆祝的行动是正确的。那么来吧，包工头，再来一杯。"

"啊呀，可以了，钱不够了。"

"别担心，不够了我来付。"

"那可太好了，那我也来提前祝贺一下明天的大正天皇祭。小妹妹，再来一个杯子。"

没吃晚饭就用大杯喝酒，果然效果非凡，第二天早上，俊夫的头重得离不开枕头。他连早饭都没吃，隔着拉门听到大家的碗筷声，这时候老板娘给他拿来了宝丹。多亏了这种红色粉末，还有一起喝下去的冷水，脑袋的重量终于轻了一半，俊夫这才能够

212

来到壁橱前，取出丽子的遗物。

遗物有三件，但其中两件是他自己的打火机和手表。这两件无论如何都要拿回来，所以真正意义上的遗物只有一件。

那是一本布封面的书，书名叫作《孔雀的故事》。丽子这人，虽然直觉很敏锐，但多少有些莽撞，所以把它当成切斯特顿的《孔雀之树》买了下来。这本书夹在众多的侦探小说里不受重视，常常被拿来做杯垫，已经脏兮兮的了。当俊夫说他想要一本书的时候，丽子的秃头伯父毫不犹豫地选了这本书。

俊夫把这本很可能是丽子摸过次数最多的书拿到被子里翻看起来。

虽然封面上满是手垢和污渍，里面却是崭新的。有的书页还粘在一起。书里几乎没有插图，用的是小号字体，通篇写的都是印度孔雀生活在印度、孔雀肉并不好吃等等。

这么无聊的书到底是哪家出版社出的？俊夫想看看版权页，翻到封底。突然，他的目光被封底前面空白页上的几行铅笔字吸引住了。

"啊，这是……"

俊夫忘了头痛，从被窝里坐起来。不过他马上意识到现在是寒冬，又钻回被窝里，趴下来看。

他把书放在枕头对面。只见那一页上写着这样的内容：

		滨	中	伊	小	及
7	(−31)	1	32	5		21?
20	(+0)	14		18		
38	(+18)(−0)	32		18		60?

213

俊夫想，为什么只有中和小，没有大？如果这是内衣店的话，肯定没人会买的。

俊夫把五尺七寸的身躯缩在小小的被窝里，盯着壁橱上的破洞。他在破洞和五个汉字之间来回看了好几次，这才终于意识到"滨"是自己名字的第一个字。接着，他在壁橱破洞的帮助下，又发现后面的字分别是中河原传藏、伊泽启子、小田切美子和及川某某这些名字的第一个字。

这肯定是丽子在白木屋火灾的前一天写的。那天晚上，她戴着口罩含含糊糊说的"重要的事"是什么，说不定能靠这个解开。

左侧的数字大概是昭和七年、二十年、三十八年。昭和二十年的"+0"，意味着伊泽启子乘坐的时间机器从这里前往未来。到达十八年后的未来，是昭和三十八年，也就是"+18"，而那是俊夫乘坐时间机器向过去出发的"-0"。然后，俊夫到达了"-31"，也就是三十一年前的过去，昭和七年。

剩下的数字都是虚岁的年龄。小田切美子的年龄之所以打上问号，可能是因为演员公开宣布的年龄大抵都不可信。至于及川之所以也有问号，是因为他那个六十岁是俊夫推测的。

但是，这张表上为什么会有小田切美子和及川呢？这两个人到底和时间机器有什么关系呢？

俊夫目不转睛地盯着壁橱的破洞。但是宿醉的脑袋越来越沉。

傍晚时分，老板娘端着粥和梅干来到待客间时，俊夫枕在《孔雀的故事》上，睡得正香。

11

快到年底了，俊夫突然兴起，决定去大阪一趟。

去的目的当然是见佐渡屋，不过更主要的还是想换换心情，坐一坐这个时代的飞机。

虽然"羽田国际机场"这个气派的名字已经确定了，但到了一看，这里还在建设中。在辽阔的原野正中间，有两个巨大的机库，围绕着它们在建几座小建筑。混凝土跑道只建成了一条，日本航空运输株式会社的客机都在这里起降。

"运输"这个词听起来像是运货商，不过这肯定是"transportation"的直译。简称是"日本空运"，大概是日本航空的前身。

俊夫乘坐的是十二点半起飞的第二班定期客运航班。飞机是福克公司制造的"超级环球"，可以搭乘六名旅客。单引擎、上翼单叶的结构与林德伯格横越大西洋时驾驶的"圣路易斯"号非常相似。据说中岛飞机从福克公司购买了这种先进机型的制造权，目前正在进行国产化。

定期航路连接的是东京、大阪、福冈、京城和大连[1]，完全没有国际航线。"国际机场"这个名字目前来说还是名不副实的。

东京至大阪的运费大约三十元。

除了俊夫，其余支付了三十多元的人还有外国的一对老夫妻、穿军装的海军中校，以及一位贵族模样的年轻绅士。

坐在俊夫旁边的海军中校似乎很健谈，在飞行途中说个不停。当他发现俊夫对飞机很感兴趣的时候，立刻便把话题转到飞机上。他先是说最近这家日本空运的超级环球飞机创造了惊人的新纪录，只用了一小时二十八分便从大阪飞到了东京。这倒也罢了，但随后中校的话题又转到了飞机事故上。他说去年秋天，一

---

1 自一九〇五年在日俄战争中战败的俄国将大连的租借权移交日本后，直至"二战"结束时，大连实质上都处于日本统治之下，因而这一时期的日本人通常将大连视为日本领土。朝鲜京城（即今天的韩国首尔）也是类似的情况。

架正在给咖啡做广告的飞机坠落在女子学校，两名飞行员当场死亡，三名女学生受重伤。还有川西航空的水上飞机发动机突然起火，三名乘务员用降落伞跳离，其中一人的降落伞没能打开，摔死在河堤上。还有更过分的：今年二月，就是这个日本空运的道尼尔型客机，在从大阪飞往福冈的途中，由于浓雾和暴风雪，坠落在八幡市郊的山顶。五名乘客中有四人当场死亡，一人在第二天死亡……

飞机外面好像开始起雾了。而且温度也很低。当然全程都是目视飞行。现在俊夫只能向神佛祈祷，保佑自己平安到达了。

幸运的是，可能是祈祷生效了，超级环球飞机只比预定时间稍微晚了一点，大约三点半左右抵达了伊丹机场。

大阪的大街小巷，对俊夫来说很新鲜。他之前只来过几次，对大阪并没有太深的印象，所以只感觉自己来到了大阪这座城市，而不是来到了昭和七年的大阪。终于能从"自己处在过去世界"的想法中逃脱，这让他轻松许多。

与印象中大不相同的地方，大概也只有还没出现地铁这一点。不过兜售车票的大婶们都在，这让俊夫很高兴。

大婶们站在难波的南海高岛屋门前，兜售南海电车和公交车票。她们手里举着招牌，不单卖五分钱一张的联票，还卖前往住吉、堺、浜寺的长途票。那些大概也是联票。

佐渡屋的老板见到俊夫，非常高兴，招待他去道顿崛的船上餐厅。

俊夫一直后悔自己把悠悠球的创意告诉了佐渡屋。如果不告诉他，等自己拿到户籍以后，就能去申请悠悠球的专利了。悠悠球不像眼镜，自己并不知道它是谁发明的。所以按照丽子的想法，提出者是俊夫还是其他人，都是"自由"的。只要拿到了专利，那么等到明年，不管哪家公司推出悠悠球，自己都能从中赚钱。

谈话之间，俊夫发现佐渡屋老板不愧是个精明的生意人。他说他已经申请了实用新型专利，并且提议说，当佐渡屋制造销售悠悠球的时候，会向俊夫支付每个一分钱的专利费。

俊夫决定答应。每个一分钱的话，一万个就是一百元，十万个就是一千元。这笔收入不错。

但是，一旦专利成为现实的问题，俊夫就有点担心了。之前手工制作悠悠球的时候，他和包工头夫妻也说过，悠悠球与日本传统的转茶壶、欧洲的空竹玩具很像。如果专利局认为它是众所周知的东西，就不会批准专利。而且除了这个问题，由于悠悠球会在明年开春流行，说不定别处的某个同行已经提出了专利申请。那样的话，就算只比佐渡屋早一天，也会遵循申请在先原则，把专利权授予对方。不过事已至此，自己也只能静观发展，把一切都交给佐渡屋处理了。

当晚，由于盛情难却，俊夫在难波的佐渡屋家里住了一晚，第二天早早起床，去市内观光之后，乘坐阪急电车去了宝冢。

正值寒假，宝冢新温泉挤满了带孩子的家长。上演少女歌剧的大剧场里也一样。票贩子凑过来推荐"二楼正面的好地方"，俊夫花了一元钱买了标价三十分的座位票，这才终于进去。

在这个可以容纳四千人的剧院里，舞台上正在热情上演着白井铁造的时事讽刺剧《流浪艺人》。据称这座剧院的理想是将"逐渐被一部分阶级垄断的现代戏剧和剧场重新归还到民众手中"。十二月是雪组的公演，不过作为岁末的答谢，又特别加入了各组联合表演的《流浪艺人》，因而俊夫才有幸看到了年轻的苇原邦子扮演的皮埃尔。而且舞蹈也相当不错。虽然这个时代的女性大多是萝卜腿，但关西并没有"舞蹈演员的服装必须盖过膝下三寸"的不识趣规定，因而以大胆的服装弥补了演员身材的缺陷。加上剧院本身足够大，远远看去只会看到流畅的动作，短腿一点都不显眼。

俊夫决定乘坐"超特急燕子号"回东京。在梅田站的月台上看到C53型蒸汽机车动力十足的雄姿时，终于感到回程不用那么提心吊胆了。事实也的确如此。坐在车里，俊夫完全不知道它是什么时候启动的。电力机车怎么也做不到这种平稳的发车。而且，自大阪出发后用了八小时二十分，一分不差地到达了东京站。

12

包工头在收音机里学到了"非常时期"这个词，看起来特别喜欢，经常乱用一气。小祖宗缠着他要玩具的时候，他会说"非常时期忍耐一下"，转头不予理睬；房东过来催房租时，他也会挠着头说"毕竟现在是非常时期"。这个词确实比"不景气"更有分量，而且对方居然也都接受，真是有意思。

俊夫去大阪期间，包工头在站前搭了个小摊，贩卖正月里用的草绳饰物和轮饰，但是到了除夕的晚上，他又把那些东西堆在大车上带回来了。老板娘惊讶地问"怎么剩了这么多"，包工头回答说"因为是非常时期"。到底是因为非常时期所以卖不出去，还是因为非常时期所以要带回来隆重地装饰自家，俊夫搞不明白。总而言之，包工头夫妻飞快地把卖剩下的东西都用来装饰自家了。

从各个房间到厨房、厕所，所有地方都钉上了钉子，挂上了草绳饰物，大门外则挂上了带有伊势虾的绚烂轮饰。这些饰物标价五元，进货价七十五分。神龛和荒神的注连绳也换了新的，分别还奉上了三寸供饼。包工头从壁橱里拿出白木做的三宝[1]，老板娘跑进厨房，拿来一块二尺长的镜饼。包工头念叨着"芒萁""橙子"，从老板娘手里接过这些东西，随手装饰在三宝上。老板娘可不像外科手术的护士那么安静，每次递东西的时候都要解释几句"这个橙子已经蔫了""好柿饼都让小祖宗吃掉了"，搞得性急的包工头很不耐烦，嗓门越来越大。也多亏此举，被旁边的大年夜荞麦面吸引着，奋力和睡魔战斗的小隆和小祖宗总算没有睡着。

即将十二点的时候，所有饰物都放好了，大家全都聚到客厅里，吃着大年夜荞麦面，听着除夕钟声的广播。今年是首次转播除夕钟声。两者都在十二点开始，所以也是包工头一家第一次能够一边吃面一边听钟声。

包工头连一张贺年明信片都没写，不过要趁着立松[2]的这段时间，去给所谓的熟人登门拜年，所以正月里包工头忙得不可开交。每天晚上都是过了十二点才回来。第二天也必须在吃年糕之前喝点解宿醉的酒才行。

在开镜[3]的十一日，豪气万丈的包工头终于也撑不住了，说了一句"脑袋快要炸了"，一头睡倒。这天包工头本打算把镇上的松饰和草绳圈都收集起来，于是俊夫对老板娘说，"我替包工头去吧"。他本以为老板娘会说"老爷可不能做这种事"，结果没想到老板娘说"哎呀，那就麻烦老爷了"，给他拿来了包工头的

---

1 三宝，又称"三方"，日本神道教庆贺新年时用于摆放镜饼等敬神供品的木台。

2 立松，日本新年习俗，指布置新年装饰到收起装饰的这段时间，一般是一月七日至十五日，各地略有不同。

3 开镜，日本庆贺新年的仪式，将正月期间供奉神明的镜饼取下食用。

和服短褂。

"一直闷在家里对身体不好，偶尔也该出去晒晒太阳。"

店门前已经有两个身穿同样的和服短褂的小伙子准备好板车等着了。

"老爷，辛苦你了。"

两个人都是抬高时间机器那时候见过的，不过今年还是第一次见。看起来包工头应该到处说过"我家年轻老爷的那位遭了火灾"，元旦以来都没人向俊夫道过新年快乐。

"老爷仪表堂堂，和服短褂正合适。"

矮个的小伙子跨过车把，一边把它抬起来一边说。另一个人笑道"没错"，来到后面推车的位置。

"从最远的地方开始吧。"

俊夫行使代理包工头的权限下令。在搞清楚小伙子们说的是不是恭维话之前，尽量别见熟人。

"路上小心。"

在老板娘的目送下，俊夫跟在车旁出发了。板车的轮子在结冰的路面上"嘎吱嘎吱"响个不停，引得路上行人纷纷侧目。俊夫夹着双臂，让和服短褂看起来不至于显得太短小，走到拉车的小伙子旁边，大声和他说话。

"那个什么，"他放眼望向田野尽头，寻找话题，"建了好多房子啊。"

"是啊，"拉车的接过话，"今年大概要忙了。"

"嗯，大概要忙了吧，今年。"

大车总算走过了有熟人的范围。俊夫恢复了平时的语气，突然间急切地问：

"你们真的会忙起来吧？"

拉车的抬头看看俊夫，笑了。

"老爷也要当心哦，不然每天都会被喊出来帮忙的。据说包工头接到了好多活儿。"

"是吗，那可太好了。"

那就没问题了，俊夫想。今年夏天，自己就可以安心回到那边的世界去了。包工头只要有工作就会努力去做，老板娘一家的前途肯定一片光明。

小隆说他将来要成为平贺造船中将那样的人。他肯定能拿到奖学金，也肯定能上大学。虽然那时候会爆发太平洋战争，但工科学生可以免于征兵，不用担心。

小祖宗的第一志愿是成为东乡元帅，第二志愿是做公交车司机。实现第二志愿还是没问题的。

俊夫本来打算在回到那边世界的时候，把剩下的钱都留给老板娘，不过看来没这个必要。用那笔钱给伊泽启子买份礼物吧。

昭和八年的特产是什么呢，俊夫想。这个世界有而那个世界没有的东西……鱼籽怎么样？多买点，把时间机器塞满，回去肯定能大赚一笔。

回收草绳圈的板车以大约五公里每小时的速度前进，不久便来到了去年时间机器抵达的空地旁边。

俊夫停住脚，环视这个充满回忆的地方。这里的杂草都清理干净了，很是整洁，到处都打了木桩。

"我说……"

俊夫朝小伙子们喊。由于俊夫面朝空地叉开腿站着，所以小伙子们似乎以为他要小便，把板车拉开四五间的距离，停下来等他。

"……那些木桩是干什么的？"

"哈哈，"拉车的说，"这里也要盖房子了。"

"果然啊。"

俊夫重新望向空地，蹲下来目测木桩的位置，然后又匆忙去追板车。

"这边的地主叫什么来着？"

"这个……"

推车的问拉车的。

"是平林啊。"

拉车的说。

"是吗？你认识那个平林吗？"

"嗯，前几天还和包工头一起去拜访过。"

"在哪儿？在这附近？"

"嗯，从地藏菩萨那边拐过去，第三家……怎么了？"

"哦，"俊夫看了看两个人，"我想起有件急事，剩下的就拜托你们了。"

按照苹果事件的方式，即使放着不管，应该也会有个结果。不过同时，俊夫自己也可以主动解决问题。万一那块土地上盖起了房子，那么今年夏天时间机器来的时候，撞上房子就糟糕了。实在不能放着不管。

来到平林的府上，女佣正要去摘草绳圈，俊夫赶忙说明，板车还有一会儿才来，请求见见主人。

在日式房间改造的接待室等了大约五分钟，平林来了。他长得和尼安德特人一模一样，不过穿着打扮很得体。他拿了一根桌上的"飞艇"香烟叼住，还递给俊夫一根。

俊夫谢绝了，他直接说起了自己的来意。

平林盯着电暖炉的火，用第二根火柴棒掏着耳朵，随声附和。

"这样的话，"他说，"在那边前面一点的地方，我还有块地。把那块地卖给你吧？"

"不，我需要的就是那边。只能是那边……多少钱都可以。"

根据报纸上的广告，就算是繁华地区的住宅地，每坪也不过十元。梅丘这种地段，再贵也贵不到哪儿去。

于是平林脱了拖鞋，盘腿坐到沙发上。好像只有这样他才能思考。

他抬头望着天花板，嘴里嘟嘟囔囔了一会儿，终于转头对俊夫宣布计算结果。

"每坪一百……全部三万元。"

第二天早上，包工头去了平林府上谈判，把价格谈到两千元。

"要我说，就连两千元都高了，那个乡巴佬跪在榻榻米上一个劲儿地求我不能低于这个价……"

看来包工头多少展示了一点自己的实力。

"不过，老爷你可真有眼光。那块地很不错，接下来会不断涨价的。"

几天后完成了登记手续，俊夫立刻前往那块已经属于自己的土地，把木桩全都拔了出来。到这时才算放下了一颗心。不过在白木屋的火灾之后又出了这次的事，让他不得不更加谨慎起来。

俊夫决定每天都认真读报纸，连再小的角落都不放过，收音机的新闻也一条不漏。这样一来，他就没时间做别的了，不过反正没别的事做，无所谓了。

俊夫已经不想取得弱电相关的专利了，对悠悠球也失去了兴趣。他并不想永远住在这个世界。如果八月时间机器来了，他就要不惜一切代价坐上去，马上回到那边的世界。手头的生活费足够用到那个时候。

一月二十九日，荒木陆相出演有声电影《日本的非常时期》，展现了大狮子吼。

一月三十日，在去年年底的大选中成为第一大党的纳粹党党魁阿道夫·希特勒就任德国元首。

听到这条新闻，俊夫忽然想起一件事，他问小隆：

"你知道东条吗？"

"东条？啊，是那个陆军大佐？"

"哎，东条是大佐了？"

"嗯，他是参谋本部的课长。叔叔知道他？"

"知道一点……不过小隆你连他在参谋本部都知道啊。"

"因为东条就住在学校旁边啊。"

"是吗，他住在太子堂？"

"叔叔你不是知道吗……"

"不……小隆你的学校那么远，每天真是辛苦啊。"

"据说明年这附近会建学校。因为人越来越多了。"

"那太好了。这么说来，这一带盖了不少房子啊……啊！"

"怎么了，叔叔？"

"我想起一件急事，出去一趟。"

俊夫穿上包工头的木屐，冲出店门。

来到自己的所有地，果然看到紧邻的空地上聚集了一群打夯老婶，正在打地基。肯定是为了盖房子。

最晚三个月后，那边就会盖起房子，会有人搬进来住。那么到八月份时间机器来的时候，从那房子里可以看得清清楚楚。

必须弄一个遮挡视线的台子，俊夫想。不然的话，去年招来警察的乱子又要重演。

俊夫在空地中央抱起胳膊，正在构想怎么建台子，背后传来一个粗哑的声音。

"老爷，你怎么在这儿？"

回头一看，包工头站在十间开外的二层房子的房顶上。他曾经说自己年轻时是爬梯子的冠军，现在站在只有框架的房顶上也是泰然自若。

俊夫意识到台子不行，从上面能被看到。他又抱起胳膊，仰天思考。

包工头好像手上没什么事，很有耐心地等着俊夫的回答。过了两三分钟，俊夫一招手，他便飞快跳下，跑了过来。

"包工头，其实我想在这里盖间房子。"

"没问题，出租的是吧，交给我吧。"

"不，不是出租的……"

机器不会从上面或者旁边飞过来，而是突然出现的，所以只要在它出现的地方修个仓库就行了。但俊夫不记得机器的准确位置，所以必须建一个大仓库，留出足够的空间。

俊夫在地上画了一张图解释。包工头和上次一样，没有多嘴追问盖来做什么。

"长宽各五间，这种尺寸还不能修柱子，有点难办啊。"

"不行吗？"

"我搞不定。老爷你等我一会儿。"

包工头跑到附近的建筑工地，喊来了工程师。

"这是要建体育馆吗？"

手里拿着折尺的工程师问。包工头好像宣传过头了。

"不，是研究室一类的房子，最好能有三十坪左右的面积。"

"那可以建成圆形的吧。"

"嗯……"

确实，那样比较好。

"这样的话，参照两国国技馆的样式就简单了。房顶做成半球型，也就是圆顶的……"

二月二十一日，收音机里播放了驻日内瓦的国际联盟日本代表松冈洋右的讲话《从日内瓦到日本》。虽然噪声很大，但还是能听出松冈洋右相当兴奋。

然后在二十四日，日内瓦的国际联盟大会根据李顿报告，以42对1（一票弃权）的结果通过了要求日军撤离满洲的决议。松冈代表愤然退场。

二月末，工程师拿来了圆顶房的设计图。

钢筋混凝土建筑，和及川府的圆顶房丝毫不差。所以不用担心，地板肯定高出地面一米。

"很好，就请照图纸建吧。"

工程总报价约四千元，拿出俊夫的全部财产也还差了一点。但圆顶房又不能不建，俊夫只能以五百元的价格把达特桑卖了。

俊夫急于开工。八月只是俊夫的推测，说不定时间机器来得会更早。

三月中旬，悠悠球开始流行，但不是佐渡屋的产品。虽然本来也估计到了这种情况，但还是很失望。

三月二十七日，临时枢密院全体会议通过了退出国际联盟的通告书，同日，内田外相将通告书致电德拉蒙德秘书长。这一天同时还发布了诏书，斋藤首相的告谕也公布在官报号外上。

四月十日，京都帝国大学教授泷川幸辰的著作《刑法读本》遭禁，文部大臣鸠山一郎还要求京大的小西校长将该教授停职。

"老爷、老爷、老爷！"

四月的最后一天，包工头连声叫唤着冲进俊夫的房间。

"怎么了、怎么了、怎么了？"

俊夫说。即使身无分文，他也没有忘记幽默精神。

但包工头根本没有笑。

"现在可不是说笑话的时候啊，老爷，糟糕了！"

"怎么了？"

"红纸来了。"

"红纸？"

"征兵令啊。征兵令来了。"

"哎，给谁的？"

"什么给谁的，就是给老爷的啊。"

"给我的……"

"给中河原传藏的。"

"中河……我？真的？"

"是真是假，你自己看。"

"哎，这……临时征兵令……"

"老爷，恭喜你了啊！"

13

中河原传藏是预备役陆军步兵一等兵。

227

最近完全没听说有什么征兵令的消息。前年满洲事变的时候，东京倒是也派了很多士兵出征，但后来事变告一段落，光靠现役军队就够用了。然而现在征兵令突然发给了中河原传藏，肯定因为他是共产党，带有惩戒的意思。

但现在俊夫就是中河原传藏。真正的中河原传藏已经不是中河原传藏了。

知道俊夫不是中河原传藏的只有真正的中河原传藏、包工头，以及俊夫自己。连老板娘都以为这是俊夫的本名。

真正的中河原传藏已经销声匿迹了。能证明俊夫不是中河原传藏的只有包工头了。

"既然这样，老爷你就报出自己的真名吧。估计拘留几天就没事了。"

但在这个世界，自己的真名已经另有所属了，这才是他为难的地方。

俊夫翻来覆去检查征兵令，想看看有没有能让自己逃脱的漏洞。

大大的红色印章上印着"步兵第十五旅团司令部"。征兵部队是"步兵第三〇连队"，到达地是"高田市"，传藏的原籍。到达日期是"昭和八年四月十八日下午一时"。最晚明天晚上必须从上野坐火车出发。征兵令上还有"旅客车费后付证"的附录，让俊夫不能以没钱坐火车的借口拒绝。

征兵令右上角画了"◎"提示注意事项，写的是"务必熟读背面记载的事项"。俊夫当然照做。

里面有一项"应征人员发生意外情况时的处置办法"。就是这个，俊夫想。

一、应征人员因故不能在指定时间到达指定地时，务必依照下述规定办理手续：

A. 患有疾病者……

来到这个世界后，俊夫连感冒都没得过。"突然生病"这个理由怎么也说不过去。

B 和 C 说的是交通中断无法抵达的情况。然后就是"除前述情况外，不得延期抵达"。

不过，第三项的说明好像可以做点文章。

三、应征者应征后导致家属（仅限于应征者本人是户主且有家属要抚养时）不能维持生活时，需经市区町村及警察署长向征集部队长提交免予征兵的申请。

俊夫现在身无分文。所以如果有家人，显然家人无法维持生活。俊夫开始后悔以前老板娘来给说媒的时候自己拒绝了。

这样的话，只剩下逃亡一条路了。和真正的中河原传藏一样销声匿迹。

去三原山伪装跳崖，然后隐姓埋名怎么样？自从今年一月，实践女校的学生投身三原山火山口自杀以来，三个月里共有六十多人跳火山口，也成了一种流行。说不定伪装自杀还真能行得通。

但是销声匿迹之后又怎么办呢？身上的钱只剩下四元七十分了。

而且如果俊夫失踪了，宪兵和警察肯定会来包工头家里严加搜查。八月以后，如果有人来调查传藏名下的圆顶建筑，很可能还会波及伊泽老师和时间机器。

俊夫手里拿着红纸发呆。包工头拍拍他的肩膀，安慰他："反正战争马上就要结束了。最多一年就能回来了。"

战争不可能马上结束的。但和太平洋战争时期不同，这个时代的人还没有长时间服役的概念。俊夫……传藏这样的预备役一般会被分配去热河一带驻守，最多两年就回来了。

"老爷，打仗的时候尽量躲到后面，别让子弹打中了。"

"嗯。"

等自己一回来，马上跳进时间机器就行了。只要有时间机器在，什么时候都不晚。

那天晚上，包工头举杯，大家吃了一顿愉快的大餐，祝愿俊夫武运长久。

"老爷，别忘了护身符啊。"

老板娘下午在周围的神社寺院跑了一圈，搜集了一大堆护身符。

小隆建议说："我在报纸上看到本多光太郎博士发明了防弹衣，买一件带走吧。"

小祖宗说，俊夫可以把自己最珍爱的铁皮军舰带走。

"老爷，这边你不用担心。圆顶房子那边我会每天盯着，等你回来，肯定打扫得干干净净。"

包工头的声音有点哽咽，他赶忙又说："这芥末可真辣。"

俊夫一边帮小祖宗夹鲷鱼，一边说：

"大概七八月份的时候，可能有位外国朋友会来。"

"外国人？"

"嗯，以前照顾过我的人。那座房子也是给他准备的。所以如果他来了，就请把他安顿在那边。另外他不会说日语，估计有很多不方便的地方，还要托你们照顾了。"

"知道了。既然是照顾过老爷的人，不管是外国人还是什么人，我们绝对都会好好照顾，不会让他感觉到一点点不方便。请放心吧。"

包工头拍着胸脯保证。

这时候俊夫突然意识到，难怪自己刚来到这个世界，第一次看到包工头的时候，会觉得他有点眼熟。原来包工头就是在昭和二十年经常出入伊泽老师的住处，还去参加了老师葬礼的那位老人。

0

1

明治中央政府创办西式军队时，曾在装备、训练等所有方面都效仿法国陆军。但后来法国在普法战争中战败，德国称霸欧洲，于是明治十八年，军队又迅速切换到德国模式。所以明治十九年制定的日本陆军军服，将校服装都配有肋骨饰带，显得更加笔挺威风。

在经历了日清战争[1]、日俄战争两场胜利后，至少日本陆军自认为已经是世界上最强的军队了，因而不再需要模仿，转而采用起日本陆军自己质朴刚健的制服制帽。

不过在昭和十年，偕行社一带的商店都在大量销售前部竖直、帽檐很小的纳粹式的怪模样军帽，以及大腿部分朝左右张开、显得有些不正经的奇怪马裤。这些受到一部分青年将校的喜爱，但普通士兵的制服制帽只是简单的人体外包装，和"设计"两个字完全不沾边。很多传言都说，在帝国陆军里，这种包装要比里

1　即中日甲午战争。

面的内容更重要。其中有个故事说，有一条明治时期的被服厂缝制的内裤经历了好几位主人，一直到太平洋战争结束时还在被使用，至少这不是杜撰。帝国军人的服装用的通常都是最结实耐穿的布料。

所以在衣料短缺的时代，特别是战后数年，很多人都会把帝国陆军的军服当作工作服、上班服来穿。昭和二十年、二十一年左右，军服成为日本最流行的服装。即使到了昭和二十二年、二十三年，军服依然占据着工作服的王座。

昭和二十三年一月末，新桥全线座[1]前的河边聚集了几位身穿各式军服的年轻人。

和新桥站、有乐町站前的擦鞋工不同，他们都是修鞋的，面前放着修鞋的工具。除了工作的时候，其他时间都站在马路上。这是为了抢先招揽到顾客。

一个穿着航空队半筒靴的男人正在和他们说话。那人很罕见地穿着一件手织粗呢上衣。

"这西服很不错啊，多少钱？"

"五千元呢！今天没钱吃饭了。"

穿西服的男人双手插在裤兜里，身体冷得直哆嗦。他朝四周看了看，然后大步走到马路中间。

从土桥方向走来一个顾客模样的人，和大多数人一样穿着军服，个头很高，满脸胡子。

西服男双手依旧插在口袋里，挡住他的去路。

"大叔，你的鞋子需要钉前掌了，我来给你弄吧，二十元怎

1　全线座，电影院名，一九三八年开业，一九七八年闭馆停业。

么样，大叔？"

穿军服的高个子停了一下，随即绕过对方的身体，平静地走开。

西服男想要追，不过又改了主意。

"哼，穷酸老头，二十元钱都没有。"

五十多岁的高个子大概涵养不错，听到西服男的咒骂，并没有回头。骂人的家伙对于这种和自己父母年纪相仿的人最没办法。

高个子把头上的战斗帽压得更低，来到银座大道，朝四丁目的方向走去。他一边走，一边环顾四周，脸上毫无表情。这肯定是由于长年军队生活的锤炼。

战后第三年，银座大道已经不再是断壁残垣的废墟。老字号也好，朝鲜人和中国人的店也好，都从黑市搞来木料，想尽办法勉强维持着门面。

皮包店里陈列着轻合金的手提箱，还有人造纤维制成的皮包。鞋店前面的木制凉鞋琳琅满目。面料店的橱窗里却什么都没有，只有正中间放了一块告示牌，写着"向持有特殊面料票的顾客配发法兰绒和漂白布"。

资生堂的拐角处，一位大婶身穿三年前缝制的劳动服，在卖彩票。虽然挂了一块牌子，写着"一等奖一百万元，还有两天开奖"，还画了同心圆强调，但路上的行人大概都买了战争期间的国债，吃够了政府的苦头，导致大婶的生意冷冷清清。

不知道是不是想从空袭摧毁银座的罪魁祸首——美国兵们手里多榨点钱，相机店和珠宝店都挂上了英文招牌，写着大大的GI NO TAX（美国兵免税）。其中一家店门前，两个身穿西服、明显是中国人的男子正在用中文高声交谈。

有一家商店仓促粉刷了烧毁的建筑，里面摆上佛像和石雕。

除了室内一幅"月落乌啼……"的挂轴外，再没有一个日文字。

松坂屋旁边是"银座之洲夜总会"的大招牌，下面用不逊于招牌的大字写着"日本人禁止入内"。

高个子一边走一边看着招牌上的文字，突然跌倒在地。他和正面走过来的美国士兵撞上了。美国兵的个头和高个子差不多，但体重估计是他的三倍，怀里还搂着一个身材矮小、举止优雅的日本女人。

摔在地上的高个子，一下子爬不起来。

日本女人低头看着高个子，叫了一声"God damn!"，她大概以为"God damn"就是"哎呀糟糕"的意思吧。

美国兵甩开女人的手臂，把高个子扶起来问："大叔，没事吧？"

高个子鞠了个躬，说了声"Thank you, sir"，然后拍了拍身上的灰，走了出去。大概觉得再看下去也没什么意思，这次他径直走向宪兵正在指挥交通的四丁目路口。

两点左右，高个子复员兵在银座四丁目乘上通往茅场町的都营电车，等到在小田急线梅丘站下车时，已经过了傍晚五点。

不知什么时候，他已经把胡子刮得干干净净，突出的颧骨非常惹眼，更显得他身材高大了。

他走出检票口，在急着回家的上班族的推搡中四下张望。直到上班族都走空了，他才终于上路。

他拐过好几处拐角，用坚定的步伐走了几分钟，然后脚步逐渐变得沉重，最后终于停了下来。他咂了咂嘴，往回走了大约一百米，走上另一条路。

出站大约二十分钟后，高个子站在了一户人家门前。

那是一幢很奇怪的房子。左半部分古色苍然，右半部分是崭新木材建起来的。高个子的视线主要在查看左边的部分，然后走向中央处崭新的玄关。他抬头看看门牌，点点头，拉开玄关的门。

"请问有人在家吗？"

他探头进去说。红色凉鞋旁边靠着劳动胶底袜，放在下方的地面上。

"来啦。"有人应了一声，隔门拉开，一个五十多岁的女性探出头来，"我们家还有米。"

女人说。

但是高个子整个身子都进了玄关。

"老板娘，是我。"

他反手把门关上，说。

女人一脸惊讶，然后突然瞪大了双眼。

"啊，老爷。"

她叫了起来。

高个子双脚"啪"的一声并拢。

"中河原传藏，复员回来报到了。"

2

客厅几乎没什么变化。

碗橱、神龛，都是十五年前的样子。由于神威不再，神龛上积满了灰尘，下面的长火盆却擦得锃亮，显露出再过五年即可被指定为国宝的威严。

"老爷，这么多年辛苦了。"

不知道在里面做什么的包工头停下手里的活，走出来，摘下头巾，露出头发已经全白的平头，叩在崭新的榻榻米上。

"真是太久太久了，"老板娘一屁股坐下来，她倒是只有大约五分之一的白发，"本以为最多两年，结果把你到处派……像老爷这么好的人，竟然被上面的人盯上……"

"行了行了，快去给老爷倒茶。"

"唉，这就去，"老板娘欠身起来，"不过，总算平平安安回来了。去年收到收容所的消息，大家都说太好了太好了……老爷你该先说一声，我们也好去接你。"

老板娘终于站起身来，正要出去，厨房侧边的拉门开了，一个年轻姑娘走了进来。

中河原传藏看看包工头的脸。那姑娘一点都不像包工头，也不像老板娘。而且怎么看都超过十五岁了。

"小隆的媳妇，"包工头说，"去年春天结的婚。哎，我说还早，小隆那小子，偏要娶她进门。"

小隆的妻子满脸通红，把茶碗放在传藏面前。

"请用茶。"

只见动了动嘴唇，几乎没听到声音。

传藏将上身弯了十五度道谢，又问包工头：

"小隆工作了吗？"

"去了电机公司，现在刚好在出差……他说什么时候回来？"

"明天回来。"

小隆的媳妇回答说。她的脸又红了起来。

传藏看了看以前自己组装的收音机摆放的地方。那边现在放着另一台收音机，但只有底盘。他正想起身走过去，旁边房间突然传来叫声。

前兵长传藏立刻警觉起来。不过仔细听来，发现是婴儿的哭声。

老板娘的动作比小隆的媳妇还快。她的身影一消失，旁边房间便传来她的声音。

"哦哦，好了好了，马上给你换尿布。"

随后小隆的媳妇好像也赶到了，开始给孩子喂奶，隔壁安静下来。但紧接着，玄关又传来"轰隆隆"的声音，门被粗暴地推开，跟着是粗粗的一声"我回来了"。话音未落，拉门就开了。

"啊，累死我了，今天的棒球……"

闯进来的高个小伙子看到传藏，一下愣住了。

传藏飞快计算了一下年龄，才明白这个年轻人就是小祖宗。

为了解开小祖宗的迷惑，包工头和他解释。

"你还记得吧？这位是中河原老爷，刚回来。"

小祖宗抓住菱形制帽脱下来，坐到榻榻米上，低头行了个礼，然后眨着眼睛，全神贯注地检查起拉门的图案。

"良文，"包工头说，"你去黑市买点酒回来。"

"嗯。"

小祖宗立刻站起来，朝厨房走去。

"白长了这么大的个子，连好好打招呼都不会，"包工头瞪着厨房的方向说，然后突然重新坐直，盯着传藏，"老爷，我得向你赔罪。"

"赔罪？"

"那位住在老爷房子里的老师啊，遭了空袭，过世了……老爷大概不知道，他有个养女，也在空袭里……"

"……"

"我本来应该多照顾照顾他，不过那位老师有点赤化，上头隔三岔五就会来调查，所以我也不敢和他过分接近……但是现在看来，那位老师真是料事如神。偏偏我还和那些喜欢嚼舌头的人一起骂他卖国贼……真是太对不起了，是我不对啊。"

包工头又带上了哭腔。

"算了，也没办法，运……运气不好啊，肯定是。"

"唉，真是太对不住了。而且葬礼还是住在旁边的滨田家帮忙办的……我陪老爷去一趟寺院吧。"

就在这时，老板娘用围裙擦着手回来了。

"老爷，洗澡水马上就烧好了。老公啊，那件事也告诉老爷吧。"

"别吵，我正要说呢。老爷，其实还有件事要赔罪。"

"……"

"那位老师过世以后，老爷那块地，有人非要住，我只好租了。"

"租了？"

"真是对不起，不过好在……"

"是谁？租给谁了？"

"名叫及川。"

"及川？"

"嗯。"

"是吗，及川啊。"

"嗯，那人非要住下来不可，我只好答应让她先住着，但是老爷回来就要……"

"没事，是及川就行。"

"咦，老爷你认识及川？"

"嗯，算是吧。"

"是吗？哎，这样啊，哎呀呀。"

不知道为什么，包工头一个劲儿地感叹。

3

第二天早上，中河原传藏时隔十五年终于又尝到了加了甜酱的味噌汤。

为了在每天早上的餐桌都摆上这个甜味噌汤，老板娘每个月都要背包跑一趟深川的味噌店。

"电车太挤了。上次被人挤到，味噌都从背包里挤出来了，然后后面的男人说这味噌闻着不错，还问能不能拿他的红薯和我换一点。"

话说到一半，隔壁房间的婴儿哭了起来，老板娘马上奔了过去，到最后也不知道汤里的红薯是不是在电车里物物交换来的。

传藏按照多年来的习惯，把酱汤一滴不剩全喝到肚子里，省去洗碗的工夫，朝大家点点头，站起身来。

"我吃饱了，去附近散散步。"

甜味噌汤的味道直接唤起了传藏十五年前的记忆，让他能和当年一样直接走去圆顶房所在的自家土地——只拐错了一个弯。

圆顶房表面浮现着奇怪的纹理。三年间的雨水还没有完全冲刷掉战争期间的劣质迷彩。

圆顶房前面并没有建起那幢时尚的及川府。前面空无一物。也就是说，及川应该住在圆顶房里。

入口的台阶旁边放着一个有裂纹的圆形陶炉，缠着铁丝，倒在地上。一根绳子一头系在大门顶上，另一头系在四米开外的杆子上，绳子中央晾着内裤和衬裙。风很大，传藏不得不绕道走到门前，免得遭到衬裙下摆的攻击。

当年为了节省开支，这扇门用了最便宜的材料，现在清漆已经剥落，木头开始腐烂了。传藏小心翼翼地敲了敲门，等了二十多秒，然后稍微加了一点力气又敲了敲，门发出不堪重负的嘎吱声。

里面传来女人的声音："来啦——""啦"字咬得很重，像是暗含着"已经听到了"的抱怨。她好像正在过来的途中，门很快就开了。

看到探出头来的女性，传藏吃了一惊。如果不是在战场上经历了各种事情，他现在肯定吓得跌坐在地了。

那正是自己贴在战俘营床头的照片上的人。绝对没错。他为了说服自己，下意识地念出声来。

"小田切美子……"

"对，是我。"

对方不耐烦地说。身为电影演员，她大概早就习惯了这种情况吧。

"……你有什么事？"

"啊，"传藏终于回过神来，"我……我是这里的房东……"

"啊，您就是，中河原先生……"

小田切美子赶紧收起开门前挂在脸上的责备神色。

"真是失礼了。快请进……"

圆顶房里用高约两米的隔板隔成了几个房间。传藏被领到其中一个类似会客厅的地方。

"用人出去了，您要喝点热……"

"啊不，那个……"

传藏努力想从记忆深处找出"请不用张罗"这句话的说法，想要在十五年后首次用上，但已经错过了时机。他无奈只得坐在弹簧盒子般的沙发上，打量起会客厅。

地上铺着古朴的绒毡地毯，隔板拐角处放着战前 RCA 产的

2A3 双推电子留声机。不过这台机器似乎并没有被使用，盖子上摆着小田切美子年轻时候的照片，还有一台带有自动换面功能的小型留声机。旁边的唱片盒也是一样，在塞满 SP 唱片的盒子上面，裸放着几十张美国兵用的 V-Disc[1]。

房间里光线昏暗，传藏站起身走过去细看美子的照片。美子身穿露肩晚礼服，露出勉强的微笑。看到她的打扮，传藏忽然感到身子发冷。混凝土圆顶房里冷飕飕的。这么大的空间，烧那么一点黑市的炭，根本无济于事。传藏后悔当初没把窗户孔开大一些。

外面传来脚步声，传藏赶忙坐回到弹簧箱上。

"没什么能招待您的……"

传藏鞠了十五度的躬，看了看美子放在桌上的托盘。里面放着倒了咖啡的杯子，还有装满白砂糖的壶。明星果然不一样，传藏深感钦佩。

"听说中河原先生去了菲律宾……"

"对，我昨天刚复员回来。"

"哎，这样啊。那应该我去拜访您，还劳烦您特意过来……"

传藏回了十五度的礼，美子向传藏的咖啡杯中加了两大勺糖。

"请趁热……"

传藏又弯了十五度，拿起杯子。凑到鼻子下面便闻出那是在收容所里喝过不知道多少次的美国产咖啡粉。

传藏喝了一口，放下杯子问：

"您丈夫去工作了？"

"啊？"

1　V-Disc，第二次世界大战期间美国政府派发给美军的唱片，"V"取自"victory"（胜利）的首字母。

美子露出诧异的神色，于是传藏改口说：

"及川先生……"

"您说的及川就是我。有什么事吗？"

"这……"

"及川是我的本名，及川美子。"

"……"

"哎呀，我是单身啦，老姑娘。"

"老……"

传藏满脸通红，赶忙拿起杯子把咖啡一饮而尽，然后放下杯子的时候，想到一个问题。

就在这时，美子说：

"那个，关于这房子……"

"哎？"

美子先发制人，传藏吃了一惊，不过随即又意识到现在提出自己的问题也不算唐突。

"……冒昧问一下，及川小姐的家人？"

"只有我和女佣两个人。不过眼下正是住房紧缺的时候，马上去找房子也有点……如果能容许我再住一段时间……"

"不不，没关系，您就请住在这里吧。我希望及川小姐一直住在这里。"

"哎，真的吗？那太感谢了，帮了大忙了。"

美子大喜过望，频频低头道谢。

但是传藏却盯着墙壁喃喃自语。

"是吗，只有您和女佣两位吗……"

"嗯，"美子急忙收起笑脸，"虽然房子很大，但是隔板是我装的，如果再有其他人住进来……"

244

"不不不，"传藏反应过来，急忙说，"我不是要让别人住进来，请放心。只是，那个……都是女士，是不是有点不安全……"

"没关系的。这是混凝土的建筑。"

"是吗。不过，您也可以让亲戚什么的住进来，完全没问题的，请随意。"

"啊，谢谢。不过，我一个亲戚都没有呀。"

"是吗，没有亲戚？"

传藏又紧盯着墙壁。

"嗯，再给您倒杯咖啡吧。"

"不，不用了，"传藏伸手盖住杯子，"我这就告辞了。"

"再坐一会儿吧。"

美子频频挽留，不过传藏说"我还有点事"，站起身来。

美子一直送他到烧毁的门柱旁，目送他离去。

"下次一定再来玩呀！"

传藏告诉及川美子自己有事，这是真的。而且那件事就在包工头家的壁橱里。

从圆顶房回来，传藏从里面房间的壁橱里取出行李。其中有他过去穿过的所有西服和内衣。每年老板娘都会把西服拿出来阴干，还放了卫生球，所以一点虫蛀都没有。除了粗呢上衣，其他的只穿了半年左右，都还能穿，而且裁剪采用的是原来世界的风格，所以并不过时，足够应付眼下了。传藏松了一口气。

行李底下有一个打火机和一块手表。打火机的气体已经蒸发完了，不过手表晃几下之后，秒针又开始动起来。如果制造公司知道这个情况，肯定会很高兴吧，传藏想。不过，让人看到还为时过早，他又把这两样东西放回行李箱底部。

这时，包工头走了进来。

"老爷，那件衣服得熨一熨，"包工头盘腿坐下，在榻榻米上放了个东西，"我买了包烟，抽一根吧。"

和平牌香烟，藏青底色配方正灰色字的设计。

"谢谢……"

"我说老爷，接下来你有什么打算？"

"这个……"

传藏从和平烟的盒子里抽出一根叼住，又递给包工头一根。

包工头站起身，走到靠墙的桌子前。桌上摆着经济学的书和英语词典。包工头把旁边的火柴和烟灰缸拿过来坐下。

"良文那小子，真是浪费。"

包工头把和平烟夹在耳朵上，从毛线腰带里取出一个黄铜烟斗，又从烟灰缸里掏出一根大约三厘米长的烟头塞进去。

传藏用火柴把两个人的烟点上，包工头吸了一口，眨着眼睛说：

"老爷，你府上还？……"

十五年来，包工头似乎一直坚持认为传藏是被赶出家门的浪荡子。

"嗯，昨天我去看了看，父亲过世了，母亲目前料理着家事。至于继承家业……最小的弟弟应该靠得住……"

自己编得真好，传藏心想。

"这样啊，"包工头笑了起来，"那还是在我们家……"

"嗯，方便的话，还想继续麻烦你。"

"果然……没问题没问题。不过对不住老爷，还要麻烦你在这个房间和良文挤一阵子。"

"是我对不住良文。"

"没有的事。让老爷和良文挤在一起，是对不住老爷才对。

246

还要麻烦你再忍几天。我马上会在后面再盖一间屋子。"

包工头用黑市的木材搞建筑，看来生意不错。

"……总之老爷别拘礼，在我家住多久都行。以前承蒙老爷照顾，就算是报答了。"

"谢谢……"

包工头起身准备离开，走到门口又转过身来。

"对了，还有件事，老爷，别在外面乱喝酒。听说有人喝了假酒，眼睛都瞎了。搞不好这里就和前阵子的椎名町一样。"

"椎名町？"

"老爷还不知道吧。前些日子有个怪人去了椎名町的银行，给大家下毒。"

"啊，是那个啊。"

"哎？"

"叫什么来着……"

传藏记忆中的椎名町事件是三十一年前的事了。他怎么也想不起凶手的名字了。

不过包工头不再关心椎名町事件，他跑去了厨房。

"老太婆，老太婆，老爷还是……"

傍晚，出差回来的小隆一看到传藏，立刻跑过来上上下下仔细打量，看他是不是本人，然后让媳妇去黑市买东西准备给中河原传藏开欢迎会。所以当天晚上，小隆媳妇一直熬到半夜，红着眼睛听两个人促膝长谈。

小隆正如当年传藏预料的那样，靠奖学金进了大学工科，获得了暂缓征兵的特殊待遇。但他的专业不是造船工程，而是电子工程。

"多亏了叔叔让我喜欢上收音机，我必须好好感谢叔叔你。如果读了造船工程，现在早就失业了……我能进现在的公司，真的太幸运了。"

"公司效益还行吗？"

"嗯，小公司，但前景很好。而且幸亏我进了这家公司，才……"

"老公——"

小隆的媳妇在旁边埋怨了一声。她虽然只负责斟酒，但已经满脸通红了。

"原来如此，"传藏说，"确实前景很可观啊。都有这样的美女做事务员。"

"痛痛痛——"

小隆叫了起来。可怜的家伙，他好像代替传藏被狠狠掐了大腿。

然后两个人聊起了专业的话题。传藏因此对弱电领域的近况了解了很多。

战争结束后，收音机的需求急剧增加，其结果就是昭和二十一年普四型的生产中止，高一型以上的高级型号产量达到七十七万台，去年昭和二十二年达到八十万台。由于大部分采用的是军方发放的 6.3V 电子管，所以在神田的收音机一条街上，充斥着带有船锚标志的金属壳电子管，MT4B、MT3S 等发射管，还有 UY807 真空管等等。

传藏装作随口问了问，确定晶体管尚未发明出来。威廉姆森放大器以及麦金托什放大器也是一样。

传藏的脑细胞立刻活跃起来。当然，他清楚记得晶体管是贝尔实验室发明的，另外两种放大器本身也冠着发明者的名字，所以按照当年丽子的理论，他申请不到专利。不过……比如说，在贝尔实验室发明晶体管之后,对它进行研究开发,好像也可以赚钱。

小隆也是专家。他似乎从传藏的语气中感觉到了什么。半夜一点左右,在小隆媳妇眼神的再三示意下,传藏终于站起身来。

"叔叔,接下来你有什么打算?"

"打算?"

"嗯,就是说,接下来做什么。"

"哦,还没有打算。所以如果你有……"

"是吗,那就交给我吧。"

4

传藏的工作很快就敲定了。

几天后,他随小隆来到小隆工作的公司,仅仅针对他们试制的磁带收录机提出了几处改良意见,社长便脸色煞白地召集了公司高层。三十分钟后,传藏坐在木制二层楼的公司里最高级的椅子上,一份合同递在他面前。

三十多岁的社长身穿美军夹克改造的工作服,递上一支"菲利普·莫里斯"问:"能否请您担任设计主任一职,如果您乐意,明天就能上任……"传藏接过香烟,但谢绝了设计主任的职位。因为传藏记得这家公司。

几年后,滨田俊夫将会加入这家公司。而传藏遍寻记忆的角落,也不记得这家公司有位名叫中河原的设计主任。

最终,传藏被聘为公司的技术顾问,在公司外部提供咨询,条件是不加入其他公司,专利权归属公司。

"顾问费每月五千元,您看如何?"社长说。"五十元?"传藏反问了一句。于是小隆在一旁补充说:"中河原先生上个月刚刚复员。"社长说了句"那真是辛苦了",叫来财务,马上付了第一个月的顾问费。

传藏由社长陪同在公司里转了一圈,提了两三点建议后,便和小隆去了附近的红豆汤店坐下。

"小隆,真是太感谢了。过几天社长要设宴招待我,让我邀请你一起参加。"

"是吗。总之太好了。"

"啊,每个月能拿到五千元啊……"

"差不多是我工资的一倍。"

"哎,小隆每个月的工资也有好几千?"

"哎呀呀,叔叔,我不值这个价吗……"

"等等,现在的物价是多少?伙食费什么的……"

"嗯,如果只算配给,每个月的伙食费大约三百元左右。但是光靠配给当然不够……要想偷偷吃一顿好的,一次总要两三百。这世道就这么奇怪。"

"哎,那,比方说大学生的学费,一个月大概多少钱?"

"授课费涨得不多,不至于太困难。书本费大概会多花一点,算下来一个月学费一千元也足够了吧。叔叔怎么问起这个……"

"嗯,实际上我认识一家人,母子相依为命,母亲一个人操持一家理发店。昨天我装成客人去看了看,又打听了一下,才知道儿子今年中学毕业,想上大学但是出不起学费……"

传藏因为每月五千元的收入而兴奋,很想倾诉一番,但还是拼命忍住了。

"所以我想赞助他上学。他是个喜欢摆弄收音机的孩子。"

"哦,那我可不能袖手旁观,把我也算上吧。"

传藏出了红豆汤店,和还要回公司的小隆道别,进了公用电话亭。他打给查号台，问了某个中学的电话号码，拨号过去，说了将近二十分钟，然后又去文具店买了信纸和信封，拿着去了邮局。邮局备的笔太小，很难写，他用了半个多小时才写完四页的信。邮局的老姑娘员工歇斯底里地嚷嚷"邮局可不是写信的地方"，传藏回答说"我知道，我是来汇钱的"，然后办了手续，把汇票和书信一起装进信封，又请那位歇斯底里的姑娘办了挂号。

国营电车站就在邮局旁边，传藏顺路过去买了到横滨的车票。

他年轻的时候曾经想过，如果知道匿名资助自己的人是谁，一定要尽力答谢他。

此时此刻，为了践行这个诺言，他决定去南京町，吃一顿丰盛的饭菜。

5

包工头已经满头白发，老板娘的头发也花白了，小隆留了个三七开的发型。不过三个人的相貌还是保持了原样，传藏十五年后再次见到他们的时候，立刻就能认出来。

其中只有良文，传藏至今都觉得神奇，不敢相信他就是以前的小祖宗。当年他是圆脸，现在变成了瘦长脸；当年他个头将将只有三尺，现在和传藏差不多高了。

改变的不只是外表。小祖宗挂在嘴边的话题已经不再是汽车、军舰和东乡元帅了。

某天晚上，和传藏并排坐在被窝里的小祖宗抽着和平香烟，说出这样一番话：

"叔叔，你知道集体相亲吗？"

"还有这样的事啊，真是奇怪的世道。"

"明天在多摩川有一场集体相亲，我想去看看。"

"哎，可是你才……"

传藏想的是，小祖宗才十九岁，已经是个彻彻底底的战后派了。

"不是的，"小祖宗脸红了，"大学新闻部的人说明天要去采访，我才决定一起去。"

"原来是这样。你爸知道了肯定要吓死。"

"嘿嘿……怎么样，叔叔要不要一起去？"

"哎？"

"会有很多年轻女人来，里面肯定也有美女。要是有中意的，我帮你去谈。"

"我说，你别开大人的玩笑。"

"怎么是开玩笑。叔叔，你在战场上度过了人生最重要的时期，接下来应该好好享受青春哦。明天你也没什么事吧？"

"嗯……不，对了，我要去个地方。"

"是吗，那真不巧。"

把和平香烟丢进烟灰缸后，身为大学应援团副团长的小祖宗立刻打起了呼噜。

第二天早上十点左右，传藏换上了外出的衣服，离开了包工头的家。

虽然并没什么地方要去，但如果闲在家里，小祖宗就会拉自己去参加集体相亲。传藏宁肯背着炸药包冲进敌人的阵地，也不想去被一群年轻女人品头论足的地方。

新宿的帝都座正在上演克拉克·盖博和葛丽亚·嘉逊的电影《冒险》。要不要去看电影呢，传藏想。不过转念一想，今天是星期天，估计人会很多。

忽然间抬头一看，传藏发现自己已经来到了圆顶房前。

报纸的娱乐版上说，小田切美子终于结束了拍摄，目前正在自家休养。那么及川美子应该在家。

前几天告别时美子说"下次一定再来玩呀！"，那肯定不仅仅是一句客套话——传藏如此告诉自己，走到圆顶房入口处，鼓起勇气敲了敲门。

他把名字告诉探出头来的年轻女子，女子说了一声"请稍等"，便消失在里面。很快听到里面喊"房东来了"。上次来的时候，这位女佣不在家，美子肯定嘱咐过她，如果房东来了，不要赶他走。

"呀，欢迎光临。"

出来的及川美子脸上挂着笑，但那并非真心。证据就是，把传藏请到客厅，端出咖啡之后，她便换上了冷冰冰的表情。她好像认定传藏是来赶她走的。她也听说房东传藏没地方住，寄居在包工头家里。

于是传藏编了一个说法。

"我刚刚看过前面那块地。打算在那边盖一幢房子住。"

"啊，这样呀。"美子立刻笑嘻嘻地给了他一块美国产的"黄油手指"巧克力。

"啊，谢谢……我喜欢看电影，很久以前就是小田切小姐的粉丝，"传藏这次说的是实话，"所以今天想找您签个名。"

"啊……"

两个人的共同话题虽然只有昭和初期的电影，但也聊了一个多小时。当时有一部电影，有个场景是掉下来的石头把美子压在下面，听说那石头是道具，传藏才放了心。这十五年来，他一直担心美子有没有在那场拍摄中受伤。

"拍电影有各种小道具的。要不要来摄影棚看看？我领你参观。"

"啊，那太感谢了。"

去之前要做一套新衣服，传藏正想到这里，女佣进来了，说是有人来访。

"哦，好的。"

美子站起身来，传藏也跟着站起来。

"那么我就……"

"哎呀，再坐一会儿吧，"美子回过头说，"是影迷，我给你介绍。"

"啊，可是……"

站在玄关处的是一个皮肤黝黑的男人，身穿美军的军服。传藏发现他戴着中尉军衔的徽章，不由得鞠了一个十五度的躬。但是对方似乎把他当成了修收音机的，没有回礼。

"别客气，下次再来玩。"

在美子的告别声和二代中尉隔着眼镜的视线中，传藏离开了圆顶房。然后在看到门前的刹那，他情不自禁地发出一声惊讶的叹息。

"哟……"

门前停着一辆闪闪发光的新车。传藏凑过去看了看车前的格栅，脑海里浮现出"林肯大陆"的名字。

在那之后，传藏基本上以三天一次的频率拜访圆顶房。

但是能和美子说话的时间却很少。美子经常不在家，外出商谈新影片的事宜去了。即使在家，门前也会停着林肯大陆，传藏只能打道回府。

而且在和美子见面聊天的时候，林肯大陆的主人也常常会来。

第二次遇上二代中尉时，美子介绍他是"山城先生"。山城中尉伸出手来握手："叫我乔治吧。"

两个人独处的时候，美子告诉传藏，早在战前，乔治山城中尉的父亲就是美子的影迷，中尉一开始是拿着父亲的粉丝信来拜访的。

山城中尉看起来有二十七八岁。而根据电影年鉴，美子今年三十五岁，不过在美国人的眼里，美子大概只有二十二三岁的样子吧。身为美国人，山城中尉如此频繁地拜访美子，应该不仅仅是做父亲的代理，或许还有别的野心。

"前几天山城先生带我去了GHQ[1]的官方俱乐部。就是以前神田的如水会馆……二楼有个叫'宇宙尘'的房间，里面有一整支乐队，大家都在里面跳舞。房间里漆黑一片，镜面球闪耀着五色光芒，非常漂亮。"

传藏根本没有能力邀请美子去漆黑的"宇宙尘"。他从黑市搞点红薯来送给美子就已经够难的了。

6

包工头已经六十六岁了，但还是很活跃。

每周包工头都要出去一趟，出去的时候总是说"我去参拜一下观音菩萨"，传藏还感叹人上了年纪就会变得虔诚，结果有一天从新宿的帝都座前经过，刚好撞上从里面出来的包工头。帝都座五楼小剧场的招牌上写着"相框展"，贴的是裸女照片。原来真是参拜观音菩萨来了，传藏再次拜服。

"别告诉老太婆啊，老爷。"

---

1 GHQ，驻日盟军总司令部（General Headquarters）的简称。

包工头走到尾津组市场后面，请传藏喝烧酒。

"不过啊，居然能把光身子的女人看个够，真是好世道啊。"

"你都这把年纪了……"

"嘿嘿嘿……不知不觉啊，年纪就大了。老爷多少岁了？"

"虚岁四十五。"

户籍上写着中河原传藏生于明治三十七年。按原来滨田俊夫的年龄计算，应该是四十八岁，但传藏自己都把这事忘光了。

"四十五吗，那还是早点定下来为好。"

"哎？"

"老爷也该早点讨个媳妇了。四十多岁了，还是一个人……"

"怎么突然提起这个……想结婚也得有对象啊……"

"对象？对象不是现成的吗？"

"哪儿？"

"圆顶房的夫人。"

"哎？"

"哎哟，烧酒都洒出来了，真可惜……那位夫人很漂亮，很有才能，明明是现役演员，却很朴素，年纪也和老爷相配，我觉得很合适啊。"

"可是……"

"没什么可是，老爷不是也喜欢她吗？"

"这个……"

"嘿嘿，脸都红了，老爷。总之你要早点下手，不然鲜花就要插在牛粪上了。"

"牛粪？"

"不是有个年轻的日裔美国人二代，总在那边转悠吗？他好像在追求那位夫人。"

"……"

及川家的女佣是包工头帮忙找的。情报网很完善。

"那位夫人要是被美国小子娶走，对日本可没什么好处。要不我去见见夫人，探探她的口风？"

"等……等等啊，包工头，等一阵再说。"

经过包工头这一番话，传藏感觉不方便再去圆顶房了。第二天，包工头用报纸包上烤红薯，不停鼓动传藏快点给美子送去。传藏搪塞说"公司还有事"，坐到小祖宗的桌前，在大笔记本上画起圆圈和三角。包工头把一个烤红薯放在桌上，刚一出去，传藏就掏出一本《自由主义者》杂志，放到笔记本上看起来。

到了下午，包工头冲进房间。

"老爷，不得了了！"

传藏赶紧合上《自由主义者》和笔记本，但也没有惊慌。已经不用担心征兵令了。

"怎么了？"

"糟糕了，美国宪兵来了。"

"美国宪兵？"

"他们问中河原传藏在不在。怎么办？"

"怎么办？出去看看吧。"

传藏来到玄关一看，只见那边站着两个戴白头盔的美国兵。两个人中间还有个小小的黑色物体，仔细一看，原来是派出所的巡警。

"你是中河原传藏先生吧？"巡警说。

"嗯……"

"其实是这两位美军宪兵队员想要调查一些事情，请你去一趟 CIC[1]⋯⋯"

巡警惶惶不安，但美军宪兵的命令就等于是麦克阿瑟的命令。那位麦克阿瑟的权力比天皇陛下还大，不去是不行的。

"我去收拾一下。"

传藏回到房间，开始换衣服。

包工头、老板娘、小隆的媳妇并排挤在门口，目不转睛地看着传藏换衣服。

"老爷，"包工头低声说，"是不是在黑市买东西被抓到了？"

"嗯，可能是因为前几天买了一条'幸运'香烟。"

传藏决定穿那件旧粗花呢大衣。毕竟他可能会直接被送去冲绳做苦力。

玄关前停着一辆吉普车。巡警坐在开车的白人宪兵旁边，传藏和二代宪兵一起坐在后座上。那个宪兵的长相和体型都跟小结级别的相扑运动员力道山一模一样。

吉普车经过派出所门前的时候，巡警说了声"谢谢"，下车离开了。传藏此刻的感觉比自己当年在菲律宾的山里迷路时还要无助。

传藏的担心持续了三十多分钟，等抵达位于九段的 CIC 大楼门口时，更是愈发不安。他一下吉普车，"力道山"便吹了个口哨，做了个"跟着我"的手势。他大概相信传藏不会逃跑，从上楼梯直到走到目的地的房间门口，一次都没回头看。

在西部片中经常出现的齐腰矮门前，"力道山"用英语向里面喊了些什么，然后转身朝传藏做了个类似把鸡赶进鸡窝的手势。传藏尽量保持一个日本人的姿态走进房间，努力不做出像鸡

---

1 CIC，日本对敌谍报部队（Counterintelligence Corps）的简称。

一样的动作。

坐在大桌子后面的男子抬起头来。

"啊，山城先生！"

传藏叫了起来。

山城中尉站起身。

"百忙之中把您请来，真不好意思，"山城中尉说着，指了指桌子前面的金属椅，"请坐。"

传藏坐到椅子上，中尉从胸前的口袋掏出香烟，推到桌子的一角。

"不知道合不合你的口味。"

不但没有不合口味，而且这正是传藏近来最爱抽的"切斯特菲尔德"香烟。传藏觉得这应该不是为了当场抓住黑市交易者而搞的钓鱼执法，于是抽了一根叼在嘴里。

山城中尉也绕过大桌子，来到香烟这边。他用芝宝打火机给传藏的香烟点上火，坐到桌角上。山城中尉的腿不长，所以虽然穿着打扮都和加里·格兰特以及法兰奇·汤恩一样，看起来却有天壤之别。

中尉打开手中的文件夹。

"那么，请回答我的问题，"他对传藏说，然后又转向旁边桌子问，"真木，are you ready（你准备好了吗）？"

被叫做真木的是长相酷似狐狸的二代，戴着中士军衔的徽章。不过面对中尉长官，他嘴里嚼着口香糖随意应了声"嗯"，双手放在打字机上。

山城中尉开始了严肃的审问。

"中河原传藏先生，你在一九三三年应征加入日本陆军，前往中国，是吗？"

"是的。"

传藏一边回答，一边观察中尉的神色。

眼镜后面，中尉的眼睛朦朦胧胧，看不出来在想什么。

"开始是河北，后来去了山东、江苏，然后在一九四二年调到菲律宾，一九四五年被美军俘虏，"中尉吹了声口哨，对真木中士耸了耸肩说，"Thirteen years military service（服役十三年）！"

真木中士面无表情地打了一会儿字，也不知道是不是连口哨声和感叹号都记录下来了，然后又抬头看着中尉，像是在催促下文。

"啊，"中尉的目光回到文件上，"你在军队服务了十三年。这是日本陆军对你的惩罚。惩罚什么呢？因为你有反战思想。"

"山城中尉阁下！"传藏叫道，"我可绝没有做过对美军不利的事。"

"哦？"中尉瞪大眼睛，突然挥手笑了起来，"Oh，no，不是的不是的，我们喊你过来不是为了惩罚你。Never mind（不必担心）。"

"哎，那，到底？……"

中尉翻着文件。

"这里写了你的长官在马尼拉军事法庭上的证词：中河原兵长对战友说，这场战争必败无疑，所以战斗毫无意义……你为什么说这场战争会输？"

"因为我知道会输。"

"为什么你知道会输？"

"那是因为……"传藏的视线落在中尉离地五十厘米左右悬荡着的靴子上，"就是那么觉得……"

"那么觉得？那是什么意思？"

"就是，那个……"

"还有。你的长官还作证说，一九四五年八月十二日，中河原兵长说，日本会在十五日无条件投降，所以别再抵抗了，下山吧。"

"……"

"这个副本是马尼拉的美国宪兵队送来的。去年，马尼拉的宪兵队怀疑中河原传藏是美国秘密情报部的人员，对他做了调查。但他本人予以否认……我第一次读到这个副本的时候，因为手头比较忙，所以放在一边没管。但是前些日子小田切小姐在家中介绍你的时候，我听到中河原这个名字，才想到和这份文件里的名字一样。然后我做了很多调查，今天才把你找来……那么，我再问一次。你是美国秘密情报部的人员吗？"

"如果我回答 yes，你会怎么做？"

"我会报告五角大楼，然后你就会得到丰厚的奖励。所以请回答我，是 yes 吗？"

"我不能撒谎。回答是 no。"

"No？是吗，那请回答下一个问题。你哪一年出生在哪里？"

"明治三十七年四月十九日，出生于新潟县。"

"这么说，你是在新潟县长大的。"

"嗯。"

"请告诉我，你小时候生活的城市的名字。"

"高田市……"

"那是你的原籍地吧。好吧。那么请描述一下那座城市的样子。那是一座什么样的城市？"

"……有道路，有房屋……"

"这样吧，请说出几个小学时朋友的名字。"

"嗯……山田……中村……"

"山田、中村……都是日本最常见的大众名字啊。加利福尼亚都有很多。"

"……"

"这里有张中河原传藏小学毕业时的纪念照片。"

"哎？"

传藏为了掩饰自己情不自禁的大叫，假咳了两三声。

中尉从文件夹里取出已经变成棕黄色的照片，递到传藏眼前。

"这里面哪个是你？"

"嗯……"传藏接过照片，皱起眉头，"很久以前的事了，我记不清了。照片也很模糊……"

中尉跳下桌子，盯着照片，用被尼古丁熏黄的手指指向照片中的一个。

"这是中河原传藏先生。"

"哎……啊，对对，我想起来了。确实是我。"

"No！"山城中尉退了一步，手指着照片说，"他是中河原传藏，但不是你！"

"哎？"

传藏不由得站了起来。但即使没想到"力道山"，他也知道自己不可能逃走。

山城中尉意气风发地绕过桌子，从后面的铁盒子里拿出某个东西，又转回来。

"你认识这个人吗？"

中尉给他看的是贴在衬纸上的照片。拍的是一个中年日本人的正面和侧面。

传藏盯着看了一会儿，摇摇头。

"不。"

"不认识？对哦，因为你刚回日本。这个人是日本共产党的领袖……著名人物。"

"……"

"这个人现在换了个名字，不过……"中尉弯下腰，捡起传藏刚才掉落的照片，把两张照片放在一起，"你把他和刚才这个人对比看看。显然是同一个人——same person。"

"……"

中尉把两张照片放在传藏眼前，过了一会儿似乎失去了兴趣，把棕黄色照片放回文件夹里。接着他看了看铁盒子，想了想，像是嫌麻烦似的把贴了衬纸的照片也收进文件夹里。然后他拿起桌上的"切斯特菲尔德"递给传藏，自己也取了一根，给两个人的香烟点上火，又坐到桌子上。

"你现在用的是别人的户籍。为什么这么做？你真正的名字叫什么？"

"山城先生，"传藏目不转睛地盯着中尉，"你为什么要调查我的私事？这和你到底有什么关系？"

山城中尉耸耸肩，摊开双手。

"关系？有重大的关系啊。你不但预言了盟军的胜利，而且还预言了胜利的日期是哪天。为什么你会知道这样的事情，我们CIC必须调查清楚。"

"……"

传藏一个劲儿地抽着"切斯特菲尔德"。香烟只剩下一点五厘米长了，他还在继续抽。

山城中尉担心证人被烫伤，又拿起"切斯特菲尔德"，再递给他一根。

但传藏推开中尉的手，站起身来。

"山城先生，这样吧，我都告诉你。但是我想单独和你好好谈谈。"

7

位于神田一桥的如水会馆，战后不久便被占领军接收，用作GHQ 的官方俱乐部。被称作"宇宙尘"的房间位于二楼，是一间巨大的圆顶房。

涂成黑色的粗糙混凝土墙上，到处都镶嵌着玻璃星星，随着镜面球的旋转闪闪发光。中央舞池的周围摆满了桌子，房间一角是带有 WVTR[1] 转播设备的演奏台。除了镜面球，光源只有每张桌子上的一根蜡烛。这里大概是仿造美国某个夜总会设计的，不过在占领军对日本建筑的改造中，这算是相当成功的一处了。在入口处，时常会有来自堪萨斯一带乡下的将校夫人张大嘴巴吃惊地往里张望。

中河原传藏跟随山城中尉，一边四下张望，一边走进"宇宙尘"。那时候乐队的演奏还没开始。在品尝纽约牛排和沙拉的过程中，中尉很有礼貌地讲述了自己的经历。

他的父亲是出生在山口县的第一代，在加利福尼亚经营一个大农场。而他自己毕业于麻省理工学院，后来又在波士顿大学攻读心理学硕士学位。毫无疑问，他就是硕士。山城中尉时常会使用艰涩的汉字词汇。

桌旁除了他们两人，还有两位年轻的女性。在 CIC 的停车

---

1 WVTR，进驻军放送（Armed Forces Radio Service）的呼号，用以指代该广播电台，其有播放爵士乐的音乐节目。

场上林肯车的时候，中尉把她们介绍给传藏。漂亮的那个叫简，是山城中尉的未婚妻，姿色一般的是简的朋友，名叫凯蒂。简是山城中尉的未婚妻，这对传藏是个好消息，但当两个人一路跟着他们来到"宇宙尘"的时候，传藏有点慌了。她们两个人说的是英语，但从凯蒂那女仆般的打扮来看，显然她是日裔第二代。于是传藏低声对中尉说："我想和你单独谈谈。"中尉哈哈笑着回答："两位淑女听不懂复杂的日语。"

用过餐，两人陪淑女去洗手间，等她们出来再一次回到桌边。拉开椅子请淑女们坐下后，中尉坐到自己的位置上，把蜡烛挪到手边，取出派克钢笔。

"首先，我第一个想知道的是，您为什么借用他人的户籍。"

中尉拿过菜单，在空白处用派克笔写下"第壹"两个字。"壹"字比"第"字大了差不多一倍。

"不，这个问题之后再说。"

传藏决定用当年自己对丽子解释时的顺序来讲。

那时候解释给丽子听，是为了让她相信自己，而这次是对方主动要求解释，所以说起来要容易许多。而且也不需要解释太平洋战争和空袭，省了不少麻烦。

不过一开始还是必须说到时间机器。即使是为了坦白真实的经历，由于昭和七年生的滨田俊夫也就是传藏现在已经四十五岁了，不用时间机器是解释不清的。

传藏开门见山地问：

"山城先生，你知道时间机器吗？"

"时间机器？"

中尉反问了一句。

"嗯，H. G. 威尔斯的小说里写过……"

中尉愣了一下。

又要介绍电影的梗概了吗？传藏很失望。

就在这时，旁边的简用英语和中尉说起话来。好像是说她喜欢这首曲子，想去跳舞。乐队已经演奏起柔和的前奏了。

硕士彬彬有礼地站起来，挽起简的手臂，走向舞池。

传藏有些不知所措，这时凯蒂说：

"跳舞吗？"

得益于中尉的速成式女士优先教育，传藏不假思索地站起身来。于是除了把凯蒂的椅子拉开，和她一同进入舞池之外，他没有别的选择。

不说舞伴的容貌，周遭的氛围与原来世界的赤坂夜总会一模一样。大乐队的伴奏舞曲，周围跳舞的外国人，镜面球。传藏想，是不是该把话题拉长，好让中尉每天晚上都带自己来这里。

跳完两支慢曲，回到桌边时，中尉已经摆好了啤酒和汤姆·科林的玻璃杯在等他。

他站起来，似乎不只是为了迎接凯蒂。

"刚才你说的是 H. G. 威尔斯的《时间机器》吧。"

他以流畅的发音念出了片假名的部分。

"你知道？"

"嗯，以前读过。But why？……"

"那我就可以说快点了。"

两个人面对面坐下，热切地交谈起来。这回简又来搭话，但中尉没有理她。

过了大约二十分钟，就在简即将发作的时候，中尉断然起身。他告诉女士们发生了紧急情况，催促大家离开了"宇宙尘"。

接下来差不多一个小时，林肯大陆的 V12 发动机性能得到了充分的发挥。两位女性被准确无误地送到了筑地的妇女部队宿舍，传藏赶到梅丘的包工头家里拿上了打火机、手表和其他东西。其间，中尉把与简的接吻时间缩短到平时的一半，传藏也没顾上和睡眼惺忪的老板娘解释情况。

最后，他们在 CIC 的大门前停下林肯，中尉朝值班的中士喊了几句，把传藏带到一间暖气设备良好的房间里，又叫日本员工送来两打蓝带听装啤酒和一大盒奶酪饼干。

直到天亮，中尉还在喝着啤酒，全神贯注地听传藏讲述。

最让他兴奋的是白木屋事件将近结束的时候。

"Oh，可怜的丽子小姐！"他双手合十，眼睛闭了片刻，突然猛地睁开眼睛叫道，"你知道未来！请告诉 me，哪里……在哪里！下一次，美军会在什么时候开战？"

"一九五〇年，"传藏回答，"朝鲜发生动乱，美军出动。"

山城中尉脸色煞白。他似乎没有继承大和魂。

"我绝不会把你的话告诉任何人。和我详细说说那场战争吧。"

8

不知道山城乔治中尉是怎么说服上司的，明明他是"CIC 不可或缺的人物"，却在两个月后确定退役返回美国本土。在那两个月间，他为了"补偿让 you 受到的惊吓"，四处奔走，竭力撮合传藏与及川美子。

中尉第一次提出这个想法的时候，传藏极力反对。

"你说什么啊，不可能，绝对不可能，你也……"

"Take it easy（放轻松），传藏先生，请听 me 说。Ah，me 调查了小田切美子的很多情况。美子小姐是制片人及川德治的女儿，但他们并没有血缘关系。美子小姐在一九二八年以养女的身份加入了及川德治的户籍。之前的经历不详。美子小姐对 me 也从来不提以前的事。大概有些不愿让人知道的过去吧。不过 you 也同样不能对美子讲述自己的经历，所以正合适啊。"

"那位及川德治先生现在在哪儿？多少岁了？"

"及川德治于一九三九年过世了，享年六十三岁。"

"……这样啊。"

"Ah，对了，还有位启子小姐。You 把启子小姐丢在及川家的沙发上，自己消失了。不过那是一九六三年的事，算来你们还能见面。但是一九六三年，You 六十岁，启子小姐十七岁，年龄不相称，不相称就不般配了……"

"那个我知道。不过……"

"Ah，对了，传藏先生，及川……I mean 一九六三年 you 见到的那个及川先生，你还记得他的相貌吗？"

"不记得了，那是很久以前的事了。"

"只在十六年前见过两次，也难怪。不过，传藏先生，me 却知道及川先生长什么样子。"

"哎？你怎么……"

"Ah，对了，传藏先生，you 借用别人的名字太久了，差不多也该改改了，改个姓就很好。"

"改姓？"

"嗯，you 和美子小姐结婚，入她的籍就挺好。那样的话，中河原这个姓就可以扔掉了。"

山城中尉身穿黑色家纹的正式和服，与包工头一起郑重其事地前往圆顶房提亲。那是差不多一个月之后的事。

-0

1

电话响了。

自从十几年前装好以来，那部电话机已经这样响了成千上万次。现在响起的铃声，以后回想起来也只是那成千上万次中的一次，也许连打来电话的人的姓名、说的内容都会忘记。不，不是也许，应该说很可能会忘记。

说起印象深刻的电话，在传藏心目中，至今只有寥寥几次。而且其中只有一次电话，从对方的语气到打来的日期，他全都记得清清楚楚。那是刚装好电话后不久，某家医院打来的。之所以记得那个电话的日期，是因为那正是她女儿出生的日期。

电话还在响。传藏瞪着电话机的方向，意识到刚才走廊里传来的尖细声音说的应该是"我去买点东西"，于是叹了口气，站起身来。

从书房的桌子走到走廊里的电话机旁，大约需要十步。传藏觉得有必要再考虑下以前社长提出的设想：电话机响铃超过三十秒时，自动通知对方主人不在家，并将对方的口信记录下来。他刚刚把小电视放在桌上，在看外国电影。电话铃响起的时候，主人公正潜入歹徒的家里，拯救自己的恋人。至少此时此刻，他确实信奉这样的观点："无视对方的处境，不分场合打来电话，是一种暴力行径。"

不过，传藏已经年过六旬，总不能做出拿起听筒丢到一边就返回书房的粗鲁行为。他猜想打电话过来的可能是小隆，一边拿起听筒，一边暗自咒骂这家伙明明已经是公司的高层了，偏偏连电视都不看，还是一门心思投在工作上。

"你好，这里是及川……"

他一边说，一边盯着电话机的拨号盘。这是因为房子的设计导致他即使回过头也看不到书房里的电视。所以他只能像是有生以来第一次看到电话机的人似的，专心致志地观察拨号盘。

"嗯，我在。"

他的视线微微动了动，对话筒说。因为还戴着玳瑁老花镜，拨号盘上的数字可以看得清清楚楚。而他似乎很喜欢那个数字，盯着看了好几秒。

"好的，那我届时恭候。"

说完，他挂上电话，又盯着拨号盘看了半响。

传藏回到书房桌前的时候，小电视的屏幕上定格住的是头发散乱、领带歪斜的主人公。不过画面马上变了，原本主人公脸部的位置上，出现了衣帽架。扮演主人公的演员出现在画面左侧角落里，但传藏的视线依然落在衣帽架上。然后，他向开关伸出手，关掉了电视。

"忘得一干二净了，"他喃喃自语，"那时候，一个月前，我……"

大约三十分钟后，传藏身后响起开门声。不敲门就闯进书房的人，除了小偷只有两个。传藏为了搞清来的是谁，转过身去。

"美子，"他无精打采地说，"启美还没回来吗？"

"她说晚饭前回来。哎，你在做什么？启美的作业？"

桌上的小电视已经不见了踪影，取而代之的是铺满桌面的笔记本和书。两本词典，还有《谁都能懂的英语语法》《规范英语字帖》等等。

"不是，我想写封英语信。"传藏解释说。

"不打招呼就拿书，启美会生气的。"

"我只是突然想给山城写封信。"

"山城……是啊，差不多也该联系下了。"

"哎？"

如果不是已经停下手没再写字，这会儿就要浪费一张航空信笺了。

"好像已经开始卖票了，酒店也要早点预约……毕竟是日本第一次举办奥运会啊。"

"是啊，没错。"传藏真心实意地表示赞同。

"不知道简怎么样了。代我问个好。"

美子来到桌边，探头看传藏的信。

传藏一直不知道她有没有上过女子学校。不过就算上过，毕业三十多年来，她应该都没碰过英语语法。

美子自己似乎也没想要把英语重新捡起来。她并没像看日语信件那样一行行读，而是说了一声"今天的生鱼片看起来不错，我买了点回来"然后出了书房。

及川传藏每天晚餐时都会喝两合[1]日本酒。他坚信没有比这个更好的养生法，不单酒馆老板，其他赞同者也有很多。

---

1 合，日本旧式计量单位，一合约等于零点一八公升。

至于下酒菜，传藏喜欢清淡的。烤鳝鱼和肉类太油腻，夏天喝啤酒的时候还行，喝日本酒就不合适了。日本酒的下酒菜还得是醋腌章鱼和海贝，不过最好的当然是生鱼片。

那天晚饭的餐桌上，除了美子买来的生鱼片，山城乔治的话题也成了下酒菜。

"启美还记得山城吗？山城来日本的时候，启美几岁来着？"

"昭和三十二年吧，"美子说，"那是……"

"小学三年级的时候。"

启美一边嚼着日式煮牛肉，一边回答。启美面前没有放生鱼片。她讨厌吃鱼，只爱吃肉。不过她也喜欢蔬菜，倒不用担心营养不平衡，但每天都吃那么多肉，传藏很担心她会不会长得又粗又壮。启美已经比妈妈美子还高了。

"……美国来的吧，在我们家住了一晚上。他爸爸死了，要把骨灰送到山口县寺庙的那个人？"

记忆力超群，传藏想。体格和头脑都很厉害……竟然没把启美选为健康优良儿童，真不知道文部省的官员在干什么。

"不要说'死'，"传藏纠正道，"要说'过世'。山城的父亲六年前过世了。山城日语说得很好，不过不太能读写，所以他父亲活……在世的时候，都是他父亲念给他听的……"

"所以今天你才要用英语给他写信啊。"

"没错，"美子点点头，"我还想请他来看明年的奥运会……买票越早越好。所以才借用了启美的书……"

"好的呀，妈妈。那爸爸，信写完了吗？"

"嗯，写完了。"

"哦……"

期待帮忙的启美显得有些失望。她将来想做空姐，在英语上花了很多工夫，还在和外国笔友通信。

其实传藏只写了四个单词就放弃了，改用罗马字拼音写完了信。不过他当然不会坦白这件事，免得浇灭了启美对父亲的尊敬之心。

"启美经常寄航空信吧。明天能帮我寄掉吗？"

"好的呀。"

传藏喝了一口酒，笑眯眯地看着爱女。

"对了，启美好像有不少课外书啊。"

"哎呀，启美，真的吗？你在看什么书，不会是……"

"哈哈，别担心，都是很难的英语书。对吧，启美？"

"嗯，硬派推理、科幻什么的，妈妈。"

"科幻？"

"科学幻想小说。就是外星人啊，机器人啊，时间机器什么的……"

"时间机……那到底是什么？"

"就是能穿越时间，自由前往过去未来的机器。"

"哎呀，还有那么奇怪的机器吗？"

"所以说是科学幻想啊。幻想嘛。"

"哎呀……"

母亲和女儿大声笑了起来。

父亲咳嗽了一声。

"对了，院子里的圆顶房，已经很破旧了……"

"可是老公，那里有很多回忆……"

"不是不是，"传藏笑道，"我是想把里面收拾一下。"

几年前，传藏开始把圆顶房免费提供给邻居们用。因为大小正好合适，所以像是町会的会议、鲜鱼商协会的合唱团、隔壁退休老人发明的椅子式茶道讲习会等等，有很多人来借用，还有人叫外卖订拉面，为此甚至装了一部直拨电话。所以里面搞得很脏，传藏很想当场抓到在墙上乱画的家伙，狠狠教训一顿。

到了五月，传藏打听到车站前的乐器店在以两小时五百元的价格出租二楼，于是把消息告诉町会事务所还有其他人，然后找来工匠修缮圆顶房。

换门和荧光灯很简单，但内外墙都要重新粉刷，所以直到二十四号的傍晚，脚手架才全部拆掉。

"真是辛苦了，多亏了你，才弄得这么气派。"

传藏向小祖宗道谢。包工头已经退休了，现在是次子小祖宗继承家业，承包建筑工程。

"叔叔，其实椅子还没好。沙发到了，但是夫人要的三十把折叠椅，工厂没有库存，还要再等四五天……本来说好二十四号送过来的。"

"椅子没关系。"

美子想学车站前的乐器店，接下来要收使用费，不过传藏眼下还不想出租圆顶房。

"……来喝一杯吧。"

启美代替美子送来了威士忌。传藏邀请小祖宗一起喝。

"谢谢叔叔，不过我接下来还有活儿……"

这孩子可比包工头踏实多了，传藏想。

"是吗，那太遗憾了。有空再来好好喝一回。"

把威士忌酒瓶和杯子放到架子上，三个人出了圆顶房。

"代我向你父亲问好啊。"

"嗯，有时间您也带家人过来玩。"

小祖宗跳上停在门里的小货车，粗暴地踩下油门，离开了。

以前的工匠都是走路回去的，所以喝得酩酊大醉也没事。传藏在心里给包工头辩护。

等到小货车开得不见踪影，传藏一边走回主屋，一边点起香烟。

"哎呀，爸爸，那个打火机是新买的？"

旁边的启美瞅见了打火机。

"不，这是老早前买的，"很早很早以前——传藏想，"前几天用惯的那个搞丢了，所以把这个拿出来用。这个确实耐用。"

启美笑了。

"爸爸总是随手一放就忘了。"

"是啊，"传藏喃喃自语，"忘了呀……"

"啊，真的。之前的打火机呢？忘在哪儿了？"

"不，不是说那个。启美，上次吃晚饭的时候你提到过时间机器吧，"传藏故意把时间机器这个词说得含糊不清，"你有关于它的科幻小说吗？"

传藏想读一读原著小说。

"我有啊，好多呢。"

"好多？"

"最老的是 H. G. 威尔斯的中篇小说《时间机器》，这是时间机器主题的经典，还有其他很多小说，写的是超帅的时间机器悖论。"

"别用'超帅'这种奇怪的词。'悖论'的意思是自相矛盾吧？"

这点知识传藏还是有的。

"是啊。最帅……最有代表性的是杀死父亲的悖论。"

"杀死父亲？"

"乘坐时间机器前往过去的世界，把结婚前的父亲杀死，那么现在的自己会怎么样呢？不同的作家给出了不同的答案。爸爸你到我的房间来看看吧。"

进了主屋的大门，启美领路走向自己的房间。她在摆满英文书的书架前看了一圈，抽出一本来递给父亲：

"这里面有一篇《最初的时间机器》，很适合初级读者。"

"哎呀，这不是日语吗？"

不用找启美借词典了，传藏很高兴。

"现在科幻很流行，很多都被翻译了。"

"是吗，那把这个借我看看吧。这些日子晚上总睡不着，今天晚上我就看。"

传藏拿上书，慢悠悠地走出启美的房间。但是门刚一关上，他就像兔子一样飞快跑进书房。

启美借给他的是东京创元社出版的《赞助者的一句寄语》，弗雷德里克·布朗著，中村保男译。传藏在桌前坐下，马上翻到启美说的《最初的时间机器》那一页。那是仅有两页的小小说。

格兰杰博士庄严地宣告：

"诸位，这是时间机器一号。"

三位朋友注视着它。

六英寸见方的盒子，上面有几个转盘和一个开关。

"只要用手拿起这个，"格兰杰博士说，"调整到想要去的日期，按下按钮，就这么简单——你就到了。"

博士的朋友之一，斯梅德利，伸手拿起那个盒子，检查了一番。"真的有用吗？"

"我已经做了一个简单的测试，"博士说，"我把时间调到一天前，按下了按钮。那刚好是我自己——虽然是背

276

影——从房间里出去的时候。吓了我一跳。"

"如果那时候你跑到门口踢一下自己的屁股，会怎么样？"

格兰杰博士笑了。"我恐怕做不到。因为那会改变过去。这就是时间旅行的悖论。如果有人回到过去，杀死自己那还没和奶奶结婚的爷爷，会怎么样？"

斯梅德利手里拿着盒子，突然开始后退，避开其他三个人。他笑得很开心。"这就是我要做的！你们说话的时候，我已经把拨号盘的日期调到了六十年前。"

"斯梅德利，住手！"格兰杰博士跳了起来。

"站住，先生。不然我现在就按下按钮。如果你不做多余的举动，我不介意解释给你听。"格兰杰停了下来，"我也知道那个悖论，而且很感兴趣。因为我一直想找机会杀了自己的爷爷。我恨我爷爷。他是个冷酷的家暴者，让我奶奶和我父母的人生都变得很悲惨。现在就是我等待已久的机会。"

斯梅德利伸手按下了按钮。

一切突然变得朦胧……斯梅德利站在原野里。转眼之间他就确定了自己的位置。如果这里将来会建起格兰杰博士的房子，那么他——斯梅德利的曾祖父的农场应该就在这里往南一英里的地方。他走了出去，半路上还捡了一根结实的棍子。

在目的地的农场附近，他看到一个红头发的年轻人正在用鞭子抽狗。

"住手！"斯梅德利一边喊一边跑过去。

"别多管闲事。"年轻人说，又抽了一鞭。

斯梅德利挥起棍子。

六十年过去了，格兰杰博士庄严地宣告："诸位，这是时间机器一号。"

两位朋友注视着它。

果不其然，传藏想。

自从三年前全学联的反对安保斗争以来，他一直觉得昭和七年的自己是不是太胆小了。虽然凭他的一己之力大概不可能阻止日本发动太平洋战争，但哪怕做不到那种程度，明知父亲会在昭和十四年死于华中战场，自己却没有采取任何行动阻止。从一开始他就认为战死是父亲既定的宿命，绝对无法改变。但在来到昭和七年的时候，如果能让父亲无法应征，比如说把父亲打伤，那父亲也许就能免于战死了。每次在报纸上读到全学联的新闻，传藏都会为自己年轻时候的懦弱而生气。

不过现在读到这篇小小说，虽然其中也有不甚明白的地方，但总之弗雷德里克·布朗似乎也和丽子一样，认为改变过去的尝试会导致悖论。这么说来，赞同者多了一位。传藏松了一口气。自己没有去学这位斯梅德利，也没有像全学联那样行动，还是挺好的。

但是事情还没完全结束，传藏告诉自己。直到五月二十七日过去之前，自己依然处在曾经经历过一次的过去世界中。在此期间，绝对不能因为自己的疏忽改变过去的事实，导致悖论的发生。

剩下的三天是关键。传藏凝视着挂在墙上的电影公司挂历。

2

第二天早上七点左右，传藏来到厨房。

正在切葱准备味噌汤的美子瞪大了眼睛。

"哎，怎么了？起这么早。比你平时早了两个小时啊。"

"嗯，太冷了，"传藏说，"起来上厕所，顺便过来看看。"

"那你快去啊。"

"嗯。对了，前几天提过，今天晚上公司的人会来，你知道的吧。"

"不用准备晚饭吧。"

"嗯……另外那人今天可能会打电话来，你接电话的时候，能不能请他直接过来？"

"嗯，我当然会这么说。工作上的人，我怎么会拒绝呢。"

"嗯，是哦，是啊。"

传藏第二次出现在厨房，是快到十二点的时候。

这次美子在烤鱼干。

"老公，能不能把那个开一下？全是烟。"

"嗯，"传藏照做了，同时隔着烟雾说，"那人打电话来了吗？"

"没有。"

"哎……但是刚才电话不是响了吗？"

"那是电话局打来的。说是做什么测试。"

"哦……那之前呢？八点半的时候也响过吧？"

"那是启美接的。好像是她朋友打来的。"

"是吗。这可奇怪了。"

"打不打电话也没关系吧。反正今天肯定会登门的对吧？"

"嗯……可能下午会打来吧。"

傍晚，传藏没有出现在厨房，所以无从知晓晚饭吃什么。

他没必要去厨房。整个下午他一直在书房里竖着耳朵，但电话一次都没响过。

晚饭有猪排，是启美喜欢吃的。

启美刚和朋友打完保龄球回来，专心地啃了一会儿猪排，突然想起什么，抬起头来。

"早上有个电话。"

"你朋友打的吧。"

美子说。

"不是，是个叫滨田的人。"

"哎？"

传藏手一滑，酒杯掉了下来。

"呀，启美，拿抹布来。"

"然后呢，他说什么？"

传藏追着启美来到厨房。

"他问今天晚上能不能来拜访。"

"你怎么回答的？"

"我说，是的，我知道，请过来吧。"

"……"

"这样回答没问题吧？爸爸，你早上不是在这里说过吗？"

"……嗯。"

"说是九点左右过来。"

快到九点的时候，传藏拿了一包和平香烟走进客厅。他总会在客人来之前把桌上的香烟罐装满。客人最多抽掉两三根，但这个香烟罐的重要作用是做香烟抽完时的储备仓库。

传藏把和平香烟装满罐子，看着手表在沙发上坐下来，拿了一根烟叼住。然后他摸了摸灯芯绒便服的口袋，发现打火机忘在饭厅，又把烟放了回去。他用中指敲着膝盖，环顾室内。

矮书架上排列着从来没读过的文学全集和历史大系，上面还有小电视和收音机。收音机是一个月前公司送来的今年最新款，内部线路和传藏四年前设计的一样，不过外壳据说是花了几十万，请了某位著名人物设计的。听到那位设计师的名字，美子便把收音机拿到这里来做装饰，所以传藏还没听过这台收音机的声音。

传藏忽然发现这种外壳的形状可能会导致低音啸叫，于是起身走到收音机前，蹲下去正要把收音机的电源线插到书架旁边的插座里时，一副熟悉的美女面容跃入眼帘。那是装饰在电视旁边的美子年轻时的相片。

传藏插好电线，视线又落在相框上。他伸手拿起相框，看看四周，在书架的书籍当中找到了十厘米左右的缝隙。他把相框放进去，退了两三步看了看，总觉得不大合适，于是赶紧拿出来。这么一搞，历史大系差点翻倒，传藏又拿了桌上的空香烟盒塞在缝隙里顶住书。空盒子的尺寸刚好合适。

传藏拿着相框正要走出客厅，突然门铃响了，他立刻停住脚。

传藏迅速做了决定。他把相框反扣在收音机旁，跑出客厅。

3

男子频频低头，不停说着什么。

传藏没顾上和来人打招呼。他发现这个房子的设计有个很大的问题。玄关正对面就是走廊，不管哪个房间里有人探头出来，都会把玄关处的客人看得一清二楚。一旦四目相对，美子肯定要出来问好，那时候对方呈现出的反应恐怕要比看到相片激烈得多。这样的情况，今晚的剧本里可没写。

"哎呀，请先进来，我们在里面谈……"

传藏招呼对方进了玄关。来人居然没穿易脱的浅口鞋，这让他有点生气，半推半拉地把来人请进客厅。

反手关上门，传藏才松了一口气，请对方在沙发上坐下，自己也坐下来。对方浅浅地坐在沙发上，递出名片。

传藏接过名片，按习惯举到眼前看了看，突然间吃了一惊，有点怀疑自己的眼睛。名片上是这样写的："自由屋酒吧 小枝"。

传藏努力理解当下的情况。毫无疑问，从服装和其他方面看，眼前这个人当然就是预定今晚来访的人物。但这位人物为什么递出这样的名片……

传藏忽然发现这是一张普通的名片。也就是说，它不是那种女性常用的圆角名片，而是男性使用的标准尺寸的名片。

传藏想了想，大概眼前这一位把这张普通尺寸的女招待名片，和自己的名片一起放进口袋了吧。然后拿的时候拿错了，直到递给自己都没发现。

不，不光是递给自己的时候没发现……传藏终于意识到当年自己的失误。这三十一年间，他一直以为当时递出去的名片是自己的。

不过现在的传藏没时间为三十一年前的事脸红。

就这样吧，传藏想。眼前这位也以为这张名片就是滨田俊夫带有公司职位的名片。

于是传藏为了不让来人看到名片的正面，将小枝的名片放进便服的口袋里，马上做起了自我介绍。

"我是及川，不过你看，我退休了，没有名片。"

这几年传藏为了避免碰到滨田俊夫，在去熟识的西服店等地方时，总是倍加小心。当然，滨田俊夫还不知道时间机器的存在，应该也意识不到白发的老人会是未来的自己。但白发比较显眼，容易让人对传藏留下印象，而今天晚上的滨田俊夫和及川传藏必须是首次见面才行。

对面的男子面对初次见面、年龄约为自己两倍的老人，很是拘谨，双手放在膝头，盯着自己的手说：

"今晚我有个胆大包天的请求……其实，恕我冒昧，您府上的院子里……有一座圆顶建筑。今晚如果方便的话……不不，请务必允许我借用……"

传藏答了一声"哦"，观察起对方。这就是我年轻时候的样子吗，他想。

之前小隆就经常说："我们技术部有个叫滨田的人，和叔叔年轻时候一模一样。"传藏自己刚来到昭和七年的世界，住在包工头家里时，只有在每两天刮一次胡子的时候才会在镜子里看到自己的脸，而小隆整天都能看到传藏的脸，他的说法应该没错。这果然就是自己当年的相貌。

"其实，有个人……嗯，有个人交代过我……让我一定要来这里……那个人，那时候，就是战争期间，住在这里。他让我今晚在这里……"

滨田俊夫有点语无伦次了。突然向一个素不相识的人提出奇怪的要求，很怕被拒绝，所以在拼命解释。

不过，在传藏看来，滨田俊夫完全不是陌生人。他不忍心坐视"血亲"的苦恼模样，决定马上伸出援手。

"我知道了，我也听说过这种事。战场上约好十年后在神社见面什么的。"

"是啊。"

滨田俊夫的表情就像是快要饿死的人得到了饭团。

"这样啊——不不,我没意见。既然这样,你就随便用吧。"

滨田俊夫掏出一块新手帕。他擦着汗,价格标签随之飞舞。

"实在太感谢了,我提出这么过分的请求……"

"哪里哪里。"

传藏眼睁睁看着价格标签钻到沙发底下,随即视线落回对方身上。滨田俊夫不仅用的是新手帕,穿的是定制的粗花呢上衣,身上还闻得到理发店喷的古龙香水味道。

传藏心想,如果把这件粗花呢上衣换成藏青色西服,就和五年前在银座餐厅里的小祖宗一样了。

那时候的小祖宗在后来的夫人面前十分老实,一句话都说不出来,今晚的滨田俊夫要比他能说多了。

"如果您不介意的话,"俊夫又开口道,"我想和您说说事情的来龙去脉……"

听那语气,如果自己说介意,他可能当场就要气绝,所以传藏赶忙答应下来。

"哦,那个……"

正要说"当然没问题"的时候,传来敲门的声音。"啊,稍等一下……"

传藏飞快说完,跑到门边。幸亏他坐在靠门最近的沙发上,还每天坚持晚酌健康法,这才让他能抢在美子前面,自己伸手开门。

传藏把门开了一道仅有二十厘米左右的缝,勉强挤出头去,低声说:"这边我会安排。启美睡了吗?"

"嗯,早就睡了。"

"那你也先睡吧。"传藏接过托盘，返回滨田俊夫旁边，"是我内人，说穿着睡衣不好意思进来。"

摆脱了危机的传藏随意给美子编了个借口。当然，他根本没顾得上看美子穿了什么。

"太客气了，"俊夫赶忙起身接过盘子，"明明是我深夜打扰……"

"加牛奶还是柠檬？"

传藏右手停在托盘上方二十厘米处问。

"那，牛奶吧……啊，谢谢。"

果然是"一脉相承"，传藏感叹不已。他在红茶里加了牛奶递给滨田俊夫，自己也加了牛奶。

由于滨田俊夫沉默不语，传藏以为他又不打算解释事情的经过了，但并非如此。他似乎预先做过准备，不久便喝了一口红茶，将茶杯放到桌子上，开始郑重其事地从头解释起来。

"其实，我刚才说的约定，刚好是十八年前的今晚，也是东京遭受空袭的晚上，住在这里的人被燃烧弹击中，临死前留下的最后遗言……"

三十一年前对丽子的解释和十五年前对山城乔治的解释起到了接力的作用，让传藏还能相当清楚地记得初二时候，也就是四十九年前发生的事。不过细节部分，比如说空袭时期棺材的配给等等，他都已经完全忘了，所以还是非常感慨。

故事逐渐发展，不久就来到了昭和二十三年。传藏欣喜不已，等待合适的机会说出当时的黑市和宪兵的情况，宽慰对方，但滨田俊夫却开始说起匿名援助者的事，让传藏狼狈不堪。滨田根本没想到眼前的就是援助者本人，他的说法更是夸张，最后简直让人觉得那位援助者要么是洛克菲勒，要么是超人，再没有别的可能。传藏无可奈何，只能专心致志地思考起彩色电视的新设计。

大约一个小时后，滨田俊夫的语气终于变了。

　　"事情就是这样，可能还会有人来打扰，实在抱歉，还请您多多包涵。"

　　"哎？"

　　传藏下意识地看向对方的脸。

　　"我觉得半夜打扰实在过分，所以提早过来了。不过另一位应该也不至于半夜悄悄进来，可能也快到了……"

　　"哦，原来是这样……"

　　和这位说话可真不容易，传藏想。他还不知道时间机器的事。再继续和他聊下去，说不定会漏什么破绽。

　　于是传藏站起身来。

　　"那么我先失陪了，您请自便。在这里，或在研究室，都可以。我暂时还不会睡，您有什么事情就按这个铃。"

　　传藏指了指墙上的按钮。他记得没按过它，不过还是以防万一。

　　"另外，如果您要打发时间，看电视，听收音机都行……"

　　明天就看不到电视了，所以还是多看点吧。

　　"这里还有香烟，您喜欢的话……"

　　那边也没有和平香烟。

　　"那么，就拜托您……"

　　传藏差点顺口说出"拜托您处理时间机器了"，幸好滨田俊夫以为是拜托他关门什么的，深深鞠了一躬，目送传藏离开。

　　出了门，传藏看看手表，离十一点还差一会儿。十二点前可以看完整集《护士物语》，传藏想。

　　来到书房，传藏又改主意打算看《枪手斯雷德》了。然后三十五分有职业棒球赛。他想知道前面看到一半的广岛队对巨人队的结果，还有自己喜欢的东映队的胜败。

于是传藏忙碌起来。他先把旁边书架上的便携式电视机抱到桌子上，又在椅子上垫了两块坐垫，盘腿坐下，把耳机塞进耳朵，打开电视开关。他看看四周，摘下耳机，离开椅子，从书架上拿下喜力香烟，再坐回椅子，塞上耳机，抽出一根烟叼在嘴里。伸手摸口袋。离开椅子，耳机自然脱落。正要出门，看到书架上的火柴，拿起来晃了晃。拿上火柴，坐回椅子上，给烟点上火。晃灭火柴，环顾四周。正要起身，又停下来，把火柴梗放到香烟盒子上。离开椅子，捡起落在桌子下面的耳机。头撞到了桌角。咒骂耳机插孔应该做得更紧一点。坐回椅子，把耳机插头粗鲁地插进插孔，把耳机塞进耳朵。

尽管付出了这么多努力，电视却一点都不好看。每周都要播，难免会有表现不好的时候吧，传藏想。他调到《护士物语》的频道。但因为是从半路开始看，也没什么意思。于是传藏又按回到《枪手斯雷德》，正好香烟抽完了，他摘下耳机站起身，把带有老爷车图案的烟灰缸从书架上拿过来。他把香烟掐灭在烟灰缸里，点了一根新的，然后也没戴耳机，就这么盯着没有声音的电视机……

传藏突然回过神来，看了看手表。时针指向十一点五十一分。电视画面上，一位美女正张嘴说着什么，似乎是广告。他又看了一眼手表。这次看的不是时针，而是整块手表。那是早在三十一年前便拥有的、自动上发条的带日历手表。直到最近才开始重新拿出来用，使用时间总计不超过三年，但那手表从瑞士的工厂生产出来之后，确实已经工作了三十多年。不过手表还是如同新品一样闪闪发亮。

传藏猛然站起身。滨田俊夫应该会在客厅一直坐到十二点。

真是那样的话，还有几分钟时间。

途中，传藏来到卧室，确认过美子睡得很熟，然后蹑手蹑脚来到客厅外面。虽然只有最后四五步需要放轻脚步，但也很难做到，这让传藏深刻感受到偷东西实在是不划算的买卖。

在门前，传藏又看了一眼美子的卧室方向，然后悄悄跪在地上，眼睛凑到钥匙孔前。

谢天谢地，滨田俊夫就在正对面。他正侧坐着，不停地抽着和平香烟。香烟前端带着长长的火星和长长的烟灰，几乎每隔两秒就会冒出烟来。不知道抽到多少下的时候，那长长的烟灰终于撑不住掉了下来。滨田俊夫慌忙起身，掸了掸唯一一条像样的裤子，然后尽管已经没必要了，但还是在烟灰缸上用手指敲了敲香烟。不过他的起身也让传藏得以看到堆满烟头的烟灰缸前放着的打火机。就是那个随着滨田俊夫一起去往昭和七年世界的打火机。也是随着饭厅里的传藏一起去往昭和七年世界的打火机。正因为它新了三十一年，所以灿烂闪亮……

滨田俊夫看了看手表。传藏赶忙也看看自己手腕上的同一块表。十一点五十五分。至少还有两分钟是安全的。传藏又看向那块新的表。

滨田俊夫已经放下了戴手表的胳膊，然后突然朝传藏这边冲了过来。来不及逃跑了。不过传藏立刻推断出滨田俊夫提早五分钟行动的原因。一壶红茶、初夏的凉爽夜晚……为了避免怀疑，必须先发制人。传藏拉开门，大声喊道：

"刚才忘记说了，去洗手间只要顺着这条走廊往前走，到尽头左拐，就在靠里侧的右手边。"

对方嘴里说了句什么，从传藏身边走了过去。

等到滨田俊夫冲出走廊，消失不见，传藏便朝客厅里望去。

打火机还放在桌子上。传藏刚想朝门里走一步的时候，眼角余光瞥见一个白色的物体。

他吓了一跳，转过身来。美子的半身出现在里间的卧室门后，像是正要过来。传藏赶紧走过去。

"怎么了？"美子睡眼惺忪地问。

"没事没事。"

传藏推着美子的肩膀，一起走进卧室。

"吵架了？"

"哎……没有啊，滨田去洗手间了。"

"哦。滨田这人也太没常识了。"

"哎？"

"这么晚了，在别人家里搞出'啪嗒啪嗒'的脚步声……我还以为出什么事了。"

"嗯，那个……他还年轻嘛。好了，早点睡吧。"

"而且还是第一次来，就搞到这么晚……"

刚睡着就被吵醒的美子抱怨了半天，传藏好不容易安抚好她，让她躺回到床上去。他打算后天就把所有的事情都告诉美子。后天会发生很多事，他一个人处理不了。

突然，外面又传来"啪嗒啪嗒"的脚步声。声音越来越大，从走廊外面经过。

"哎呀！"美子从床上跳了下来。枕边水上勉的小说"啪嗒"一声掉在地上。

"……我去和他说。这也太没常识了！"

"喂喂，等等。"

传藏慌忙想要拦住她。但美子直到今天也经常受到电视台的邀请，扮演比她实际年纪小十多岁的年轻角色，所以她轻而易举地挣脱了传藏的手，来到了走廊。

"喂！"

传藏追在后面跑到走廊里，只见美子已经来到客厅前了。

她打开门，朝里面看了看，然后又望向玄关的地面。

"回去了，"她转头对传藏说，"招呼也不打，收音机也不关，什么人啊！"

"他有急事，接下来还要见个人。"

"还没走远。你去喊住他，我说他几句。"

"说了他有急事嘛。他是个好孩子，小隆都说他将来大有作为。"

"工作能力再强，也该知道怎么待人接物吧。下次这个滨田再来，我绝不让他迈进门槛一步。"

"嘿，声音太大了，别把启美吵醒了。"

这句话很有效。美子吓了一跳，抬头看看传藏，夫妻两人一起去了启美的房间。

"玩保龄球累得不轻啊。"

美子小声说着，给启美盖好毛毯。

4

及川家位于高级住宅区，所以住在这里的人，就算是公司职员，也都是课长级别以上的高级职员。直到今天晚上，传藏才发现他们为了公司是如何努力工作到深夜的。直到半夜两点，他一共听到五次汽车的声音，全都是最新型高级轿车的引擎声。

最后他终于听到了破旧不堪的老爷车中活塞磨损的发动机发出的喘息声。声音在很近的地方停了下来，过了一会儿，回火的轰然排气声撼动了深夜的大气。

传藏下意识地朝旁边看了一眼。美子本来说自己睡不着，看小说看到一点多，不过此刻已经睡着了，呼吸很平稳，所以一九三〇年型福特的司机幸运地避免了被她骂"没常识"，传藏也可以不必使用"太冷了"的借口，就能从床上溜下来。

传藏只是穿便服，不需要开灯。光线透过窗帘照进来，房间里微微发亮。他把窗帘稍稍拉开一点，发现是对角线上启美的房间亮着灯。

传藏一边套上便服的袖子，一边走向启美的房间。开门的刹那，他轻轻叹了一口气，走到床边，把启美的手放回床上，重新盖好毛毯，然后看到枕边散放的笔记本和圆珠笔，便拿到书桌上。他翻了翻女儿的笔记本，不过眼镜在卧室里，所以他能看到的只是娟秀的字体排得整整齐齐。

传藏合上笔记本，抬头看了看天花板上的荧光灯，心想肯定是刚才两个人进来的时候，美子忘记关灯了。但是走到门前，伸手去关旁边的开关时，他又抬头看了看荧光灯，忽然觉得之前似乎没有开过灯。不过这也不是什么大事。他关了灯，回到卧室，从裤子口袋里掏出钥匙，赶往院子里的圆顶房。

传藏在草坪中间修的小路半道上停下来。新粉刷的圆顶在月光下闪耀着银辉。当然，自从那年以后，他再也没有在半夜里眺望过这个圆顶。而三十一年前的记忆也已经模糊不清了。尽管与头脑中的印象不同，却并未让他失望。这正是三十一年前自己在那时候看到的景象。仅仅想到这一点，便会涌起抑制不住的怀念。

圆顶房里的时间机器也是一样。不过传藏没有时间联想由此引发的事件和相关人士。他跑到时间机器前面，热切地欣赏起来。

如果有梯子，他肯定要爬上去看看。虽然三十一年前他也只差顶部没看到，不过现在他还是后悔没有在圆顶房里放个梯子。外国人久别重逢时，哪怕都是男人，也会抱在一起亲吻，但他们之前每天见面的时候，肯定不会那么做。

欣赏完外观，传藏进入内部。他还不至于亲吻墙壁，只是伸手抚摸，不过心情早已经平静了，所以除了照明，他没有碰任何按钮和控制杆。正面的云母板、刻度盘，还有旁边的布袋子……他伸手探进袋子里。

传藏心中浮现出过去的点点滴滴。三十一年前，抵达昭和七年的世界时，多亏了袋子里的那些钱……至少他以为是托袋子里那些钱的福，才得以生活下去……

"奇怪。"

传藏嘀咕着在袋子里摸索，然后又伸长脖子往袋子里看。尽管没戴眼镜，也能一眼看出袋子里没有任何比米粒大的东西。

他环顾机器内部，想看看是不是还有别的袋子。哪儿都没有。控制杆下面、云母板旁边，所有角落都找遍了，一张钞票都没找到。

他决定从正面开始重新检查一遍。但是刚转向正面，脚下一滑，掉进了孔洞里。

揉着擦破的膝盖，他又把孔洞仔细检查了一遍。然后在检查完的时候，他终于明白过来。

眼下，机器里的袋子还是空的。但是两天后，里面必须有纸币。

5

传藏熟睡的时候被叫醒了。

"老公，我走了。"

"哦……"

眼前站着一位中年美女，身上散发着香奈儿 5 号的气息。

"饭菜在冰箱里。"

"啊……路上小心。"

传藏想起自己收到过上等座的票，所以今天美子和启美要去看相扑比赛。

"国技馆的烤鸡味道不错，你们去尝尝吧。"

感谢相扑协会今天转移了美子的注意力。这点回报也是合理的。

"哦。"

美子在三面镜前进行最后的检查。

"太早了吧。"

传藏说。无论多关心大鹏能不能全胜，美子也不至于这么早就梳妆打扮吧。

"哎，"美子转向传藏，她的相貌看起来比实际年龄年轻二十多岁，"你以为现在几点？已经两点了。"

"哎，真的吗？怎么不早点喊我。"

"因为你睡得那么香。"

"妈妈，"年轻的美女探进头来，"快点走啦，不然就看不到十两的比赛了。"

"好的好的。那人今天和谁比赛？"

"花光啊。"

"老公，你知道北富士那个相扑选手吗？虽然是十两，但是长得很帅，我猜他肯定很有前途。"

"真的很帅哦，爸爸。"

"好了好了，快点走了。十两也好，长得帅也好，都去加油吧。"

传藏赶人似的送走了美子和启美，立刻跑去了圆顶房。虽然并没有要用到时间机器的事情，但不在旁边他总觉得不放心。

传藏将沙发拉到电话机前坐下，把按职业分类的电话簿摆在膝头。他首先在索引里查找"旧"字。

很快，他开始逐一拨打旧货店、旧邮票店、旧书店的电话。

"这关系到一个人的生活。"

一开始的四五通电话，他还兴致勃勃地这么说，但这话似乎没什么效果，所以后来他就直接问："您这边有昭和初期的纸币吗？"

旧货店似乎很少有正规的公司，所以没有哪家店在星期天休息，而且态度都很礼貌，其中甚至有人热情地推荐和同开珎[1]与太政官纸币[2]。

传藏以平均一分钟两通的频率拨打电话。途中他想到用铅笔来拨号，避免了指尖上的水泡磨破。

晚上七点左右，他在面前的便签上写下"六百二十五元七十六分五厘"。这是至此打过电话的所有旧货店中纸币的总和。但是，这点钱还不够滨田俊夫去那边生活半年的。

美子很快就要回来了。传藏决定把一切都告诉她，借她的钻石戒指和珍珠首饰放进袋子，代替纸币。

不过他还是决定最后再给另一家店打个电话试试。传藏通过扔铅笔，选中了位于深川的当铺兼旧货店。

"我想要昭和初年的百元纸币……"

他刚背完，店主就回话了。

"啊，正好有。前天有个外地人拿了以前的百元钞票过来，

1　和同开珎，日本最早铸造并发行的官方货币，初造于日本和同元年(公元七〇八年)。
2　太政官纸币，明治政府于庆应四年（一八六八年）发行的政府纸币。

294

问这还能不能当钱用……"

"真的？"传藏一把撕掉写着六百二十五元的便签，拿着铅笔对准下面的白纸，"……您的店铺在哪里？我马上过去。"

不过最后传藏并没有饿着肚子开车。店主说，"我给您送过去"，又强调店规说，"大宗交易都是这样的"。大概是想留点私房钱吧，传藏想。

因为"今天时间不早了"，所以传藏和对方约好"明早八点前"见面。

第二天早上九点左右，传藏守在门口，目光频频在手表和车站方向之间来回切换。滨田俊夫好像会在十点左右过来。说服美子借钻石戒指还不知道要花多长时间，他想。

当传藏根据估算的时间，终于开始朝玄关走去的时候，背后传来一个声音。

"请问这里是及川先生的府上吗……"

电话里那个声音的主人是个身高五尺左右的矮子。

"这么晚才来！"

传藏居高临下地吼道。

"哎，对不起，我一起床，我家内人就非要我做味噌汤……"

"行了行了，钞票在哪儿？"

"都在这里。差不多一百张……"

传藏一把抓过钞票，朝圆顶房跑去。

半路上他发现自己没带钥匙，又折回来，看到旧货店主还在等着。

"那个，钱……？"

"等会儿。"

传藏一边冲向玄关，一边喊。

拿上钥匙，跑去圆顶房，把钞票塞进机器的袋子，他才气喘吁吁地回到玄关。

"那个，钱……"

"你还没走啊，"传藏将准备好的圣德太子[1]拿出来，"一张一千元是吧，一共是……"

"一共是九十五张，九万五千元……"

传藏觉得有点奇怪，不过还是把钱付了。

"感谢惠顾。"

旧货店主应该以为传藏数过，肯定不敢谎报。但是那时候的确是九千四百元吧。虽然是很久以前的事，但自己记得很清楚，在给了包工头二百元以后，自己拿着剩下的二百元去了银座。

传藏突然想起来了。老板娘数钱的时候……他猛然抬头。

但是，把一张玩具钞票混在里面的旧货店主已经消失不见了。

就在这时，门铃响了。

6

"哎呀，欢迎欢迎。"

传藏打开门，对滨田俊夫说完这句话后便向他身后的年轻女生望去。

"前天晚上给您添了很多麻烦……当时怕您休息了，所以回去的时候没有和您打招呼……"

---

1 圣德太子，日本昭和中后期发行的万元纸币，印有圣德太子像。

滨田俊夫郑重其事地低头问候，传藏回答说：

"哪里哪里……"

又继续热切地打量伊泽启子。

站在前面的碍事家伙抬起头来。

"及川先生，这位是伊泽启子，原本在这里……"

"啊，"传藏说，"请多关照！"

他朝伊泽启子轻轻点头致意。及川传藏和她必须是首次见面。

"那个，很抱歉总是提出过分的要求，能不能再让我去看看那间研究室？"

滨田俊夫小心翼翼地问。

传藏马上从裤子口袋里掏出圆顶房的钥匙。

"没问题，去吧去吧，这是钥匙……"

传藏递出钥匙，滨田俊夫一脸诧异地接过去，说了声"谢谢"。

"我还有点事，"传藏说，"失陪了，你们自便。"

比起伊泽启子，美子才是关键。如果她走出来看到又是那个没常识的家伙来访，肯定会引起轩然大波。

"啊，这……在您百忙之中还来打扰，真是太抱歉了。"

传藏像是赶人似的关上门，转过身去。走廊里没有人，只有起居室方向传来电动吸尘器的声音。他看着手表，慢悠悠走去书房。

坐到桌前，点起香烟。第一次就打着了火，但他还是又反复打了好几下。从那个袋子里拿出来的打火机用到现在也一点问题都没有……

门开了，提着吸尘器的美子走进来，笑着问：

"刚才的年轻人是谁呀？"

"哎？"传藏吓了一跳，"你看到了？"

"挺不错的小伙子嘛。"

"哎？"

"挺帅气的。"

传藏这才想起前天晚上美子只是听到了滨田俊夫的脚步声，没见过他。

"公司的人……叫山田。"

传藏有点后悔。应该把山田这个名字给前天那位的。

"和他一起的姑娘，是他妹妹吗？"

"不，是未婚妻。"

传藏忍不住生气地辩解，不过转念一想，伊泽启子还是十七岁的小姑娘，被当成妹妹也不奇怪。

"哦。是来看圆顶房的吧。"

"哎……嗯。"

美子大概只听到了自己和滨田俊夫对话的结尾部分。

"年轻人的派对真好。对了，是不是可以邀请他们在我们的圆顶房里举办婚礼呀？不过你也挺识趣的。"

"哎？"

"你没跟上去，是想让他们小情侣单独相处吧？那等下就把茶水送到客厅里吧。我现在去烧……哎，你让一下。"

传藏被电动吸尘器赶到了走廊里。

看看手表，两位年轻人去圆顶房已经十分多钟了。滨田俊夫差不多要开始摆弄机器的按钮了。

传藏后悔自己刚才只顾着看伊泽启子，应该多看看滨田俊夫才对。他很快就要去昭和七年了。自己再也见不到他了。

传藏正在走廊里来回踱步，美子出来了。

"好了……我去泡红茶，你去圆顶房，把他们请过来？"

"嗯。"

传藏看看手表。过去了十二分钟。不过现在去圆顶房的话，滨田俊夫肯定还没出发。他记得自己当时犹豫了很长时间……

传藏突然蹬上凉鞋，冲出玄关。他打算去圆顶房阻止滨田俊夫。那么滨田俊夫就不必重复自己经历过的辛苦了，伊泽启子也不会一个人被孤零零地丢在这里。这样的话，作为去往昭和七年的滨田俊夫的延续，自己会迎来什么结局呢？不过什么结局都无所谓了。自己已经是六十二岁的老人了。

初夏的清澈蓝天下，研究室的白色圆顶格外清晰。不过传藏没时间欣赏那些。他跑向门口。

但是，他在离门大约三米的地方突然停住了。眼前的门紧紧关着。那是酒店式的门，从里面随时都能打开，但从外面总是需要钥匙才能打开。这是美子考虑到把圆顶房租给别人的各种麻烦事，特意装成这样的。

传藏飞奔回主屋。小祖宗配的备用钥匙应该在书房里。

"老公，你快去喊他们吧。茶要凉了。"

现在可顾不上茶凉不凉的问题。传藏把桌子抽屉里的东西全倒在地上，翻找起来。最后，趴在地板上的他撞到了桌腿，桌子上的笔筒翻了，钥匙从里面掉了出来。

"哎呀，你在干什么啊？搞得乱七八糟的。"

传藏推开美子，冲出书房。已经过去二十三分钟了。

跑进圆顶房后，传藏茫然呆立了半晌。

在进入圆顶房之前，他基本上就知道来不及了。果然，一切只会按照三十一年前他经历过的那样发生。

但问题还在后面。在这个昭和三十八年的世界，接下来的事情，他在三十一年前并没有经历过。刚才的一切都是传藏可以预料到的。然而接下来会发生什么，他毫无头绪。

正因为如此，接下来的行动必须加倍谨慎。而且，还有无数亟待解决的问题。

首先，这位可怜的伊泽启子该怎么办。传藏来到沙发旁边。

她静静地睡着，呼吸很轻柔。尽管是在这样的时刻，传藏还是忍不住感叹，她和美子长得真像，连侧脸都一模一样。

伊泽启子大约感觉到了传藏的气息，睁开眼睛。

"哎，俊夫。"

她盯着天花板说。传藏感觉到那是充满爱意和信任的声音。丢下这位启子跑去昭和七年的滨田俊夫实在太傻了。

"哎，俊夫……啊！"

伊泽启子终于发现了传藏，跳起来用上衣捂住胸口。就是那件粗花呢上衣。

她看看原本有机器的地方，又看看传藏。

"俊夫到哪儿去了？时间机器又搬到哪儿去了？"

"嗯，这个……"

艰难的时刻终于来了，传藏想。该从哪里说起呢……

"……其实，那个……"

"但是俊夫说那台时间机器是我的……"

"嗯，那确实是你父亲的……但是滨田他……"

"啊，"伊泽启子的眼睛突然亮了起来，"这么说，俊夫把所有的事情都告诉您了。"

"嗯，啊……对了，我们换个地方吧。到那边慢慢说……"

传藏把伊泽启子领到主屋的客厅，自己去了起居室。

"水都冷了，我正在重新烧。"

"嗯。"

"怎么这副样子？他俩在客厅吧？"

"不是，那个……"

"哎呀，回去了？"

"不是，"传藏压低声音，"女生在客厅……"

美子凑到传藏身边。

"男生还在圆顶房？"

"不，那个……他走了。"

"哎，一个人回去了？"

"……嗯。"

"哦，吵架了吧。怎么了？什么原因？反正就是些鸡毛蒜皮的事吧？"

"先别说这个，关键是怎么帮帮那个女生……"

"哎，很难受吧。第一次吵架吗？她在哭吗？"

"倒是没哭……"

"那是在生气吧。要不要吃点镇静剂？"

"不用……对了！"

传藏凑到美子耳边，兴奋地低声说了些什么。

"哎，"美子抬起头，"这样行吗？别人家的女儿……"

"那孩子没有父母。今后我想代替她父母照顾她……总之现在……"

美子盯着传藏看了几秒，然后默默地走去厨房。

传藏端着美子泡好的红茶，先来到书房。由于抽屉里的东西都散在地上，所以他很容易就找到了偶尔会用的安眠药。

伊泽启子在客厅里僵硬地坐着等待。

"我现在有点事，你稍等一下。"

传藏含糊地说了一句，把红茶放到桌上，出了客厅。美子站在走廊里，传藏推着她一起去了起居室。

美子担心地抬头看着传藏。

"没事的。"

传藏说。他记得伊泽启子从早上开始就没吃东西。自己走出客厅的时候，她肯定会端起红茶喝。

不过，传藏还是等了十多分钟，才来到客厅。他很快又从客厅探出头来，朝走廊里的美子招手。

美子走进客厅，不安地看向沙发。

一直与三面镜为伴的美子，对自己的容貌了如指掌。面对与自己相似的容貌，会呈现出什么样的反应呢？传藏紧张地注视着她。

美子观察了一会儿靠在沙发上沉睡的伊泽启子，然后望向传藏问："这孩子，就让她睡这里吗？"

从她的表情上看，似乎觉得自己年轻的时候更漂亮。

"来搭把手。"

两个人把伊泽启子抬到卧室里。

"她大概会一直睡到傍晚吧。唔，事情有点复杂，晚上和你说。"

在那之前，还有件事情要做。

"……这孩子就拜托你了。我现在去趟包工头家。"

7

"欢迎啊，老爷。"

包工头已经八十一岁了，不过除了牙齿掉光、耳朵不灵光之外，身体还很硬朗。

"小祖宗在家吗？"

传藏用他破锣般的声音问。包工头感叹地说：

"哎，这样啊。"

这时候小祖宗走了出来。

"我爸说哥哥拿来的助听器戴着耳朵痒，一直不肯用。叔叔，你找我……"

"嗯，找你帮个忙。今天晚上能借我两三个小伙子做帮手吗？"

"行啊。准备派对吗？"

"不，不是。"

今天晚上十点左右，时间机器将会返回圆顶房。去了昭和七年的滨田俊夫会拜托年轻的包工头搭建脚手架，计划从架子上起飞，但后来的搭乘者并非滨田俊夫，而是那位巡警。需要想个办法解决那位巡警的问题。

"其实是我和某个人发生了一点小冲突，那是三十多年前的事，不过到现在还没解决。今天晚上那人会到圆顶房来，他出手很快，万一有什么意外，我希望你们能帮帮忙。那家伙毕竟是个柔道高手。"

"叔叔，"小祖宗像当年的包工头一样，把胸脯拍得砰砰响，"……交给我吧。"

直到黄昏，伊泽启子还在昏睡。传藏担心自己是不是把剂量搞错了，时不时来到卧室看她呼吸是否正常。肯定是整整两天没睡觉了，每次他都这么告诉自己。总之看这样子，估计要睡到明天早上。

吃过晚饭，传藏一家和平时一样，聚在起居室里看电视。每到播广告的时候，传藏和美子就会忐忑不安地进进出出，不过这也不是今晚独有的，启美也没在意。

快到九点的时候，《铁面无私》一放完，美子便关掉了电视。

这也和平时一样，是解散的信号。

不过，如果是平时，一家人会对电视节目做一些简单的评论，并延伸到该不该推广保龄球之类的讨论上，但今天晚上传藏第一个按照规则站起身来。启美只好说了声"晚安"，走出房间。传藏等不及她的脚步声消失，便离开了起居室。

在卧室里，传藏正看着伊泽启子上下起伏的胸口，美子走了进来。传藏不知怎么有些慌乱，红着脸坐到床边。

美子把三面镜前的椅子拉到传藏面前坐下，一脸期待。

"这个……"

传藏看了看手表。其实不用看也知道，刚过九点。

"小祖宗他们马上要来圆顶房了。"

"哎，这么晚？"

"嗯，不过只待一会儿，马上就好，所以就不用泡茶什么的了。"

九点半，小祖宗他们按照约定的时间来了。

"哎，辛苦了。"

站在门前等候的传藏马上把众人带到了圆顶房前。除了小祖宗，还有四个小伙子。大家全都戴着工地用的安全帽，手里拎着棒球棍。

传藏让大家围成一圈，开始说明作战计划。

"接下来我会进去和那人谈谈。如果谈得不顺利，感觉到有人身危险，我就会吹这个，"他从口袋里掏出口哨，轻轻吹了一声，"我一吹，你们就进来，把他按倒。不过先说清楚，下手别太重。"

时间机器出现在十点零四分。

传藏已经看了几十次手表，抬起头来的时候，机器出现在距离地板大约一米的上空，轰然落到地上。外面的小祖宗他们肯定在奇怪，为什么里面不是打斗的声音，倒像是什么地方的烟花厂爆炸了似的。

传藏躲在沙发后面，紧紧握住口哨。

一秒、两秒……机器的门突然打开了，一个黑色的物体从里面滚了出来。黑衣服的巡警似乎一直在推机器的门。

不过学过柔道防身的巡警马上站了起来，看了看四周，视线落回到机器上，喃喃自语起来。

"哦，是电梯啊，"巡警又一次环顾四周，然后发表了下一条看法，"地下秘密工厂吗……"

听到这话，传藏脑海里闪过一个想法。他从沙发后面站起身来。

"喂！"传藏大吼道，"你在这里干什么？"

"哎？"巡警转过身来。

传藏严肃地说："这里是帝国陆军的地下武器工厂，我是宪兵大佐中河原传藏。"

"啊！"巡警立正，举手敬礼，"我，那个……"

"警察官必须大力协助我们保密。"

"哦，那……"

"好，辛苦你了。"

传藏走向摆放威士忌酒瓶的架子。幸好刚才把剩下的安眠药放在口袋里了。

"来，喝一杯吧。"

传藏转过身。

五分钟后，传藏打开门，探出头去。小祖宗一伙人正在严阵以待。

"结束了，"传藏说，"谈妥了。"

没能展现空手道初段的水平，小祖宗一行人都很遗憾。传藏带着他们去了车站旁边的酒馆，吩咐老板娘随他们敞开喝。

"叔叔呢？"

"我还剩一点事情要做……"

回家的路上，传藏打算还是从 H. G. 威尔斯的《时间机器》开始说起。他有点后悔，几年前再次看到乔治·帕尔导演的电影时，应该带上美子。那样的话，现在就能省去一通解释了。

不过这次毕竟有时间机器的实物。给丽子和山城解释的时候还要展示未来的证物，现在只要看到机器，美子肯定会相信的。

其中也有一些事情，传藏不想告诉美子。不过美子也不至于为了三十一年前的事情生气。而且为了和美子商量今后怎么照顾伊泽启子，也必须把事情说清楚。

回到家，传藏发现起居室的灯关了，于是马上去了卧室。美子可能正坐在三面镜的椅子上等自己。听众越积极，就越值得解释。

卧室里除了美子，还有一位年轻女性，传藏觉得自己理应敲门，于是轻轻敲了两下。然而没有回应。传藏朝启美的房间看了看。美子肯定在那边和启美聊什么罗伯特·富勒了。不过今天晚上传藏没心思责怪她们两个人熬夜。

伊泽启子一个人睡在里面……传藏忘了自己的年龄，心怦怦跳着，悄悄拉开房门。

"啊！"

传藏不禁倒吸了一口气。三面镜的椅子还在刚才美子拉过来的地方，但是上面没有人，床上也没有人……传藏跑向启美的房间。

"喂，美子……"

美子也不在这里。漆黑的房间里，只有启美静静地睡着。

传藏在房子里转来转去，四下张望。然后，拖着他那七十四千克的身体，在走廊里来回踱步。

突然他停了下来，匆匆跑去卧室。果不其然，滨田俊夫的粗花呢上衣刚才还放在床头，现在不见了。

圆顶房有两把钥匙，一把在传藏口袋里，但另一把早上给了滨田俊夫，滨田应该把它放在上衣口袋里了。

传藏急忙赶去圆顶房，但没有用到自己口袋里的钥匙。门敞开着。他沿着小道赶去圆顶房的半路上，就已经猜到发生了什么事。从入口望去，什么都看不到。

8

原本机器所在的位置旁边一点，倒着两个人。

一个是让传藏饱受了三十一年辛苦的罪魁祸首。为了保守机器的秘密正在呼呼大睡。

另一个是帮传藏抚慰了三十一年辛苦的人。发现她没有呼吸的时候，传藏眼中的圆顶房顿时旋转起来。他努力摸索她的脉搏，把耳朵贴在胸口上细听，圆顶房的旋转终于停了下来。

"美子，喂，美子！"

传藏摇晃美子、拍打她的脸颊，尝试进行自己并不熟练的人工呼吸。然后他回过神来，拿来了架子上的威士忌。巡警没喝两杯就睡着了，威士忌还剩了很多。传藏没有用巡警喝过的杯子，直接对瓶子喝了一大口，嘴对嘴地给美子喂下。

她并不打算喝酒，也没打算接吻，所以嘴唇自然紧紧闭着，大部分威士忌都顺着脖子淌了下去。不过那好像也达到了泼水的效果。她打了个哆嗦，睁开眼睛。传藏赶忙抱起她。

"美子，是我，你没事吧？"

美子盯着传藏的脸，然后忽然冒出一句奇怪的话。

"及川先生……"

"哎？"

传藏的双臂突然没了力气。但美子用自己的手臂撑住身体，保持在了原位。

"你就是及川先生，你……我该怎么办？"

"什么怎么办？"

"你就是那时候……我坐时间机器来到昭和三十八年的时候，这座房子的主人……"

"哎，你说什么？"

传藏大吃一惊。圆顶房又开始旋转起来。

美子坐在水泥地上，盯着传藏的脸，飞快地说：

"我全想起来了。那个女生醒过来就跑了出去，我追在她后面来到这里，看到那个……那个时间机器。女生跑了进去，我也跟着……然后看到云母板从下往上发光，我吓了一跳……就在那时候，我已经想起了一些事情，但是她又把我推了出来……等我醒来的时候，就躺在这里了……"美子目不转睛地看着传藏，"我不是及川美子，我真正的名字是……"

美子说出的名字在圆顶房里回荡。余音消失后，只剩下巡警听起来很惬意的呼噜声。

两个人仿佛在专心分辨那呼噜声的细节。

他们都在等待对方先开口说点什么。最后是传藏忍不住了。

"美子，"他决定还是用多年来习惯的称呼，"到底发生了什么？告诉我。"

她避开传藏的视线，望着机器曾经存在过的地方，开始讲述。

"那天晚上，我在这所房子的卧室里醒来，昏昏沉沉地走到这个研究室。我双手紧紧抓着俊夫的上衣，用那口袋里的钥匙开了门，进了研究室……然后看到了机器。我进入机器……"

"……"

"一看到机器刻度盘上的数字，我就知道俊夫动过它……而且只有机器回来，意味着俊夫肯定出事了。我想去救他，所以疯狂调整刻度，扳动控制杆……按下按钮，云母板开始发光……和刚才看到的一样。对了，那时候有个奇怪的阿姨跑进来，我赶紧把她推出去，把门……啊，这么说，那个阿姨就是……"

"别管那个了，后来呢？"

"嗯……云母板的光逐渐上升……我很害怕。然后突然感觉像是被抛到了半空……醒过来的时候，我发现自己倒在机器的地板上。脑袋可能在哪里撞到了，非常痛……结果我什么都不记得了。不记得自己为什么在那里，也不记得自己是谁。"

"这样啊，"传藏长长叹了一口气，"失忆啊……"

"嗯，三十六年来，我都忘记了。"

"三十六年？"

"嗯，那是昭和二年，"她第一次看向传藏，"今年是昭和三十八年，所以……"

"但你为什么会去昭和二年……"

"我也不知道，"她又看向机器消失的位置，"俊夫去了昭和九年，我为了救他，想去那之前等他，所以决定去昭和八年。我明明调好了机器的刻度，但为什么……"

"美子，你等等。"

传藏走到电话机旁边，把数字罗列在便签上。

那是十二进制的问题。她想去昭和八年，也就是三十年前，所以把刻度调到30。但是按照十二进制，⓪⓪⓪③⓪，12×3+0=36，也就是调到了三十六年前。

传藏转眼就解决了爱妻三十六年来的疑问，他撕下便签纸，得意扬扬地回到她身边。

"美子，我明白了哟。"

但她并没有回头。

"他怎么样了呀……"五十三岁的伊泽启子盯着机器曾经存在过的空间，喃喃自语，"我最终也没能见到他。去了昭和九年的俊夫，怎么样了呀？他在哪里？他还活着吗……"

要回答这个问题，对传藏来说，也是轻而易举的。

"当然还活着，"他大声喊道，"现在就在你面前呢。"

9

传藏和美子不约而同地道出了各自的经历。来到住所的卧室，两个人便开始热切地倾诉起来，恨不得早点弄清对方的秘密。很快，互相倾诉又变成了互相提问，他们焦急地催促对方搜寻自己的记忆。

中途香烟抽完了，但传藏舍不得花时间去客厅拿和平烟。他小心地抽着烟灰缸里的烟头，在美子的刨根问底下坦白了昭和七年的生活，同时也差不多知道了美子的半生。

昭和二年，伊泽启子在时间机器里醒来时，除了滨田俊夫的粗花呢上衣，她失去了所有的东西和记忆。孤零零的她茫然徘徊

310

在附近，后来才知道这里叫梅丘。

　　不过，不管什么年代，孤身一人的年轻女子总会引人注目。一开始有个年轻男子和她搭话，亲切地带她去了旅馆。但在旅馆里，那男子还想做出更"亲切"的举动，她断然拒绝，逃脱出来。后来又遇到一个工人模样的男子，说她如果遇到了麻烦，不妨把那件上衣卖了，他可以帮她卖。然后大概是上衣卖了个好价钱，工人再也没出现过。她正想报警，警察倒自己找来了。问她姓名住址，她答不上来，于是警察把她送去一幢灰扑扑的建筑，带进昏暗的房间。那里面有许多女流浪者和小偷，她不再是孤单一人了。

　　有位女共产党员和启子在里面一起住了两天两夜，在她的照顾下，启子进了一家火柴厂做女工。监工和同事每天都在骂她，让她快点熟悉工作，她不得不汗流浃背地干活。但是有一天，同宿舍的女工向上级报告说启子怀孕了，公司马上以她的健康为托词，让她明天就去找别的工作。

　　后来，她和共产党员一起印传单，还进过拘留所。昭和三年春天，在一家小旅馆的房间里，她生下了孩子。代替产婆给她接生的是个在公园里卖焦糖的老婆婆，对方问她"接下来怎么办"，她没办法回答。于是有一天，她给孩子留下一封信，以及三天前花十分钱买的拨浪鼓，决定从此离开。

　　失去了孩子的她如同行尸走肉般徘徊在浅草的葫芦池边，这时一个中年绅士喊住了她。她已经不在乎会发生什么了。绅士请她吃了一碗五十分的天妇罗盖饭，问她："喜欢电影吗？"启子以为他要带自己去看电影，结果绅士在六区的偏僻处拦了出租车，大约三十分钟后，他们来到了电影片场，而不是旅馆。

　　绅士是及川德司，著名电影制作人。片场的人纷纷赶到及川面前，朝他低头行礼。及川对其中一个吩咐了几句，一群穿围裙的大婶立刻过来，把她带到了一间屋子里，从四面八方围住她，把她折腾得够呛。两个小时后，她看到镜子里照出的美女，大吃一惊，赶紧告诉及川。及川笑着说："刚才帮你想了一个艺名。"接着给她看了一张纸，上面写着"小田切美子"。

"后来我就成了电影女演员，出现在报纸和杂志上，你知道的吧？对了，你已经在屏幕上看过我很多次了。"

她这样说完了自己的经历。

但传藏还有一个疑问。

"你刚才说的孩子……"

"哎呀，"她马上说，"别误会。那是你的孩子。"

"我不是那个意思，不，我知道是我的孩子。我是说，那孩子后来怎么样了？"

"死了呀。"

"死了。"

"嗯，那孩子后来被人收养了，然后在空袭中……啊！"

"美子，怎么了？"

传藏凝视着她。她却死死望着床的一头，像是要在那里盯出一个洞似的。然后，她像背书一样，慢慢地说：

"我生完孩子，脑海里浮现出一个名字，就起了那个名字……把孩子留在那里的时候，在纸上写了那个名字，还写了'拜托照顾'……"

"美子！"传藏的焦急到了极限，"那个名字是什么？你把孩子扔在哪儿了？"

她依旧盯着床单，回答说：

"启子……我给她起名叫启子。"

"……"

"我觉得那个名字很好，非常好……"

"那……那……扔的地方是……"

"孤儿院前面……国立的……我想扔远一点，好让自己死心……"

传藏加入了盯床单的队伍。

他的耳边继续传来她的声音。

"离开孩子以后，过了一年，我拍了电影，有了钱……和及川养父商量，想去把孤儿院的启子接回来，但他认为现在这么做会影响到我的人气，建议我再等一等……过了四五年，我听说启子被一个好心人收养了，我想那样对启子更好，所以最终放弃了把她领回来的想法。战争结束后，我听说启子和她的养父一起死在了战争中，我很伤心……后来，我想方设法租下了启子和她的养父一起生活过的废墟地，住到了这里来，"她抬起头，看着传藏，"我就是伊泽启子呀。我在国立孤儿院长大，成了父亲的养女，乘坐时间机器来到昭和三十八年，又回到昭和二年，生下启子，把启子丢在国立孤儿院门前……那孩子就是我呀。而我又把那孩子……我……"

10

两个人现在能做的只有拿玻璃杯喝威士忌。他们时不时偷眼看看对方，垂头丧气地不停喝着威士忌。至少在卧室里用来调节气氛的白马威士忌瓶子空掉之前，好像都会维持这样的状态。

突然，两个人耳边响起一个声音。

"爸爸妈妈，你们不要喝那么多威士忌啊，对身体不好。"

"哎呀，启美，你怎么还没睡？"

美子的母性本能恢复了。

"大半夜的，你们说得那么大声，我想睡也睡不着啊。"

"……"

"哎呀，爸爸妈妈，我觉得你们没必要这么伤心。妈妈是自己的妈妈，又是自己的女儿。爸爸和自己的女儿结了婚。但就算真是这种情况，现在不是也很幸福吗？说起来，爸爸妈妈可能还是关系最近的近亲结婚呢，但是你们生下的我不是照样健健康康、活蹦乱跳的吗？没什么好担心的。当然啦，爸爸妈妈今天第一次知道，可能确实很震惊……但是山城叔叔早就……"

"哎，你怎么知道山城……"

"抱歉，爸爸，上次你让我寄的信，我打开来看过了。"

"你……"

"后来我和山城叔叔通过两回信。山城叔叔说他很想在二十五号来日本，但工作上走不开，让我替他好好看看……山城叔叔早就看出爸爸是滨田俊夫，妈妈是伊泽启子了，只是不知道妈妈为什么要隐瞒过去。因为我还是孩子，山城叔叔没有写清楚，不过他好像觉得妈妈有某些辛酸的过往。不过现在知道妈妈只是单纯的失忆，真的太让人安心了，我马上写信告诉山城叔叔……好了，妈妈，振作一点。我知道像妈妈这么漂亮的人竟然是自己的姐姐，真是太高兴了。"

启美拉过美子的手握住，但突然间她又松开手，盯着既是妈妈又是姐姐的美子。

"对了，妈妈，那东西怎么样了？"

"什么那东西？"

"时间机器啊。妈妈到了昭和二年以后，出了时间机器……后来就没管它了，对吧？是不是有人把它拿走了，爸爸？"

"对哦，我到了昭和七年的时候，这一带并没有什么像是时间机器的东西。老板娘也是那么说的。有人把它偷走了吧。太过分了。"

"太失望了。再也看不到时间机器了。"

"等一下，启美……我想起来了。我从机器里出来的时候，已经忘了它是时间机器，所以还在想那个绿色的保险柜一样的东西是什么，到处看了一圈。然后我摇摇晃晃走出去没几步，回头一看，机器已经不见了。就像凭空消失了一样……"

"你说消失了？……美子，到底……"

"妈妈，等一下。这话太奇怪了。你在这里乘上时间机器的时候是十一点左右吧，那不是半夜吗？过去这一带又是荒野，一片漆黑，你怎么知道那像是个绿色的保险柜呢？"

"等一下……对了，我走到外面的时候，天空已经开始亮起来了。是黎明时分。"

"啊，真的？那就是说，妈妈你在时间机器里待了五六个小时呀。"

"等一下，我仔细想想记忆是在哪儿断掉的……对了，我在机器里发了好几个小时的呆，然后忽然发现不知道自己身在什么地方。这么小，还有灯……哎呀，明明是三十六年前，简直就像刚刚发生的一样……我摆弄了墙上一个像棍子的东西，把它推到相反的方向，然后按下贝壳按钮。"

"把控制杆推到未来，按下启动按钮。为什么……"

"肯定是潜意识里不想让人看到机器吧。无意识的行为。然后我就马上出来了。"

"那就是说，机器会在黎明时分回到这里。"

"是啊，爸爸，所以必须赶在黎明前把圆顶房的地板拆掉，不然时间机器会撞上去的。"

"糟了！"

传藏火速赶往包工头家。

小祖宗睡眼惺忪地走出来，和他父亲一样，没有多嘴去问为什么，立刻连包工头都动员起来，分头招来一群小伙子。

传藏回到家，和妻女三个人把圆顶房里的巡警搬到防雨门板上，抬进书房。从他打呼噜的情况看，估计会睡到中午，不过启美出了个主意，让美子把家里的酒全都拿来，传藏用马克笔在画纸上写下一行字，贴在墙上。

> 交给你一项特殊任务。从中鉴别出走私的酒。中河原大佐

三个人出了书房，刚把门锁上，便听到引擎的声音。

小祖宗开着一辆大卡车来了，上面载着凿岩机和传送带。

∞

传藏夫妻和启美并排坐在沙发上，紧张地盯着眼前地板上直径五米左右的圆洞。

那是小祖宗花了三十分钟挖出来的。天亮以后，传藏要付小祖宗八万元，还要带上点心去向刚才被吵醒的邻居们道歉。

花了这么多钱才能现身的时间机器，怎么也不能错过它出现

的那一刹那。

"还没来呀。"

传藏等得不耐烦了。

"就快了，"美子看着稍微亮了一点的窗户的方向，回答说，"会在天刚亮的时候来。"

"对了，爸爸，"坐在两个人中间的启美问，"时间机器来了以后，你打算怎么办？"

传藏的目光越过启美，看着美子。

"我，"美子似乎也不是在对启美说话，"再也不想坐时间机器了。"

"嗯……就把它一直放在这里吧。或者把它送回未来？"

"爸爸，那可不行。既然有了时间机器，就要充分利用。要还给未来人，什么时候都行呀。"

"启美，你不知道。爸爸妈妈……"

"我知道的。你们刚才说的话，我都听到了。只要别弄错使用方法不就好了吗？"

"……"

"有了时间机器，就能解决各种悖论，创造循环……"

"'循环'是什么？"

"科幻小说里写过，和时间机器有关的。"

"小说啊，都是编的。"

"但是我觉得真的可行。因为前天晚上，我做了一个实验。"

"啊，启美，你不会……"

"妈妈，别担心。我还没坐过时间机器……嘿，爸爸，抽根烟？"

"哦，你帮我把烟拿来吧。刚好抽完了。"

"爸爸，你不觉得这个打火机特别新吗？"

"嗯。这个真的很耐用。买来到现在已经三十一年了。"

"你搞错了哟。那是滨田俊夫刚刚买的。崭新的打火机。"

"哎？"

"前天晚上快到十二点的时候，我趁滨田去厕所，把爸爸忘在饭厅里的旧打火机换过来了。滨田俊夫拿着旧打火机去了昭和七年。"

"你说什么……"

"滨田买的打火机，现在在爸爸手里。滨田拿走的打火机，不是在哪里买的，也不是哪里生产的。它只存在于昭和七年到三十八年这段时间里……"

"这个确实是新的。以前的划痕都没有。那么说来，我从三十一年前一直带在身边的打火机，是再往前三十一年前的……太神奇了。"

"这是科幻小说里经常有的桥段。存在之环。感觉不错吧？有了时间机器，还能做出更神奇的事。"

"你是说……"

"可以前往未来，搞清楚伊泽老师是谁……也可以回到过去，比方说帮助别人……"

"但是，启美……"

"我知道，爸爸你想改变过去，但没能改变。不过，爸爸可能还是改变了一点过去吧。只是没人意识到变化，连爸爸自己都不知道……在科幻小说里，这是历史的自我收束作用。为了避免矛盾，记忆会自动修正。"

"……"

"也许可以救下妈妈的养父，伊泽老师。"

"真的吗，启美？"

"嗯，说不定还能把年轻时候的妈妈和爸爸从苦难中拯救出来。"

"……"

"当然啦，把年轻时候的爸爸妈妈带过来，会引起很大的悖论，肯定不行，但我想，最小限度的修改还是可以的。比如说，给年轻时的妈妈一些钱，她就不用那么辛苦了。不过那样一来，妈妈就成不了电影明星了。是啊，没有小田切美子那位电影明星的世界。我想肯定可以变成那样的世界。"

三个人默默注视着前方的空间。

小小的窗户外面泛起白光。

天就要亮了。

崭新的未来即将到来。

崭新的过去也即将到来。

后记

我曾经短暂失去过记忆。

战争结束后的第二年春天，我在东京站八重洲口前的一家夜总会里做舞蹈乐队的乐手。有天晚上下班以后，我走到锻冶桥路口一带的时候，对面走来四五个美国兵。擦身而过的时候，其中一个美国兵突然给了我一记上勾拳，我倒在人行道上。（当时经常发生这种事）

不知道过了多久，我终于苏醒过来，站起身。脑袋嗡嗡作响，周围看起来很奇怪。

……我看到很多灯火。为什么没有灯火管制？空袭来了怎么办？而且我还穿着稀奇古怪的衣服。为什么不系绑腿，不穿防空服？

我记得大约过了十分钟，自己恢复了正常。在那十分钟里，我失去了差不多一年的记忆。

我把这段经历说给一位科幻作家朋友。他笑着说："你去了过去的世界十分钟。"但我认为恰恰相反。

我失去了一年的记忆。在主观上，我是"空袭中"的人。我环顾四周，发现自己身处在"战后"的世界，非常震惊。换言之，我体验的是前往"未来"的世界。

我喜欢这样的想法，把它们积累起来，就形成了《负零》的故事。

要写成小说，必须查阅过去的资料。在那个阶段，我确实体验到了各种"过去"。

当时《少年俱乐部》上刊载过佐藤八郎写的洛杉矶奥运会感想文。读到它的时候，我仿佛听到了松内播音员的实感转播。

亦师亦友的五十岚平达先生送给我当年的汽车名录，颜色艳丽，仿佛刚刚印刷出来似的，让人以为只要支付定价上写的三千元，就能马上拿到车。

昭和七年前后，正是荒诞情色的时代。从照片上看，银座的咖啡馆和酒吧里也都是美女服务生，据说可以提供顶级服务，只要有一百元就能享受难以置信的豪华娱乐。我与河出书房新社的藤田三男、龙圆正宪两位先生在"现在"的银座喝酒，说起那样的话题，都在感叹"要是能有时间机器就好了"。

所以我想把自己的业余爱好从制作老爷车模型换成制作时间机器。

昭和四十五年八月

广濑正

图书在版编目（CIP）数据

负零 /（日）广濑正著；丁丁虫译 . -- 北京：北京联合出版公司 , 2023.5
ISBN 978-7-5596-6693-2

Ⅰ . ①负… Ⅱ . ①广… ②丁… Ⅲ . ①长篇小说－日本－现代 Ⅳ . ① I313.45

中国国家版本馆 CIP 数据核字 (2023) 第 029072 号

负　零

作　　者：[日] 广濑正
译　　者：丁丁虫
出 品 人：赵红仕
策划机构：明　室
策划编辑：陈希颖
特约编辑：刘麦琪 李佳晟
责任编辑：刘　恒
装帧设计：山川制本 workshop

北京联合出版公司出版
（北京市西城区德外大街 83 号楼 9 层　　100088）
北京联合天畅文化传播公司发行
北京市十月印刷有限公司印刷　新华书店经销
字数 244 千字　880 毫米 ×1230 毫米　1/32　10.5 印张
2023 年 5 月第 1 版　2023 年 5 月第 1 次印刷
ISBN 978-7-5596-6693-2
定价：58.00 元